黒狼侯爵の蜜なる鳥籠

神矢千璃
SENRI KAMIYA

NB
ノーチェ文庫

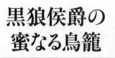

登場人物紹介
ウォルド
セレディアム侯爵家の若き当主。
冷血で残忍と噂され、
黒狼侯爵《こくろうこうしゃく》の異名を持つ。
教会で見たブルーベルに惹かれて
縁談を申しこんだと言うが……？
ブルーベル
継母からの虐待が原因で
実家を離れ、教会で暮らす少女。
幼い頃に愛を誓い合った
幼馴染《おさななじみ》を思い続けている。
父親思いの心優しい性格

ロイセル
ブルーベルの父。
誰よりも娘を
愛している。
サリア
ブルーベルの継母。
男爵家の令嬢で
贅沢を好む。
ルイス
サリアの父。
借金返済に
ブルーベルを利用する。
クリス
セレディアム侯爵家の
騎士。
ウォルドとは
兄弟のような仲。
アルテミラ
セレディアム侯爵家に
仕える魔女。
ブルーベルの世話係で
よき話し相手。

目次

黒狼侯爵《こくろうこうしゃく》の蜜なる鳥籠

プロローグ

遥《はる》か天上に星々が燦然《さんぜん》と輝く夜、どこからか狼の遠吠えが風に乗って聞こえた。

広大な平原にそびえ立つのは、堅牢《けんろう》な城壁に囲まれた石造りの古城。見る者を圧倒するほどの威圧感を放つその城は、黒狼《こくろう》の城と呼ばれ人々に恐れられている。

深夜の城の中は、ひっそりと静まり返っていた。

ただ一室を除いて。

その部屋の三叉槍《さんさそう》のような燭台《しょくだい》の蝋燭《ろうそく》には火が灯《とも》り、室内を淡く照らしていた。サテンウッドの化粧張りがされた八人掛けのテーブルはとても重厚で、天板を支える台座にはアイリスの花の象嵌《ぞうがん》が施《ほどこ》されている。

そのテーブルの上に、少女が一糸纏《いっしまと》わぬ姿で仰向《あおむ》けに倒されていた。

長い睫《まつげ》の下に隠れた青の瞳には涙が浮かんでおり、ベリーのように瑞々《みずみず》しい唇は固く結ばれている。光が当たると艶《つや》が増すピンクブロンドの長い髪はラベンダー色のリボンで結《ゆ》われ、後《おく》れ毛《げ》は上気した頬へかかっていた。

少女――ブルーベル・アランハルトは、妖精かと見紛《みまが》うほどに華麗な容姿をしていた。誰もが感嘆の息を漏《も》らさんばかりの優艶《ゆうえん》さに、少女特有のあどけなさもあわせ持っている。

しかしながらそのなめらかな肌には、鬱血《うっけつ》の跡《あと》が赤い花びらのように幾つも散らされていた。細い両脚は大きく割り広げられ、その中心は男の下半身に繋《つな》がれている。

「ブルーベル。この私から逃げられると思ったの？　本当に仕方がない人だね」

恐ろしく整った容貌の男性が、まるで困った子をなだめるかのごとくそう告げた。透《す》き通るような銀髪は動くたびにさらりと揺れ、その奥に凪《な》いだ湖面を彷彿《ほうふつ》とさせる水色の瞳が覗《のぞ》く。口元には見惚《みと》れずにはいられないほど美しい笑《え》みを浮かべている。

「んん……っぁ、だ……め、うごかないでぇ……っ」

彼はテーブルの上にいるブルーベルを、陶然《とうぜん》と眺《なが》めていた。ブルーベルの両脚の間にある蜜孔を、質量を伴った剛直で無慈悲に貫《つらぬ》きながら。

部屋に響くのは、ぐちゅぐちゅと繰り返される淫《みだ》らな水音。ブルーベルの細い腰は男性の骨ばった手に掴《つか》まれ、蜜に塗《まみ》れた内部を幾度も蹂躙《じゅうりん》されていた。

彼に触れられた肌が火照《ほて》り、甘い痺《しび》れがブルーベルの理性を奪っていく。

彼は速い動きでブルーベルを攻め立てながら、ちゅっと強く彼女の肌に吸いつく。満足げに笑《え》む彼と目が合えば、体の奥がきゅんと疼《うず》いた。自分の中に感じる彼の熱が、快感となって襲いかかる。それがあまりにも強すぎて、気持ちよくて、切ない。

――こんなはずじゃなかったのに。

約一週間前。ブルーベルは縁談相手の黒狼侯爵《こくろうこうしゃく》と呼ばれる人物に会うため、シルヴァスタ地方にあるセレディアム侯爵家の城を訪れた。結婚をすることはできないと、断りを入れるのが目的だった。なぜなら、ブルーベルには幼い頃に永遠の愛を約束しあった相手がいるからである。

だが、とある事情で縁談を断ることができず、ブルーベルは目の前にいる男性によって淫楽《いんらく》を与えられるようになってしまった。

ウォルド・セレディアム。

シルヴァスタ地方を治める領主で、侯爵位を持つ人物。そして、幼い頃にブルーベルが永遠の愛を誓った相手〝ウォルド〟と、同じファーストネームを持つ男性でもあった。

しかしブルーベルは、彼が幼い頃に共に誓いを立てた人ではないことを知っていた。

なぜなら、ブルーベルの愛する人は六年前に亡くなっているのだから――

「君は優しい子だから、もう私から逃げないって約束をしてくれるよね？」

「ひゃあぁ……っ！」

ブルーベルは、逞《たくま》しい雄芯で勢いよく突き上げられ、堪《こら》えきれず嬌声《きょうせい》を漏《も》らした。彼女がその声を出すほど彼は悦《よろこ》び、ブルーベルの体へ抽挿《ちゅうそう》を繰り返す。彼に無理やり快感を与えられ、ブルーベルの体は意思に反して彼を求めるようになってしまった。

ずちゅっずちゅっと響く淫《みだ》らな水音は、体の芯を痺《しび》れさせる。二人の繋《つな》がった場所から聞こえるその音に、ブルーベルは、自分が彼に満たされているのだと思い知らされた。

「ご、ごめ……なさ、ゆるし、て……っ。もう、逃げませ……から……っ……やぁっ」

彼は、毎晩ブルーベルの部屋を訪れて一緒の寝台で眠る。そして、ブルーベルを両腕に抱きしめるのだ。それがたまらなく辛《つら》くなって、彼が訪れる前に寝台を抜け出した。

しかしながら彼がそれを許すはずもなく、ブルーベルはあっさりと捕まって空き部屋に連れこまれた。そのまま寝衣《しんい》を全て脱がされ、お仕置きと言わんばかりに辱《はずかし》めを受ける結果となってしまったのだ。

「良かった、そう言ってもらえて。私としても、君にひどいことはしたくないから」

凶悪な剛直で膣壁《ちつへき》を何度もこすりあげられる。そのたびにブルーベルは、淫蕩《いんとう》な快楽を感じて喘《あえ》いだ。膣奥にぐりぐりと彼を押しつけられれば下腹部が震え、体に力が入らなくなる。彼はそんなブルーベルの豊満な胸をやわやわと揉《も》み始めた。

「やぁ……あぁ……っ、ふぁ……っ」

乳首が濡《ぬ》れ光っているのは、先ほどまで彼によって執拗《しつよう》に愛撫を受けていたからだ。甘噛みされ、咥《くわ》えられ、そして焦《じ》らすようにしゃぶられたのだ——ねっとりと。

「っ……ぁ、ふ……っぅ、く……」

ブルーベルは体の中心を貫《つらぬ》かれ、両胸は彼の手の中でいいようにされていた。背筋をびりびりとした快感が走り抜け、どうにも抗《あらが》えなくなっていく。

繋《つな》がっている部分は火傷《やけど》してしまうのではないかと思うほどに熱く、彼の屹立《きつりつ》を呑みこんでいる。

激しい刺激を与えられ、次第に思考を奪われていく。体中にきゅんきゅんと快感が走るものの、素直にそれを表すわけにはいかないと、何とかその甘さに耐えた。

蕩《とろ》けてしまうほど、気持ちいい。でも私は、彼に堕《お》ちるわけにはいかない——

「ブルーベル。いい子だから口を開けて」

快楽と理性の狭間《はざま》で葛藤《かっとう》するブルーベルの唇へ、彼は口付ける。強引に唇を割って舌をねじこみ、ブルーベルの咥内《こうない》を翻弄《ほんろう》する。ときに激しく、ときに優しく。

「んんぅうっ、ふ……ぅうっ」

くちゅりと舌を味わうように絡められ、刺激された。上顎《うわあご》に舌をこすりつけられれば妙な感覚が押し寄せ、ブルーベルの膣壁《ちつへき》も自然にぎゅっと締まる。

蕩けるほどに口付けは甘く、心まで懐柔《かいじゅう》されてしまいそうだった。

彼を好きになっては、いけないというのに。

ひとしきり口付けを堪能《たんのう》すると、彼の唇が離れる。二人の口には、つぅっと銀色の糸が引いていた。

「……っ、はぁ……っ」

乱れた息を整えながら、彼を見つめる。涙で滲《にじ》む視界に、甘い笑《え》みを浮かべる彼の姿が映った。それだけで、体は再び痺《しび》れを感じる。

「ブルーベル。君が見るのは私だけでいい。私だけを感じていればいい」

そう穏やかに声をかけられて、ブルーベルは切なさに胸が苦しくなった。彼に愛を囁《ささや》かれ、体を求められれば求められるほど、どうすればいいのかわからなくなってしまう。

――私が愛しているのは、幼い頃に約束をしたウォルドだけなのに。

どろどろになった膣内への抽挿《ちゅうそう》で、脳が焼き切れるほどの快感を与えられた。あまりの刺激に何も考えられなくなるのが恐ろしくて身を捩《よじ》るが、それを咎《とが》めるように腰を打ちつけられる。

「ひあ……っ、んううぅっ……、っ！」

がくがくと体を揺すられて、涙が頬を伝う。濡《ぬ》れそぼった場所を抉《えぐ》られ、わけもわからぬままに気分が昂揚《こうよう》していく。

「怖がらなくていい。君は何も案ずることなく、私に身を任《まか》せればいいんだ」

ずんっ、とより一層深く繋《つな》げられ、強い圧迫感を覚えた。膣内が勝手に蠢《うごめ》き、彼の雄芯を銜《くわ》えこむ。ブルーベルはたまらず、背中を仰《の》け反《ぞ》らせた。いつの間にか、彼から与えられる快感を求めている自分がいる。

――彼を求めては、いけないのに。

「……やぁっ……んんっ……」

体の奥があまりにも熱くて、右手が何かを求めて宙《ちゅう》を泳ぐ。すると彼はその手を取り、指同士を絡めるようにして握った。

それとほぼ同時に、ブルーベルは強い波が押し寄せてくるのを感じて、ぎゅっと目を閉じ――

「ぁあああっ……！」

――絶頂を迎えた。

それなのに、彼はまだブルーベルへ猛《たけ》った肉芯を穿《うが》ち続ける。

「やぁっ……、も……っむり……っ」

ふるふると首を振るが、彼の動きはどんどん加速する。

「っはぁ……ぁああ！」

そうしてブルーベルが二度目の絶頂を迎えた後、彼もまた滾《たぎ》った欲望を一気に放出させた。ようやく解放されたブルーベルはびくびくと体を震わせて、テーブルの上でぐったりする。

「動けなくなったの？　私の寝室に連れていってあげるから、心配しなくていいよ」

そうさせた当の本人が、にこりと邪気のない笑《え》みを浮かべて言った。

ブルーベルがこの城から抜け出せるはずもないのに、彼は時おり、まるで失うまいと固守するかのような不安の色を瞳にちらつかせてブルーベルを求める。

今宵《こよい》も彼の腕に抱きしめられて眠るのだろうと思いながら、ブルーベルは意識を手放した。

第一章　運命の出会い

初夏のある日、教会で暮らしていたブルーベル・アランハルトの許《もと》へ、父親から手紙が届いた。

『愛しい我が娘、ブルーベルへ。シルヴァスタ地方のセレディアム侯爵家との縁談が決まった。すぐに家へ戻ってくるように。パパより』

手紙を読んだブルーベルは、茫然自失《ぼうぜんじしつ》の状態に陥《おちい》った。というのも、セレディアム侯爵家がどのようなものか、少しばかり知識があったからである。

今から四十年前。当時ただの異民族の長《おさ》だったセレディアム家は、隣国ノウスリアとの戦争に勝ち、オルドニア王国を窮地《きゅうち》から救った。その功績から、国王より侯爵の位を授《さず》かったのだ。以後、セレディアム家はオルドニア王国の北端であるシルヴァスタ地方の領主となった。また銀地に黒狼《こくろう》の紋章を持っていることから、黒狼侯爵の異名《いみょう》で呼ばれている。

そんなセレディアム家と、どういう経緯で縁談が決まったのか。

ブルーベルが理由もわからぬままに教会を出たのは、手紙が届いた翌日のことだった。故郷であるミルフィス村へ戻るのは、およそ六年ぶりだ。父の父、つまりブルーベルの祖父《そふ》は、羊の毛を売って一代で大きな財を築いた。ミルフィスの資産家のほとんどは羊毛で財を築いた者達で、村の外には羊の牧場が広がっている。

村に近づくとブルーベルの実家の牧場が見え、羊達の姿があった。春に毛を刈られたばかりの羊達は、初夏の陽気に包まれながら牧草を食《は》んでいる。

ブルーベルは、昔とあまり変わらないミルフィス村を見て、懐かしさに目を細めた。

二年前に父が贈ってくれた茶色のチュニックに身を包み、荷物も枯葉色《かれはいろ》の肩掛け鞄《かばん》のみ。ブルーベルの姿は極めて質素だった。鞄は教会へ預けられたときと同じ物で、中には替えの下着一枚とハーブについて詳しく書かれた本が一冊、そしてラベンダーの匂い袋が入っている。

ふとブルーベルは空を見た。夜明け前に教会を出て、馴染《なじ》みの修道士に途中まで荷馬車で送ってもらい、その後は街道をひたすら歩いてきた。急いだつもりだが、正午はとっくに過ぎたようだ。

ブルーベルは茅葺《かやぶ》き屋根に蜂蜜色《はちみついろ》の壁を持つ家が建ち並ぶ道を進み、石切り場の前を通り、一番奥にある実家へ到着した。家の前には小川が流れており、二羽の鴨《かも》達が悠々《ゆうゆう》と泳いでいた。庭の林檎の木には薄ピンクの可憐な花が咲き乱れている。地面には丸くて白いシロツメクサの花が広がり、小さな蜜蜂《みつばち》が飛んでいた。

そんなのどかな光景をブルーベルが眺《なが》めていると、玄関からあわてた様子で人が出てきた。

「あぁ、ブルーベル。お帰り。道中、大丈夫だったかい？」

髪のない丸い頭に、野兎《のうさぎ》のようなこげ茶色の瞳。久方ぶりに会った父ロイセルは、ブルーベルが覚えている姿よりも少し痩《や》せていた。鼻は小さく、顔はのっぺりとしている。背はブルーベルよりもほんの少しだけ大きく、男性にしてはやや高めの声なこともあり気弱そうに見える。

「ただいま、パパ。会いたかった」

ブルーベルはロイセルに抱きついた。ロイセルもまた、ブルーベルの背中に腕を回す。

「おかえり、ブルーベル。お前には迷惑をかけてばかりで、本当にすまないね」

「ううん、いいの。……サリア様は？」

サリアとは継母《ままはは》のことだ。ロイセルは家を振り返る。

「貴族友達の家へ行くと言って出かけたよ。中へ入ろう。お前も急な帰郷で疲れただろう」

「……うん」

ブルーベルがロイセルと一緒に家の中へ入ると、見知らぬ女性がいて驚いた。床を拭《ふ》いており、ブルーベル達に気づくと手を止めて目礼する。

「サリア専属のお手伝いさんだよ。サリアは相変わらず、掃除や洗濯を自分でしたがらないんだ。男爵家の令嬢として育ったから、そもそもやり方すら知らないし。だから、雇うしかなくて……」

「そう……」

応接室へと通され、ブルーベルは木の椅子へ座った。応接室といっても大したものはなく、テーブルの上に燭台《しょくだい》があるだけ。ブルーベルはその様子に違和感を覚えた。ブルーベルの記憶では、応接室には祖父《そふ》自慢の飾り棚や陶器の置物があった。だが今は、壁に飾り棚の形に日焼けした跡《あと》が残っているだけ。そんなブルーベルの疑問を察したロイセルは、彼女の正面に座って溜息《ためいき》をつく。

「久しぶりに我が家へ帰ってきて、さぞ驚いただろう。実は、牧羊がうまくいってなくてね。雇っていた者達に暇を出して、家具もほとんど売り払ったんだ」

「え？」

父からそう打ち明けられて、ブルーベルは絶句した。ロイセルは土気色《つちけいろ》の顔を俯《うつむ》かせる。

「羊毛市場が飽和状態で、多くの牧場が潰《つぶ》れているんだ。それもこれも隣村の領主様が豪壮《ごうそう》な館を建てて、羊毛の取引をしているからなんだけど。うちも煽《あお》りを受けて、羊毛が売れなくて」

ブルーベルの顔が青ざめる。実家がそんなことになっているとは知らなかった。最後に教会を訪問してくれた半年前には、仕事が忙しいから教会に来ることができなくなると言っていたからだ。

「ついこの前まで、順調だったじゃない」

「国の方針で羊毛貿易が行《おこな》われていてね。領主様が管理している羊毛ばかりを取り扱って、私達のような庶民の羊毛は買ってくれなくなっているんだ。どうも隣村の領主様は、自分の羊毛を優先的に買うなら安くするから他の羊毛を買わないでほしい、とお願いまでしているみたいで。うちもサリアが散財をしなければ、何とかやっていけるのだけれどね。あの人は言うことをきかないから」

男爵家の令嬢、サリア。彼女は父親の命令でロイセルと結婚させられた。ミルフィス村はサリアの父であるルイス・コルトナーが管理しており、当時村で最も裕福だったため、ロイセルが彼女の相手に選ばれた。亡き妻と娘を愛するロイセルは結婚を断りたかったが、如何《いかん》せん相手が悪かった。コルトナー男爵は、国王主催の騎馬戦にて常勝無敗の戦歴を誇る騎士。男爵の爵位を国王より賜《たまわ》った後は騎馬戦に出ることもなくなったが、そんな彼に逆《さか》らえる者などいるわけもない。

このようにして、ロイセルとサリアの結婚は決まってしまった。

「相談してくれたら、パパの手伝いをしたのに」

「ありがとう。お前の手伝いが必要なときはちゃんと言うから、心配しなくても大丈夫だよ」

ロイセルはそう言うものの、たった一人で羊達の世話をするのは大変なことである。

ブルーベルはロイセルが教会を訪れなくなった経緯を知って、どうして気づけなかったのかと悔《く》やんだ。

「ごめんなさい、パパ」

「パパは平気だから、そんな落ちこんだ顔をしないで。私のことよりも、お前のほうが大変だ」

「セレディアム侯爵家との縁談?」

「そう。実は私も知らなかったんだ。突然サリアの父親が来て、縁談がまとまったと言い出して。おそらく牧羊の経営悪化を心配して、サリアが何か言ったんじゃないかと思うんだけど」

ただの庶民であるロイセルは、男爵家に逆らえない。彼がサリアと再婚をしたのも、結婚しなければあらゆる手段を用いて牧場と家を没収する、と男爵に脅《おど》されたからだ。

ロイセルに選択権がないことは、ブルーベルもよくわかっていた。

「パパが何かしたわけではないのね？」

「あぁ。私には侯爵家との繋《つな》がりがないからね。侯爵家の当主様との結婚なんて、とてもとても」

侯爵家の当主様。ブルーベルは思わず椅子から落ちそうになってしまった。

「え。ちょっと待って。侯爵家の当主様、ってことは、侯爵様と私の縁談話なの？」

信じられない話だった。だが、ロイセルは大きく頷《うなず》く。

「パパも嘘だと思ったんだけれどね。セレディアム侯爵様から直々に手紙が届いたんだよ。ブルーベルと結婚がしたい、って。ほら、これ」

ロイセルが懐《ふところ》から取り出したのは、ベージュ色の封筒だった。赤い封蝋《ふうろう》にはセレディアム侯爵家のものとみられる狼の紋章が押されている。

「何かあるんじゃないの？　ほら。昔から言うじゃない。うまい話には裏があるって」

「こんな片田舎の土地や家を奪ってどうするの。うちの財産といえばお前と羊ぐらいなのに」

祖父《そふ》の代で得た食器セットや絵画、家具なども財産としてあったはずだが、それらがどうなったかを想像して、ブルーベルは質問をやめた。

「お前には悪いと思ったのだけれど、パパもどうすることもできないんだ。辛《つら》いとは思うけれど、シルヴァスタへ行ってくれるかい？　迎えの方は明日来るそうだから」

「あ、明日？　随分《ずいぶん》と急なのね」

「うん。……ブルーベル、ごめんよ。パパが不甲斐《ふがい》ないせいで、苦労をかけてばかりで」

ブルーベルはロイセルの手に両手を重ねた。そして首を振って笑《え》みを浮かべる。

「パパ、私は大丈夫よ。私が強いことは知っているでしょう？」

目の前にいる心優しい父親を、ブルーベルは一度として恨《うら》んだことはなかった。ブルーベルを心から愛してくれる、唯一の肉親なのだから。

「お前は本当に、お母さんそっくりだね。顔もそっくりだし、強くて優しい性格もそっくりだ」

「それはそうと、パパ。セレディアム侯爵家の当主といえば、私よりもかなり年上のおじさんだったわよね？　確か五十歳ぐらいの」

「うん。それぐらいだったと思う。お前が今十七歳だから、三十三歳以上は離れているね」

前掛けで顔を覆《おお》って泣き崩れるロイセル。ブルーベルはそんな父を慰《なぐさ》めた。自分は大丈夫だと。

その夜、ブルーベルは客室で休むことになった。サリアに自室を片付けられてしまい、居場所がなかったのだ。ブルーベルが教会に預けられたのは、六年半前。それからは常に、最愛の人のためだけに祈りを捧げてきた。身勝手な私欲のために神に祈っているからだろうか。十八歳を迎えたら修道女の道を歩みたいという願いを口にしたとき、神父様には渋い顔で首を横に振られた。

「縁談なんて、嫌よ……。私には、ウォルドしかいないのに……」

心から愛している人は、たった一人だけ。彼を想うだけで切なく、涙が溢《あふ》れてくる。彼がもうこの世のどこにもいないなど、未だに信じられない。

ブルーベルは目から零《こぼ》れ落ちた涙を手の甲で拭《ぬぐ》うと、月明かりが差しこむ窓際の寝台へ寝転んだ。そして幼い頃に思いを馳《は》せる。何よりも大切にしてきた、色褪《いろあ》せることのない記憶に——

ブルーベルが五歳のとき、父が男爵家の令嬢と再婚することとなり、彼女は亡き母の実家へ預けられた。祖父《そふ》はいなかったが、祖母《そぼ》には様々なことを教わった。刺繍《ししゅう》や料理、文字の読み方、薬草について。大抵の家に窯《かま》はなく、領主邸の石窯《いしがま》まで出向いてお金を払ってパンを焼かせてもらう。だが祖母の家には石窯があった。その上祖母は庶民にしては珍しく、文字の読み書きもできた。どうして祖母は何でもできるのか、ブルーベルは質問したことがある。すると彼女はこう答えた。

「ブルーベル。私はね、魔女なのよ。だから薬草やいろいろなことに詳しいの」

その言葉通り、祖母は薬草についての様々な知識が書かれた本を持っていた。それは手書きの、世界で一冊しかない本。

「じゃあ、お婆《ばあ》ちゃんは魔法が使えるの？　魔女って魔法が使えるんでしょう？」

祖母はそんな問いに朗《ほが》らかに笑いながら頷《うなず》いた。

「ブルーベルが大きくなったら、魔法の使い方を教えてあげるわね。……そうだ。ブルーベルはいい子だから、魔女の証《あかし》である魔法の指輪をあげましょう。これよ」

祖母の左手の薬指には、ローズゴールド色の指輪がはめられていた。祖母はそれを指から抜くと、革の紐《ひも》に通してブルーベルの首へぶら下げてくれる。

「魔女の証？」

指輪の内側には薔薇《ばら》の花が彫《ほ》られていた。

「そう、魔女の証。大切なものだから、誰にも見せてはダメよ」

「うん。わかった」

とても綺麗《きれい》な指輪だった。ブルーベルは祖母《そぼ》の宝物を貰ったのだと子供ながらに悟り、服の下へ隠すようにして身につけた。祖母の孫であることを誇らしく思いながら。

その後、祖母が亡くなるまでの四年間、ブルーベルは祖母と二人で暮らした。

祖母の葬儀《そうぎ》の後、ブルーベルは実家へ戻ってきた。懐かしい我が家。だがその思いはすぐに消えた。亡き母の家財はみんな処分され、代わりに彫金の飾りがついたチェストやテーブルが置かれていたのだ。食器類も全て替えられ、専属の料理人までいた。それはさも貴族の暮らしのように。そして食事のとき、ブルーベルは父達と同席が許されなかった。

そんな異様な生活の中、最も困ったのはサリアの性格だ。散財するだけでなく、家の中では度々《たびたび》ヒステリックに叫ぶ。ひどいときは物を投げつけたり、家具を倒したり。これにはロイセルも困り果て、そういうときはいつも決まってブルーベルを家の外へ逃がした。

——そう。春の終わりが近かったあの日も、ブルーベルは一人で外を歩いていた。

ミルフィスの村で生まれたブルーベルだが、長年祖母の家で暮らしていたため、村に友達と呼べる子供はおらず、いつも一人だった。暇をもてあまして村の東端までやってきたとき、その豪奢《ごうしゃ》な屋敷が目に留まった。

槍《やり》のような黒い鉄柵《てっさく》に囲まれ、蔦《つた》が青々と生《お》い茂《しげ》った外壁が日隠しとなっている。二階建ての建物は煉瓦造《れんがづく》りで、青い三角形の屋根の煙突《えんとつ》には小鳥達がとまっていた。広そうな屋敷の庭には幾つかの木々も植えられていて、二階の高さまで伸びている。唯一残念だったのは曇《くも》り空であること。晴れていれば、屋敷はもっと素敵に見えただろうに。

「こんな家、あったんだ」

ブルーベルは黒い鉄柵の周りを歩いてみた。蜂蜜色《はちみついろ》の家が多い中、その家はかなり異質だった。一体どんな人が住んでいるのだろう。ブルーベルが裏門まで回ったとき、黒い門がわずかに開いていることに気がついた。屋敷の住人が閉め忘れてしまったのか、それともわざと少しだけ開けているのか。どちらにせよ門のそばに人がいる気配はない。ブルーベルは子供ならではの好奇心で、駄目だと思いつつも門の奥を覗《のぞ》いてみた。するとその先には、薔薇《ばら》の蔓《つる》で作られたアーチが続いていた。青々とした葉のところどころに、紅色《べにいろ》の蕾《つぼみ》が幾つもついている。

「……わぁ」

思わず門の中へ入ってしまった。これまで植物のアーチを見たことがなかったブルーベルは、うっとりしてしまう。そのまま吸いこまれるように石畳の上をゆっくり進むと、分かれ道になっていた。少し迷った後、ブルーベルは右に曲がった。すると薔薇のアーチはすぐに終わり、春の花々が咲き匂う庭園へと到着する。色とりどりの花壇《かだん》の先に、青い花がさざ波のごとく揺れる場所があった。奥には背の高い木があり、その隣には六本の白い石柱に支えられた東屋《あずまや》がある。その真下には石造りの長椅子が置かれ、座り心地のよさそうなクッションが敷《し》かれていた。

そこでブルーベルは、立ち止まって息を呑んだ。

なぜならその長椅子に、まるで天より舞い降りてきたかのように美しい少年が座り、本を読んでいたからだ。彼の脚の上には朱色のひざ掛けがかけられ、さらりとした銀色の髪は色白の肌にとても映《は》えた。形の良いすっとした鼻、長い睫《まつげ》と澄《す》んだ水色の瞳。彼の羽織《はお》った濃い青の長衣の縁《ふち》には、金糸で細かく刺繍《ししゅう》がされている。ゆるやかな風が吹いて少年の髪の毛がかすかに揺れ、まるでそこだけが別世界のよう。

見惚《みと》れていると、ブルーベルの気配に気づいたのか少年がゆっくりと顔を上げた。そしてこちらを見て目を丸くする。ブルーベルはそんな表情にさえ、神聖さを感じずにはいられなかった。

「あなたは天使様？」

ブルーベルの問いかけに、少年はさらに驚いた顔をした。少女の質問があまりにも意外だというように。

「それは君のほうだよ。君が天使様なんじゃないのかい？　体に光を纏《まと》っているし」

光と聞いて、ブルーベルは首を傾《かし》げた。雲から差しこんだ日差しが、ブルーベルを照らしていたのだ。少年の目には、うっすらとピンクを帯《お》びた彼女の金髪がきらきらと光り輝いて映った。ブルーベルの愛くるしい表情が、彼女の魅力を一層引き立てる。

「いいえ、私は天使様なんかじゃないわ。ブルーベルっていうの」

その言葉に、少年は心弾むような笑《え》みを見せた。

「そうか。じゃあ、君は天使様ではなくて妖精だったんだね」

「妖精？」

「ブルーベルは妖精の花と言われているから。そこに咲いている花達がそうだよ」

少年の言葉に、ブルーベルは風に揺れる青い花へ目を落とした。地面から伸びた緑の茎《くき》は先端でくるんと丸まって地面へ垂《た》れ、青い筒状の花が十数個ついて風に揺れている。

「このお花、ブルーベルっていうの？　私と同じ名前なのね」

ブルーベルは嬉しくなって地面へ屈《かが》み、青い花に顔を近づけた。匂いを嗅《か》いでみると、甘い芳香《ほうこう》が鼻腔《びこう》をくすぐる。少年は本を長椅子に置いて彼女のすぐそばに屈み、顔を覗《のぞ》きこんだ。

「君はやっぱりブルーベルの妖精なんだね。瞳の色がブルーベルの花と同じだ」

ブルーベルは頬を赤らめた。

「ち、違うわ」

「そう？　違うようには見えないけれど」

少年はブルーベルの髪に指を絡めた。さらりとしたブルーベルの髪は柔らかく、一切癖がない。

「あなたは、なんていうお名前なの？」

「僕はウォルド。この屋敷に住んでる」

「一人で？」

ウォルドは肩を竦《すく》めた。

「まさか。執事や使用人もいるし、料理人もいるよ」

「パパやママは一緒じゃないの？」

「お母様は僕が産まれて間もなく亡くなったから、いないんだ。お父様はここから遠い場所に住んでいて、めったに会えない」

「どうして離れて暮らしているの？」

「僕の体が弱いせいなんだ。元々住んでいた場所は、ここよりも寒い場所にあってね。だからこの暖かなミルフィスの村で療養しているんだよ」

ブルーベルは少年と自分の境遇を少し重ねてしまった。そして思わず、彼の頭を撫《な》でる。

「偉いね。私も最近までパパと離れて暮らしていたから、会えなくて寂《さび》しい気持ちはわかるわ」

ウォルドはブルーベルをとても興味深そうに見つめた。まるで新種の花を見つけたかのように。

「ブルーベルはどうして、お父様と離れて暮らしていたの？」

ブルーベルはウォルドの頭から手を下ろした。

「パパが男爵家の人と再婚して、お婆《ばあ》ちゃんの家に預けられていたの。でもお婆ちゃんがこの前亡くなって、それからはパパと暮らしているの」

ウォルドは、あぁ、と頷《うなず》いてみせた。

「君の家は、アランハルト家なのか」

「知っているの？」

「うん。使用人達の間で噂になっていたから。男爵家の娘と羊飼いの男性が結婚した、って」

あまりいい噂ではないのだろうと、ブルーベルにはわかってしまった。

「そう……」

「でも、どうして結婚できたの？　君の家がいくらお金持ちでも、貴族と結婚だなんて普通は考えられないことなのに」

オルドニア王国では、爵位や貴族の血が重視されている。そのため、貴族と庶民の結婚は通常ならばありえない。

「父方のひいお爺《じい》ちゃんが、男爵の爵位を持っていたの。私のお爺ちゃんは末っ子だったから、爵位は得られずに庶民だったんだけど」

「なるほど。庶民だけれど、一応貴族の血筋ではあるのか。だから、男爵家と結婚できたんだね。おかしいな、って思っていたんだ。貴族と庶民の結婚なんて、普通は認められないのに」

男爵家と結婚できた。その言葉にブルーベルは複雑な顔をするしかなかった。男爵家と結婚をして何か利益があったかと訊《き》かれれば、何もない。

「パパ、可哀想なの。赤茶色のくりくりした髪の毛がはえていたのに、頭の後ろに幾つも丸いハゲができて。サリア様と結婚する前まで、そんなハゲはなかったのに」

「サリア様？　継母《ままはは》のこと？」

「うん。お母さんって呼んだら、嫌がられたの。だから、サリア様って呼んでる。……今日もね。サリア様が突然怒り出したから、パパがお外で遊んできなさいって言ったの」

「ええ？」

ウォルドは心から驚いているようだった。その様子に、ブルーベルは家の話はしない方がいいと察し、話を変える。

「そういえば、ウォルドは何歳？　私、九歳」

「一緒だ。僕も九歳だよ」

ブルーベルが立ち上がり、ウォルドもつられる。すると、ブルーベルはあることに気がついた。

「あ。身長は私のほうが高いね」

ウォルドはブルーベルよりも目線が低い。ブルーベルが目線を合わせようと少し屈《かが》むと、これにウォルドは面白くなさそうにする。

「身長ぐらい、すぐに伸びるよ」

「そう？　私のパパも背が低いよ？」

「君のパパはそうかもしれないけれど、僕まで一緒にしないでくれ」

「ごめんなさい」

ブルーベルは笑顔で謝った。それがなんとも心をほぐすような笑《え》みで、ウォルドはかすかに頬を赤らめて悔しそうに言う。

「君は狡《ずる》いね。そんなに可愛い笑顔で謝られたら、怒れないじゃないか。……それはそうと、どうやってこの屋敷へ入ってきたの？」

「門が開いていたから、つい入ってしまったの。ダメだってわかってたけれど、たくさんのお花を見ているうちに楽しくなってしまって……」

ウォルドはしばし考えこんだ。

「その門っていうのは、薔薇《ばら》のアーチがある場所？」

「うん、多分そう」

「おかしいな。あそこは誰も使っていないはずなのに。使用人達が使っている勝手口は別にあるから、あの門は開かずの門になっていると思うんだけど」

「本当にごめんなさい。もうここへは勝手に入らないって約束する」

ウォルドはブルーベルの右手を握った。

「いいよ、そんな約束をしなくても。庭ならいくらでも見にきてよ。そうだ、お茶を用意させるよ。こっちへおいで。先日ヘザーの蜂蜜《はちみつ》を貰ったんだ。とてもおいしいから一緒に食べようよ」

「え？　でも」

蜂蜜は高級品だ。そんなものを食べてもいいのだろうか。

　ブルーベルは戸惑いつつも屋敷の中へと案内された。中央に黄色の絨毯《じゅうたん》が敷《し》かれた廊下は、柱ごとに天使の像が並べられている。白い天井には水仙《すいせん》の花や葉、蔓《つる》が緻密《ちみつ》に彫刻されていて、とても美しかった。そうして二人が廊下を進み螺旋《らせん》階段の前へ来たとき、白いシャツの上からベージュの胴衣《どうい》を着た中年の男性が現れた。短い銀髪に整えられた口髭《くちひげ》、瞳は淡い水色をしている。

「ウォルド様、お客様ですか？」

　ウォルドは男性を見て頷《うなず》いた。

「ハンス。お茶とお菓子を用意してくれないか。僕の部屋へ持ってきてほしいんだ」

　ハンスと呼ばれた男性は、気のよさそうな顔をしていた。

「かしこまりました。すぐにお持ちします」

　ブルーベルはウォルドに手を引かれて、螺旋階段を通り過ぎてすぐ手前の部屋へ入った。そこはブルーベルの部屋より遥《はる》かに広く、机や椅子、チェスト、大きな暖炉があった。青く塗《ぬ》られた天井には星や月、太陽が描かれ、天使達が雲の上に座っている。

「ここが、ウォルドのお部屋？」

「そうだよ」

　ウォルドは頷くと、ブルーベルを椅子まで導《みちび》く。

「すごく素敵なお部屋。私もこんなお部屋に住んでみたいなぁ」

衝立《ついたて》の奥には寝台があるようだった。ブルーベルがテーブルに手を置くと表面に指紋がついてしまい、あわてて服の袖で拭く。ウォルドはそれを見て楽しそうに笑った。

「拭《ぬぐ》わなくていいよ。そんなのいちいち気にしていたら、晩餐会《ばんさんかい》にだって参加できない」

「晩餐会？　行ったことがあるの？」

「まさか。まだ子供だから参加できないよ。それに病弱だから大人になるまで生きられるかどうか……」

その言葉に、ブルーベルの表情が曇《くも》った。庭園で見たときは思わなかったのだが、ウォルドは服の上からでもわかるほどに痩身《そうしん》で、肌は病的に白い。

「そんなに、体が弱いの？」

「うん。結構頻繁《ひんぱん》に熱が出る。今日は体調がよかったから庭園で本を読んでいたのだけれど」

「じゃあ、外で走ることはできないの？」

「そうだね。……体力がなさすぎて格好悪いよね。男なのに」

茶化《ちゃか》したように言うウォルドに、ブルーベルは真顔で首を横に振った。

「仕方がないわ。病気だもの。格好悪いだなんて思ったりしない」

ウォルドも真顔になる。

「君は……、いい子なんだね。そんなふうに言ってくれたのは君だけだよ。お父様からは精神が軟弱だからだっていつも言われる」

「ウォルドのパパは、とても厳しいのね」

「うん。でも、もう慣れたよ」

ブルーベルはウォルドの両手を、自《みず》らの手で包みこんだ。

「そういうのは、慣れなくていいのよ。私のお婆《ばあ》ちゃんが言ってた。そういうことに慣れる必要はないの。寂《さび》しい気持ちや辛《つら》いという気持ちは、あって当然なんだから」

ウォルドは捕らわれたように、ブルーベルの紺碧《こんぺき》の瞳から目を逸《そ》らせなかった。ブルーベルもウォルドの視線をしっかり受け止めて、安心させるかのように頷《うなず》く。

「ありがとう、ブルーベル。君と出会えた今日を、神様に感謝するよ」

「私もよ」

ウォルドはブルーベルの言葉に、少し照れくさそうに笑う。ブルーベルは彼の頬が林《りん》檎《ご》の実のようで、愛らしいと思った。

と、そこへ銀のティーポットと赤い花模様のついた白い陶器のティーカップ、お菓子を銀のトレーに載せた男性がやってきた。先ほど螺旋《らせん》階段で会った彼である。ブルーべルはウォルドの手を離してきちんと座り、ウォルドも背筋を伸ばしてその人を紹介した。

「僕の身の周りの世話をしてくれているハンスだ」

歳は五十半ばぐらいに見えた。目元に刻まれた皺《しわ》は温厚そうだが、太い眉は凛々《りり》しくも見える。

「先ほどはご挨拶《あいさつ》できず、申し訳ありません。ウォルド様にお仕えするハンスと申します」

丁寧に謝られて、ブルーベルは畏縮《いしゅく》した。

「い、いいえ、私もさっきは挨拶できずにごめんなさい。私はブルーベル・アランハルトです」

彼は微笑《ほほえ》むと、テーブルの上へ小さなソーサーとティーカップを置いた。次にティーポットを手にすると、優雅な動作でお茶を注《つ》ぐ。ティーカップには淡い黄色の水面が波打ち、林檎に似た香りが広がった。その香りは、ブルーベルもよく知るカモミール。ハンスは大きな皿に盛《も》られた菓子と蜂蜜《はちみつ》が入った瓶《びん》を置くと、そのまま一礼して部屋を出ていった。

ウォルドは蜂蜜の瓶を手にすると、スプーンで掬《すく》ってブルーベルのティーカップへ入れる。

「んっ！　もったいない、蜂蜜っ。高価なのに」

「遠慮しないで、お客様なんだから。この蜂蜜は僕も毎日食べているんだけど、とてもおいしいよ。ほら、口を開けてごらん」

「え？」

ブルーベルはためらいがちに口を開けた。ウォルドは蜂蜜《はちみつ》を載せたスプーンをブルーベルの口の中へ差し入れて、食べさせる。

「どう？　おいしいだろう？」

「う、うん。甘くておいしい！」

ウォルドは幸せそうに、ブルーベルの笑顔を眺《なが》めた。

――幸せだった記憶を思い返しているうちに、ブルーベルは眠りに落ちていた。彼を夢に見て迎えた翌朝。ブルーベルはミルフィス村の実家で支度をしていた。セレディアム侯爵家の当主に会うために、シルヴァスタへ行かなければならない。

「パパ。おはよう。……どうしたの？」

客室を訪れたロイセルの目の下には隈《くま》があり、ブルーベルは父が眠れなかったことを察して心が痛んだ。幼い頃にサリアと父と三人での食事が許されなかったのは、サリアの暴言から自分を守るためなのだと知っている。ロイセルは心の優しい父親だ。

「ブルーベル。今から家を引っ越そう。男爵家に土地を没収されて牧羊が続けられなくなっても、お前が無事ならそれでいいんだ。だから、セレディアム侯爵との縁談は断りなさい」

「え？」

予期せぬ言葉にブルーベルは耳を疑った。ロイセルは覚悟が決まったとばかりに大きく頷《うなず》く。

「私はこれ以上、父親としてお前に恥ずかしい姿を見せたくないんだ。これまで苦労をかけてしまった分、お前には幸せになってほしい。だからセレディアム侯爵なんかと、絶対に結婚をしてはダメだ。私も人の噂でしか知らないけれど、恐ろしい話しか聞かないし」

「恐ろしい話って？」

噂で判断したくないブルーベルだが、向かう先の情報が欲しくて聞き返した。

「シルヴァスタ地方に住んでいる者達は閉鎖的で、同じ部族以外の者には容赦《ようしゃ》がないらしいんだ。とっても冷血で残忍で、逆《さか》らう者は即刻殺すらしい」

「パパ。それって、私に死ねと言っているのと同じよ」

そう、ロイセルは縁談を断りなさいと言ったのだ。縁談を断れば逆らったと見なされ、即刻殺されても仕方がない。ロイセルも自分の発言の矛盾にハッとし、首を振る。

「ダメ、やっぱり、縁談は断っちゃダメ！　お前が殺されてしまうよ。でもでも、それだとお前がパパより年上のおじさんと結婚することに……。あぁっ、一体どうしたらっ」

ロイセルは相当、取り乱していた。ブルーベルは自分がしっかりしなければ、と冷静になる。

「パパ、落ち着いて。あくまで噂だから……。もしセレディアム侯爵様が噂とは違っていい人で、うまく断れそうなら断るわ。でもいいの？　断って不興《ふきょう》を買えば、パパが困るんじゃ……」

ロイセルはブルーベルを安心させるように微笑《ほほえ》んだ。

「私のことは大丈夫。私の楽しみはお前が結婚して幸せな家庭を築き、孫の顔を見ることなんだから。それに、自分より年上の男が息子になるなんて考えられなくてね。はい、これ持参金」

ロイセルは持っていた麻袋を両手で差し出した。

「え？　どういうこと？」

「ほら、断るにしてもタダで断れるとは思えないだろう？　だから念のために持っていきなさい」

「ダメよ、それは万が一のために置いておかないと。今、この家は大変なんでしょう？」

「お前のために蓄《たくわ》えたパパのへそくりだから、いいんだよ」

父親の愛情を感じ、ブルーベルは泣きそうになる。

「……ありがとう、パパ」

ブルーベルはお金を受け取った。そこで家の前から馬の嘶《いなな》く声がし、ロイセルは動揺する。

「お迎えが来たみたいだ。仕度が済んだら玄関へおいで」

ロイセルは客室を出ていった。ブルーベルは持参金を鞄《かばん》に詰めながら考える。おそらくロイセルは、娘の結婚に備えてお金を用意していたのだろう。元々は縁談を断るためのお金ではないはずだ。他にも気がかりがあった。それは、なぜセレディアム侯爵が羊飼いの娘と結婚する気になったのかということ。いくら男爵家と繋《つな》がりがあるとはいえ、侯爵家とは身分差がありすぎる。〝貴賤結婚《きせんけっこん》〟どころの話ではなく、現実的に考えてこの縁談はまずありえない。それに、セレディアム侯爵はシルヴァスタ地方に住むシルヴァスタ人という異民の長《おさ》でもある。どう考えてもこの縁談話は不気味という他ない。

ブルーベルは考えごともそこそこに、ロイセルが用意してくれた服へ着替えた。首元に花柄のレースがあしらわれたミントブルーのチュニック。足首が隠れるほど贅沢《ぜいたく》に布が使われ、袖口もゆったりとしていた。小鳥が刺繍《ししゅう》された長い帯を腰に巻いて、前へ垂《た》らす。長袖なのは、ミルフィス村があるグリンスフィン地方よりシルヴァスタ地方が寒いのを心配して、気遣ってくれたのだろう。

「相当無理をしてくれたのね……」

家財を売らなければいけないほど家計が火の車だというのに、娘が恥をかかないようにと高価な衣服を揃《そろ》えてくれる、優しい父。ブルーベルは申し訳ない気持ちでいっぱいだった。

第二章　秘密の約束と賭《か》け

ロイセルに見送られて、ブルーベルはシルヴァスタから来た黒塗《くろぬ》りの馬車へ乗った。外には栗毛《くりげ》の馬に乗った護衛の騎士が三人も付き添い、随分《ずいぶん》と物々《ものもの》しい。護衛の騎士達は銀の鎧《よろい》に黄色い飾り房《ふさ》と白い羽根のついた兜《かぶと》をかぶり、完全防備をしている。先頭を行く騎士の持つ白銀の旗には、腰を地に下ろして正面を向いた黒狼《こくろう》の姿が刺繍《ししゅう》されていた。ただ一人、馬車にブルーベルと同乗した騎士は、鎧を着ていなかった。首元まで隠れるかっちりとした白い襟に、膝まである上着。衣服は黒主体で、銀の胸当てには狼の浮彫《レリーフ》があった。剣の鞘《さや》とロングブーツは濃紺《のうこん》で統一され、銀糸の刺繍が入っている。

「あはは。ごめんね、男と同席で。緊張していると思うけれど、楽にしてね」

向かいの席に座っている騎士が、随分と明るい口調で言った。銀髪に水色の瞳で、彫《ほ》りの深い顔立ち。睫《まつげ》も長く、じっとしているだけでもかなりの華やかさがある。外見は二十代前半に見えるものの、落ち着いた物腰から二十代後半かもしれないと感じた。

「失礼なことを、お訊《き》きしてもいいでしょうか」

「何かな？　私が答えられることなら、何でも訊《き》いて」

柔和《にゅうわ》で気さくな彼の口調に、ブルーベルは少しだけ警戒心を解《と》いた。

「えっと、クリス様、でいいでしょうか」

クリス・ブラウン。それが、彼の名前だった。

「クリスで構わないよ。よろしくね、可愛らしい姫君」

クリスはブルーベルの両手を恭《うやうや》しく持ち上げて丁寧に握ると、色香《いろか》を最大限に発揮して微笑《ほほえ》んだ。普通の女性ならば気絶してもおかしくないほどの、破壊力を持つ笑《え》み。

教会暮らしをしていたブルーベルは、男性と接した経験が少ない。それでも、目の前の人物が女性に慣れていることはよくわかった。

「クリス様は銀の髪に水色の目をしていますけど、それってやっぱり」

「うん、シルヴァスタ人の特徴だよ。シルヴァスタ人はほぼ、銀髪に水色の目をしているんだ」

ブルーベルは心底驚いた。ウォルドも銀髪に水色の目をしていた。彼もシルヴァスタ人だったのだろうか。

「そう、なんですか」

不快にさせないように気遣いながら、ブルーベルはクリスに握られた両手をそっと引き抜いた。

「君も変わった髪の色をしているね。ピンクブロンドだなんて、めったにいないよ？」

クリスが目をやったのは、光に当たるとピンク色に輝く金色の髪。ブルーベルは自分の髪を見ようとして、髪を一つにまとめて結《ゆ》い上げていたことを思い出す。

「はい。不思議な色ですよね。亡くなった母も同じ髪の色をしていたそうです」

「へぇー、そうなの」

他愛のない話をしている間も、馬車は順調に進んでいた。ブルーベルは、実は馬車に乗るのは初めてだった。作物を運ぶための荷馬車には乗ったことがあるが、貴族が乗るような箱形の馬車には一生縁がないと思っていたのだ。サリアやその父である男爵が乗っているのと、ウォルドの屋敷前に馬車が停まっているのを数回見た記憶はある。その頃は、まさかこんな形で自分が馬車に乗ることになるとは夢にも思っていなかった。

ブルーベルが馬車の窓へ目を向けると、白樺《しらかば》の森が広がっていた。クリスも窓の外を眺《なが》めて、ほっとしたように小さく息を吐く。

「シルヴァスタへ入ったね」

ブルーベルの故郷であるグリンスフィン地方には森がない。そのため、シルヴァスタ地方に入ったことは一目瞭然《りょうぜん》だった。

「綺麗《きれい》ですね。一面に広がる白に、葉の緑がよく映《は》えて」

「外観はね。でも一歩中に入れば、人を惑《まど》わす恐ろしい森だよ」

「どうして、恐ろしいんですか？」

クリスは楽しそうに笑いながら、目線だけを白い森へと向けた。

「森はかなり広くて、似たような景色が続くから。一度迷えば、簡単には森の外へ出られない。だから我々でもめったに入らないんだ。でもあまりに美しいから、年に何人かうっかり入ってしまって戻らない、ってことがあってね。……もしもこの白い森を突っ切れば、君の故郷のグリンスフィン地方への近道になるのだけれど、入るのは絶対にやめたほうがいいだろうね」

森が見えなくなると、なだらかな山が見えた。グリンスフィン地方には、小さな丘はあるが山はない。

「あれ、山ですよね？」

「うん、そうだよ。あの山はね、夏の終わり頃になると、まるで上等な織物《おりもの》のように鮮《あざ》やかな赤紫色に染まるんだよ。ヘザーの花が多いから」

その花の名前を聞いたことがあった。釣鐘形《つりがねがた》をした赤紫色の花。

「ヘザーの蜂蜜《はちみつ》を口にしたことがあります。お茶に入れて、飲んだんですけど」

「おいしいよね、ヘザーの蜂蜜。でもあの蜂蜜はとても希少だから、普通ではめったに食べられないんだよ。何せ、このシルヴァスタでしか採れないから」

ウォルドのことが頭によぎった。彼の家で貰った蜂蜜は、いつもヘザーの蜂蜜だったのだ。

「……そういえば、シルヴァスタはとても寒い場所だと聞いていたので、こんなにも緑が豊かだとは思いませんでした」

正直な感想に、クリスはうんうんと相槌《あいづち》を打った。

「冬はとっても寒いよ。雪も積もるしね。でも、ミルフィスに負けないぐらい自然が溢《あふ》れていて、綺麗な場所だよ。君も我らが主《あるじ》と結婚して住むようになれば、気に入ると思う」

セレディアム侯爵との縁談を丁重に断ろうと思っているブルーベルは、返事ができなかった。とはいえ、果たしてそれは正しい決断なのか。ブルーベルは真剣に迷っていた。

実家の牧場経営が厳しいということが、どうしても引っかかる。

セレディアム侯爵が何を思ってこの縁談を進めたのかは、わからない。だがもしも五十代の男性に慰《なぐさ》み者にされるための結婚だとすれば、ブルーベルにとってこの上なくおぞましいことだ。

父には断れそうなら断ると言ったブルーベルだったが、今回の縁談が父にとって有益なものならば、自分の身は二の次でよかった。どうせ縁談を断ったとしても、教会へ戻るしか選択肢はないのだから。

馬車の窓から見える景観が農地や牧草地に変わった頃、ブルーベルは道の先にある大きな城に気がついた。灰色の城である。正確には灰色の石を築いて造りあげた、要塞《ようさい》のような城。周囲は高い外壁に囲まれており、円錐《えんすい》の形をした黒い屋根の塔が見える。乙女が夢見る深窓《しんそう》の姫君がいそうな純白の城とは趣《おもむ》きを異《こと》にする、どこまでも堅牢《けんろう》な建物。

「あれが……」

ブルーベルは、今更ながら手が震えてしまった。クリスと話していて知らないうちに緊張は和《やわ》らいでいたが、急激に現実へと引き戻される。

「あれこそが、我らのシルバーフレイム城。別名黒狼《こくろう》の城だよ」

クリスの説明が、ブルーベルの恐怖を煽《あお》る。城の屋根にはシルヴァスタの紋章のついた旗が掲《かか》げられ、水が張られた堀《モート》が城を囲っている。馬車が堀の前で停止すると、鎖で吊り上げられていた跳《は》ね橋が城門から下ろされた。

「いつも、橋を上げたり下げたりしているんですか？」

ブルーベルの質問にクリスは肩を竦《すく》めた。

「まさか。君を安全に迎え入れるため、侵入者を防いでいるんだ。普段は橋を下ろしているよ」

馬車が橋を渡り城門をくぐると、再び橋が上げられる。ブルーベルは、ここは監獄《かんごく》か、と目を疑った。これではどう頑張っても、ブルーベル一人で城から出ることはできない。

「随分《ずいぶん》と、警戒心が強いお方なんですね。当主様って」

「そうだね、警戒心は強いよ。気難しいしね。そんな方だから今まで縁談は全て断っていたのだけれど、今回の縁談だけは積極的なんだ」

そこはむしろ気乗りしない方向であってほしい、と声を出しそうだった。

「そうですか」

「あの方は狼のように狡猾《こうかつ》で、気に入った獲物は逃がさな……、じゃない、気に入ったものは必ず手に入れる主義なんだよ」

幻聴だろうか。ブルーベルの耳には獲物、という単語が聞こえた気がする。思わず身を竦ませるが、すぐに考え直す。要は、セレディアム侯爵に気に入られなければいいのだ。侯爵の気分を害さない程度に、結婚したい相手ではないと思わせれば、この縁談もなくなるはず。

「必ず手に入れるだなんて、とっても努力家なんですね。尊敬します」

クリスはブルーベルの顔を真顔で見つめた。だが、すぐに清々《すがすが》しい笑《え》みを浮かべて言う。

「まぁ、頑張って。無理だと思うけれど」

その言葉に、ブルーベルは当主に会う前から心が折れそうだった。


馬車は城の正面で停止した。ブルーベルがクリスに右手を引かれて馬車から降りると、鎧《よろい》を着た騎士達が城の入り口まで道を作るように整列していた。そのままクリスに騎士達の間をエスコートされ、大きく開いた木製の扉の中へ招かれる。

「え？」

エントランスホールへ一歩足を踏み入れた瞬間、ブルーベルはその広さと内装に驚いて、目を見開いた。入ってすぐの左右にはアーチ状の巨大な白い柱が並び、天井は吹き抜け。床は灰色の正方形の石が敷《し》きつめられ、中央には白い石で円が描かれている。

「なんて……」

なんて荘厳《そうごん》で、美しいのだろうか。ブルーベルは呆気にとられつつも、ホールを見回した。

二階のバルコニーの真上には、大きな紋章が飾られている。正面を向いて座る黒狼《こくろう》の彫刻に、目を奪われた。よく見るとホールの中央には黒狼の石像が四体も置かれている。壁に掛けられた大きな絵も、崖《がけ》に立って雷を睨《にら》みつけている黒狼だった。さらには壁の柱一本ずつにまで狼が彫《ほ》られており、赤い絨毯《じゅうたん》にも狼の柄が織《お》りこまれている。

まさしく黒狼の城。

ブルーベルはただただ圧倒されてしまった。そうして再び正面を見たとき、そこには先ほどまでいなかった女性が立っていた。

腰まである真っ直ぐな黒髪に、雪のように白い肌。化粧気《けしょうっけ》はないが、紅《べに》を引いたかのような唇。特に印象的なのはその美貌《びぼう》だ。派手な顔立ちではないのに妖艶《ようえん》で、圧倒的な存在感がある。

ブルーベルは、思わず息を呑んだ。

長い睫《まつげ》の下のエメラルドの瞳は、はっきりとブルーベルを捉《とら》えていた。彼女はまるで喪服のような黒いローブの裾《すそ》を、あまり揺らすことなくゆっくりと歩いてくる。

「長旅お疲れ様でした、ブルーベル様。私はこの城に仕える魔女のアルテミラと申します」

魔女と名乗った女性は、城の主《あるじ》かと思うほどに威厳《いげん》があった。歳は二十代前半ぐらいだろうか。銀髪に水色の瞳を持つシルヴァスタ人の中では、彼女の姿はかなり異質に感じられた。

「は、初めまして。ブルーベル・アランハルトです」

緊張で声が上《うわ》ずる。ブルーベルは挨拶《あいさつ》すらまともにできないなんて、と情けなくて仕方がない。

「私はこの城の主《あるじ》より、ブルーベル様のお世話をするようにと言いつかっています。御用の際は、なんなりとお申し付けください」

それは、奇妙な話だった。なぜ魔女の彼女が、世話を任されることになるのか。

「ありがとうございます。こちらに滞在させていただく間、よろしくお願いします」

ブルーベルが疑問に思いつつ頭を下げると、アルテミラはおかしそうに笑った。

「ふふ、妙なことを仰《おっしゃ》るのですね。ブルーベル様は本日より、こちらで暮らすことになるというのに」

「え？」

「今朝の私の占いで、そう出たんです。ブルーベル様はずっと、この城で暮らすことになると」

その言葉に、ブルーベルの背筋が凍《こお》った。

「まだ、そうと決まったわけでは。当主様に気に入られるかどうかも、わかりませんし」

「いいえ、ブルーベル様。私の占いはこれまで、たったの一度もはずれたことがないんです。占いの結果は、必ず起こる現実と言ってもいいでしょう」

「こ、今回が、その一度目になるかもしれないですよ。占いがはずれる、一度目」

アルテミラは困ったように、ほんの少し首を傾《かし》げた。だがその表情はどこか——

「……ええ。そうかもしれませんね」

——絶対にありえませんけど、と言われている気がした。駄々をこねる幼い子供をさとすような顔をしている。クリスも楽しそうに肩を揺らし、笑いを堪《こら》えきれない様子だ。

「アルテミラ様の場合、占いの次元ではなくて、神託《しんたく》の域《いき》だから」

クリスの言葉に、ブルーベルはまたも心が折れそうになる。そのときふと、今の自分の顔色は父のロイセルのような土気色《つちけいろ》をしているだろうと思った。

アルテミラはそんなブルーベルの様子に構わず、すっと正面の扉へ手を向ける。

「ブルーベル様、どうぞこちらへ。お部屋までご案内いたします」

先頭を歩くアルテミラ。そのすぐ後ろをブルーベルが歩き、クリスが続いた。玄関ホールを出て廊下を進む。石造りの城はとてもひんやりとしていた。廊下に窓はなく、壁の燭台《しょくだい》の蝋燭《ろうそく》に火が灯《とも》されている。

「お城の中は結構寒いんですね」

ブルーベルはアルテミラに話しかけた。

「そうですね。石造りですから、特にそう感じるのかもしれません。この城は建築されて二百年近くになりますが、これでも改築を重ねて住みやすくなっているんですよ」

廊下を曲がったところで、ブルーベルはか細い悲鳴をあげた。奇妙な形をした石のオブジェが蝋燭《ろうそく》の明かりで不気味に照らされ、怪物のように見えたからである。アルテミラはブルーベルの肩を抱くと、やわらかい声をかける。

「大丈夫ですよ。この城に幽霊や化け物は存在しませんから」

「は、はい」

廊下を進んだ先は広い部屋で、テーブルや椅子があり広間のように見えた。だが、壁には数えきれないほどの剣や斧《おの》、盾《たて》等が掛けられており、鎧《よろい》も置かれている。二階への階段にも、槍《やり》や弓矢などの武器がある様子。それは部屋の飾りにしてはあまりにも物々《ものもの》しく、異様な光景だった。

「ここは、広間兼武器庫なんですよ」

「広間が、武器庫になっているんですか？」

「ええ。敵に襲撃された際は、兵士達がこの部屋から武器をとって外へ出ていきます。ご存知だと思いますが、四十年前、シルヴァスタは隣国ノウスリアと戦争をしていました。ですから、現在でも有事の際にいつでも出撃できるようにしているんです」

インテリアのように置かれている武器は、全て実際に使われている本物。説明を受けたブルーベルは言葉が出なかった。

「ブルーベル様はお気づきでなかったようですが、先ほどの廊下にも武器が陳列《ちんれつ》されているんですよ。シルヴァスタは国境を守る役目があるので、常に臨戦態勢なのです」

部屋にある大きな暖炉の真上には、城に来て初めて見る窓。空には薄い茜色《あかねいろ》が広がり、もう夕方だと知る。じきに、夜が来る。

――今夜はこの城に泊まるのか。

吐きそうなほど不安な気持ちでいっぱいになった。ブルーベルは、気を紛《まぎ》らわせようと衣服の下に身につけているネックレスのスモーキークォーツへ手を宛てがう。指に当たる、確かな感触。

ウォルド……

彼に勇気を貰いたかった。これまで教会で安穏《あんのん》と暮らしていたブルーベルには、目に映る全てが衝撃的すぎる。

「エントランスホールへ行くには、この広間を通らなければいけないんですね」

アルテミラは頷《うなず》いた。

「ええ。二階へ行くにしても一階の部屋へ行くにしても、この部屋を通らなければいけません。そうそう、言い忘れていたのですが、しばらくの間は城の外へ通じる全ての門を封鎖します」

「それは、不審者が入ってこないように、でしょうか」

アルテミラはまさか、と言いたげに目を細めた。

「ブルーベル様が逃げ出さないように、ですよ」

「え……」

「あ、間違えました。うっかり外へ出ないように、です。この付近は野生の狼がいますからね」

逃げ出さないように、という言葉の真意を知りたかったが、質問する勇気はなかった。

「そ、それじゃあ、外へは全く出られないということですか？」

「庭園には出られますよ」

「庭園？　このお城に庭園が？」

「ええ。お部屋へ行く前に、ご覧になりますか？」

部屋へ行く前に、外の空気を吸いたかった。一度気分転換をすれば、一晩ぐらいは乗り切れそうな気がした。

「……庭園に、行かせてください」

「わかりました。では、こちらへ」

広間に四つある扉のうち、北側のものから廊下へ出た。さらに、先にある扉にアルテミラは進む。

その扉を開けると、城の外へ出た。正面には城を囲む外壁と、開かれた鉄扉《てっぴ》があり、その先に小さな跳《は》ね橋が見える。壁の内側には緑の芝生《しばふ》があるだけで、かなり殺風景だ。

扉から出たところで、アルテミラは立ち止まった。

「あの小さな橋の下にあるのは、城を囲んでいる堀《モート》です。城の外壁は裏門までで、橋を越えた先にある庭園は、別の外壁で囲んでいるんです」

それはとても奇妙な話に思えた。

「庭園を城の外に造って、外壁で囲んでいるんですか？」

「はい。先ほども述べたように、四十年前に隣国と戦争がありました。二世代前の当主は敵の侵入を恐れて城の周囲に堀を作り、庭園と城を切り離したんです」

「そんな事情が……」

「悲しい歴史ですよね。でも難しいことは考えずに、庭園をご覧になってください。庭園にはシルバーフレイム城が誇る聖堂もあるんですよ。ブルーベル様の結婚式もそちらで行《おこな》う予定です」

結婚式について、ブルーベルは何も言わなかった。とにかく庭園へ進もうと一歩前へ出る。だが、アルテミラは動かない。

「アルテミラ様？」

「私のことはアルテミラ、と。私とクリスはここでお待ちしています。どうぞ自由に、お庭を散策なさってきてください。我が主《あるじ》がこの先の庭園で待っています」

ブルーベルは表情を強張《こわば》らせた。

「それは、セレディアム侯爵様のことでしょうか」

「はい」

ブルーベルの足取りは一気に重くなる。

これからセレディアム侯爵と会う。

ブルーベルは覚悟を決めると、跳《は》ね橋を渡った。勢いに任《まか》せて庭園を囲んでいる内壁の外へ足を踏み出すと、ライムの並木道が続いていた。その光景を見たブルーベルの足取りは、先ほどとは打って変わって軽くなる。

初めてウォルドの屋敷にある庭園を訪れたときの、あの感動を思い出したのだ。

真っ直ぐ進むと、美しい花園にたどり着いた。そこには宝石のように華やかに咲いた花々が、風に揺れていた。

「なんて綺麗《きれい》」

初めてウォルドの屋敷へ行ったときも、あまりの美しさに言葉を忘れた。けれど、目の前の庭園はそれ以上だ。広大な敷地は色とりどりの花で埋め尽くされ、まるで楽園のよう。ブルーベルは庭園を道なりに進み、木々の間の小径《こみち》を抜けた。すると、目に飛びこんできたのはラベンダーの花畑。

「いい香り」

ラベンダーの花畑のそばにはハーブだけを集めた薬園と、丸窓のある大きな建物があった。きっとアルテミラの話していた聖堂だろう。

「ここが、庭園の終着点」

風が吹いてラベンダーの香りに包まれたとき、気配を感じた。

黒狼侯爵《こくろうこうしゃく》。

ブルーベルが振り返ると、そこには男性が立っていた。夕日に照らされた庭園の中で、その男性の姿も茜色《あかねいろ》に染まっている。さらりとした銀髪に、濁《にご》りのない水色の瞳。整った顔つきからは冷たい印象も受けるが、不思議と恐ろしさは感じなかった。歳は二十歳前後に見え、背も高い。彼は金糸の刺繍《ししゅう》が入った薄紫色の羅紗《らしゃ》の服を纏《まと》い、丈の長い藍色の外衣《がいい》を羽織《はお》っていた。腰の帯には狼の模様が入った琥珀金《こはくきん》の垂《た》れ飾りがある。

「あなたは……」

ブルーベルは戸惑った。てっきり黒狼侯爵と思って振り返ったのだが、違うようだ。

しかも、そこにいたのは呼吸も忘れるほどに魅力的な男性。彼はブルーベルの前まで来ると微笑《ほほえ》んだ。

「私はウォルド・セレディアム。ようこそ、私の城へ。ブルーベル、君がこの城へ来てくれるのをずっと待っていたよ」

ウォルドと名乗った男性は、ブルーベルの手を取り、甲へ口付けを落とした。ブルーベルは表情を強張《こわば》らせる。

「私の、城？　まさかあなたが、セレディアム侯爵様なんですか？」

「そうだよ」

ブルーベルは眉をひそめると、手を胸元に引き寄せた。彼の手はすんなりと離れる。

――ウォルド。それは、幼い頃に一緒に過ごした、あの少年と同じ名前。

だが、目の前にいる人物があの少年ではないことを、ブルーベルは知っている。

「どういうことでしょうか。私はてっきり、侯爵様は五十歳ぐらいの方だと思っていました」

「父は一年前に他界したんだ。侯爵の位は私が引き継いだから、今は私が侯爵になる。それはそうと、庭園は気に入っていただけたかな？　この庭園は、私のお気に入りでね」

ブルーベルは俯《うつむ》いた。怒りがこみ上げてきて、我慢できない。冗談ではなかった。神の気まぐれか、それとも悪魔の戯《たわむ》れか。どちらにしても、この状況はブルーベルにとって好ましくない。

「あの、侯爵様」

「ん？」

「私、今回の縁談を断りにきたんです。侯爵様とは結婚できません」

想い人と同じ名前の男性と結婚など、できない。これまでずっと、ブルーベルはウォルドのために教会で祈りを捧げてきたのだ。

「随分《ずいぶん》と、早急な決断だな。私達は、まだ何も話しあっていないというのに」

「話しあうことなんてありません。この縁談はなかったことにしてほしいんです」

なんて失礼な発言をしているのだろう、とブルーベルは心が痛んだ。目の前の彼は何も悪くない。これは単なる八つ当たりなのだと、自覚があったからだ。

「日も暮れてきたし、とりあえず城へ戻ろうか。話は部屋でしょう。ついておいで。どうして縁談を断りたいのか、その理由も聞きたいしね」

ブルーベルはただ静かに、彼の後をついていった。

侯爵の部屋は城の二階にあった。廊下の一番奥の北側の部屋。室内は緑色で統一され、気品ある木製の家具が置かれている。床の絨毯《じゅうたん》は白地に緑の蔓《つる》模様、壁紙は薄い若草色で、暖炉もある。大きな窓のそばには小さなテーブルセットが置かれ、庭園を眺《なが》めながらお茶が飲めそうだ。燭台《しょくだい》の蝋燭《ろうそく》には火が灯《とも》され、室内は温かな光で満ちていた。

「アルテミラはハーブに詳しくてね。飲むといい」

部屋の中央のウォルナットのテーブルには、メリッサのお茶の入ったティーカップが並んでいる。そのそばのベルベットソファーに、ブルーベルとセレディアム侯爵は座っていた。ソファーはゆったりとした三人掛けなのだが、彼はなぜか、ブルーベルと肩が触れそうなほどの距離に腰を下ろす。

「あ、ありがとうございます、セレディアム侯爵様」

「遠慮せずに、ウォルドと呼んでくれて構わないよ」

「いいえ。そんな失礼なことはできません」

ウォルドというのは一般的な名前なのだろうか。疑問に思いながら、ブルーベルはハーブティーを口にする。すっと爽《さわ》やかな柑橘《かんきつ》の香りが広がり、喉が潤《うるお》う。

「遠回しな質問はやめよう。どうして私との縁談は嫌なのかな？　理由を聞かせてほしい」

真っ直ぐに問う彼に困り、ブルーベルは当たり障《さわ》りのない返答をする。

「侯爵様と私とでは、不釣合いだからです」

セレディアム侯爵は目を細めた。水色の瞳は真実を映し出す鏡のようで、ブルーベルは身が竦《すく》む。

「それは、本当の理由じゃないよね？」

鋭い声だった。彼は草食動物のように穏やかな表情をしているが、それだけの男性ではない。それが、ブルーベルにはわかってしまった。

「……はい。実は今回の縁談。相手の方は五十代の男性だと思っていたんです。そこまで年上の方と結婚は、さすがに。ですから、ここへ来る前から断ろうと決めていたんです」

その言葉に、セレディアム侯爵が笑った。

「混乱させてしまったんだね。ごめんね。君へ結婚を申しこんだのは父ではなくて、私なんだ」

そこで、ブルーベルは硬直した。彼の言葉が真実とは思えず、混乱する。

「祖父《そふ》からでなく、侯爵様が私に？　え、待ってください。どういう事情なんですか？」

ブルーベルは、今回のことは継母《ままはは》サリアの父が強引に縁談へ発展させたとばかり考えていた。縁談が侯爵からの申し出だったなど、寝耳《ねみみ》に水である。

「君のお爺様《じいさま》――といっても、君に血縁関係はないわけだけれど。彼は農園の拡大に失敗し、結構な借金を抱《かか》えていてね」

その言葉に嫌な予感がした。

「そう、なんですか？」

「あぁ、もしかして聞いていない？　君はね、この城に売られたんだよ。借金と引き換えに」

ブルーベルは驚かなかった。やはり裏事情があったと納得しただけ。侯爵家との縁談など、最初からおかしかったのだ。ブルーベルはようやく合点《がてん》がいき、不気味さが拭《ぬぐ》えたことに安堵する。

「では、借金を肩代わりしてくれたんですか」

「そういうことになる」

「すみませんでした。そんな大切なことをちっとも知らず。……お話はわかりました。では私はこの城で働けばいいんですね？　これから真摯《しんし》にお仕えします」

祖父《そふ》に売られて、奴隷もしくは使用人として働く。それ以外は考えられなかった。

「まさか。さっきも言っただろう？　私は君へ結婚を申しこんだと」

納得したのに、振り出しに戻されてしまった。

「結婚は、本気なんですか？」

正気だろうか、とブルーベルは再度確認する。どうしても、相手の真意が読めない。

「当然だよ。君はとても綺麗《きれい》だ。まるでお伽話《とぎばなし》に出てくる妖精のようにね。君は知らないだろうけれど、私は君のいた教会へ何度か行ったことがあるんだよ。寄付をしに」

その話はブルーベルにも心当たりがあった。長年暮らしていた教会はグリンスフィン地方の中でも比較的大きな教会だったが、田舎の教会なので地元の庶民しか訪れなかった。貴族令嬢を躾《しつけ》の一環で預かるような教会であれば貴族からの寄付が望めるのだが、ブルーベルのいた教会は違った。それなのに、どういうわけか支援をしてくれる物好きな貴族がいたのだ。

ブルーベルは修道女ではないので必要以上に教会の表へ出なかったが、支援をしてくれている貴族の爵位は知っていた。侯爵家である。そして三ヶ月ほど前にも、その侯爵家の者が視察に訪れたことを覚えていた。

「もしかして、三ヶ月前も？」

セレディアム侯爵は微笑《ほほえ》んだ。

「そう。遠目でしか見られなかったけれど、なんて美しい女性だろうとずっと思っていたんだ。幸いにも君のひいお爺様《じいさま》は男爵で、君も貴族の血を引いているから、私達は結婚ができる」

そこまで調べているのか、とブルーベルはひやりとした。

「き、貴賤結婚《きせんけっこん》ですよ。王家から爵位を奪われかねません。それに男爵の爵位を持っていたのは曾祖父《そうそふ》だけで、父や私はただの庶民です」

爵位が高い貴族が極端に位の低い家と結婚をした場合、王家に認められずに爵位そのものを奪われかねない。今回に至っては侯爵と庶民の娘の結婚であり、現実的には到底ありえない話。

これまでブルーベルは、身分違いの恋に落ちて教会へ逃げこんできた男女を何度か見てきた。身分違いの男女が一緒になるには隣国へ駆け落ちするしかないが、ほとんどは家へ連れ戻されてしまう。それほど身分違いの恋は難しく、禁忌《きんき》とされている。そのはずなのだが――

「安心して。その辺りはもうすでに了承を得ているから」

逃げることを許さない、周到な根回しだった。ブルーベルは、一体どんな手段を使ったのだろうと苦悶《くもん》の表情になる。

「つまり、あとは私の了承を得るだけ。私が縁談を断れば、祖父が大変なことになる、というわけですね？」

「そうだね。君のお爺様《じいさま》はいろいろなところに借金を作って、もう借りる当てがないらしいんだ。だから、君が私との結婚を断れば大変なことになるのは間違いないよ。愉快なぐらいに」

ブルーベルは苦しみを抱《かか》えながら、教会で暮らしてきた。教会で認められるのは、全てを恨《うら》まず、ただ許すことだけ。しかしながら借金と引き換えに売られたという話に、改めて深く傷つく。

「利用されるのがたまらなく嫌という顔だね。血の繋《つな》がらないお爺様は、嫌いなのかな？」

ブルーベルははっとした。侯爵の前にいるということを、一瞬忘れていたのだ。

「否定は、しません。面識もほとんどありませんし、頭を撫《な》でてもらったことも話しかけてもらったこともありませんから。……借金については、祖父はきちんと反省すべきだと思います」

「反省するだけ？　それで満足なの？　君は幼い頃に、ひどい目にあったんだろう？　男爵が自分の娘と君の父親を無理やり結婚させたせいで、君は継母《ままはは》から虐待《ぎゃくたい》を受け、挙《あげ》句《く》の果てに教会へ預けられる羽目《はめ》になった」

生《お》い立《た》ちを調べられていることには、もう驚かなかった。彼はおそらく、ブルーベルも知らないことまで調べあげていると容易に想像できたからだ。

「私は、男爵様やサリア様が不幸になればいいとは考えません。でも、自《みずか》らの罪はきち

ん と悔《く》いて、迷惑をかけている方々に謝罪するべきだと思います」

父のロイセルはこの話を知らないだろう。そしてこのまま、ロイセルには知らせないほうがいいと考える。ロイセルのことだ、娘が借金のために好きでもない男性と結婚したとなれば、心臓発作を起こして死にかねない。ブルーベルが知る限り、ロイセルはこの話に堪《こら》えうる精神を持っていない。

と、ここでブルーベルは、隣に座っているセレディアム侯爵に無理やり肩を抱き寄せられた。ブルーベルは彼の胸へと倒れこむような形となり、あわてる。

「な、何をするんですか、侯爵様……っ」

離れようとしたが、できなかった。侯爵はブルーベルをより一層引き寄せると、耳元で囁《ささや》く。

「君のそういう優しいところは美徳だね。だから私は、君が好きになったんだ」

耳元に彼の息がかかり、ブルーベルはびくりと体を震わせた。

彼の体からほのかに漂うのは、清潔感溢《あふ》れるラベンダーの香り。

初対面の男性にいきなり抱きしめられているというのに、不思議なことに嫌悪感は全くない。それどころか、澄《す》んだ水色の瞳に心を奪われて、動けなくなってしまう。

——もしもウォルドが生きていたら、こんな感じだったのかしら。

そう考えた瞬間、ブルーベルは目の前の男性を急激に意識してしまった。だがすぐに首を振って彼から目を逸《そ》らすと、ほんのわずかでも彼を意識した己《おのれ》を恥じる。

セレディアム侯爵はそんなブルーベルの様子に構わず、彼女の耳をそっと食《は》んだ。

「ひゃぁ！」

「おや、驚かせてごめんね。君から甘い香りがしたから、つい」

つい、で耳を食む意図がわからなかった。ブルーベルは身を捩《よじ》ろうとするが、侯爵は彼女の髪を梳《す》きながら、さらに体を密着させてくる。

セレディアム侯爵がウォルドだったら、なんて考えたからだろうか。彼の体温に触れて、ブルーベルの体が火照《ほて》る。心臓が高鳴って、彼の触れたところに甘い痺《しび》れが走った。体が強張《こわば》って動けずにいると、不意を突くように、ちゅっ、と耳元で音がする。

「やぁ、やめてください！」

「ブルーベルは可愛いね。耳が真っ赤になってる。髪も、とても綺麗《きれい》だ」

ブルーベルの髪を撫《な》でていた手が首筋に移り、彼の唇が何度も耳に落とされた。触られたところが、じんじんと熱を持ちだす。セレディアム侯爵が動くたびにふわりと漂うラベンダーの香りが、ブルーベルを煽《あお》った。

「はぁ……や、です。んん……」

セレディアム侯爵の体を押し返そうとするが、手にうまく力が入らない。口から零《こぼ》れる息も乱れる。

はじめての感覚に、ブルーベルはただただ戸惑っていた。侯爵はなぜか嬉しそうに囁《ささや》く。

「ブルーベル」

その甘さに、ぞくっと体が震えた。くすりと笑う彼の吐息が、声が、ブルーベルの心を乱す。

「……はぁ、はい……」

「……ブルーベル、そろそろ話をしようか。困らせてごめんね」

その言葉に、ブルーベルはこくこくと頷《うなず》いた。少し距離をあけて座り直したセレディアム侯爵に、悪びれた様子は全くない。それどころか、満足そうな笑《え》みを浮かべていた。

「……いえ……、大丈夫です」

ブルーベルは強がりを口にすると、体の熱に耐えながら、キッと彼を見据《みす》えた。男性に不慣れな自分を、からかったのだろうか。そう思うと、ウォルドとセレディアム侯爵を少しでも重ねてしまったことが本当に情けなく、ウォルドに申し訳なくなる。

ブルーベルは何とか呼吸を整えて、居住まいを正した。目をつむり、深呼吸する。そして最愛の彼の名を心の中で呼んだ。

ウォルド。私が愛してやまないのは、幼い頃に永遠の愛を誓いあったあのウォルドだけ。

そのとき、過去の記憶が脳裏《のうり》をかけめぐった――

ウォルドと美しい花園で出会ってからというもの、ブルーベルは、暇を見つけては彼の屋敷へ通うようになった。その日は彼の部屋にある花の透《す》かし彫《ぼ》りの入ったソファーに座り、お喋《しゃべ》りをしていた。ソファーの前のテーブルには、二人分のカップ。そこには、屋敷の薬園で摘まれたラベンダーのお茶が入っている。

「ウォルド、私、恥ずかしい……」

ブルーベルの右手はウォルドの左手に、指を絡めるようにして握られていた。

「どうして恥ずかしいの？　僕は恥ずかしくないよ？　こんなの普通のことだよ」

ブルーベルはウォルドの膝の上で横向きに座っていた。ウォルドに懇願《こんがん》されてこの状態になったのだが、ブルーベルは顔を真っ赤にして俯《うつむ》く。

「ちっとも普通だと思えないけれど。……ウォルドって意地悪ね」

「あれ、知らなかった？　僕、結構意地悪なんだよ。ブルーベル限定で」

「どうして、私限定なの？」

「そんなの決まっているじゃない。君が可愛いからだよ」

ウォルドはブルーベルの耳元でそう囁《ささや》くと、じいっと見つめた。ブルーベルはその視線に耐えられず、ますます顔を赤くする。

「あぁ、そうだ。君に渡したいものがあるんだ。ちょっと待っててくれる？」

ブルーベルは頷《うなず》くと、ウォルドの膝から下りた。ウォルドは名残惜《なごりお》しそうにしたものの、一旦部屋から出ていく。しばらくして戻ってきた彼の右手には、何かがあった。

「ウォルド、それは？」

ウォルドはブルーベルの手に、ラベンダー色のリボンがついた小さな袋を握らせた。

「ラベンダーの匂い袋だよ。ブルーベルにずっと持っていてほしくて、僕が作ったんだ」

手作りだと知って、ブルーベルは感激した。

「わぁ！　ありがとう、ウォルド。ずっと大切にする」

「うん。約束だよ。もしも失くしたら、許さないから」

ウォルドは笑顔だったが、どこか脅迫に似た押しの強さを感じた。

「失くしたりしない。でも、なんだか悪いわ。お茶もお菓子も、ご馳走《ちそう》になってばかりだし」

「じゃあ、匂い袋をあげたお礼にキスをしてもいい？」

即座に言われ、ブルーベルは目を丸くした。どう考えてもキスではお礼にならない。

だがそんな戸惑いをよそに、ウォルドはブルーベルの肩に手を置き、顔を近づけた。

そのままブルーベルの右頬に、形のよい柔らかな唇を押しつける。

――その瞬間、ブルーベルは天使にキスをされたと思った。どの角度から見ても見事な顔立ちをしたウォルドのあどけない表情は、天使そのもの。

「ありがとう。キスをしてくれて」

「えー。どうしてブルーベルがお礼を言うのかなぁ。僕へのお礼なのに」

彼は拗《す》ねた口調で言うと、ブルーベルの髪に指を絡ませて毛先にも口付けを落とす。

「あ。そうだったね」

「全く、ぼんやりしているんだから。……ん？　この紐《ひも》、なに？」

ウォルドはブルーベルが首につけている革紐を、服の下から引っ張り出した。そこについているのは、祖母《そぼ》から貰った大切な指輪。

「あ、これね。お婆《ばあ》ちゃんがくれた指輪なの。魔女の証《あかし》なんだって」

「魔女？　君のお婆様は、魔女だったの？」

「うん。お婆ちゃんは凄《すご》かったのよ。ハーブに詳しくて、読み書きもできて、窯《かま》のある家で暮らしていたの。指輪は誰にも見せないでって言われたけど、ウォルドは特別だから見ていいよ」

ウォルドは指輪の内側を見て、表情を強張《こわば》らせた。

「お婆様《ばあさま》の言った通り、この指輪は誰にも見せないほうがいい」

「え？」

「薔薇《ばら》は王家の証《あかし》だから、薔薇のレリーフがついた指輪やネックレスは、持ってはいけないことになっているんだ。見つかれば処罰されるから、大切に隠しておいたほうがいい」

ブルーベルは頷《うなず》くと、服の下に指輪を隠した。

「教えてくれてありがとう。誰かに見られたら、大変なことになってた」

ウォルドはブルーベルの沈んだ気持ちを慰《なぐさ》めるように、彼女の額へ口付ける。ブルーベルはそれを受けて、心が穏やかになるのを感じた。


ウォルドと出会って一年目の初夏。ブルーベルは両脚のふくらはぎの痛みを堪《こら》えて、近くの川原に自生しているアンゼリカを採りに出かけた。近頃体調を崩して寝台からあまり出ることができなくなったウォルドに、食べさせるためだ。アンゼリカの赤紫色をした長い茎《くき》は、大人の男性の背よりも高く成長する。ブルーベルは太い根元を両手で掴《つか》むと、慎重に地面から引っ張った。

「よいしょ」

緩《ゆる》い地盤から白い根が現れる。アンゼリカは葉も茎も根の部分も、全て利用できる大切な食料だ。庶民には、スープの具やお茶として、広く親しまれている。また、魔女の霊薬《れいやく》、精霊の宿《やど》る根、更には天使のハーブと様々な呼び名を持ち、いずれも優れた薬効があることを示す。

収穫したアンゼリカの下処理を済ませ、翌日、ブルーベルはウォルドの屋敷にそれを持っていった。料理長に頼んでスープにしてもらい、先ほど部屋に届けてもらったばかりだ。しかし、喜んでもらえると思っていたのに、彼はなぜか非常に微妙な顔をしている。

「僕はこのスープを、君に飲ませたいよ」

ウォルドはどこかげんなりとした様子で、アンゼリカのスープを飲んでいた。

ブルーベルは唇を尖《とが》らせる。

「アンゼリカは癖があって食べにくいかもしれないけれど、すごく体にいいんだから。文句を言わずにきちんと食べるの」

「わかっているよ。……あぁ、そうだ。僕が大きくなったら、ブルーベルにアンゼリカの根のお茶を嫌というほど飲ませてあげるね」

「どうして？」

「そのときに教えてあげる。楽しみにしてて」

ウォルドがスープを飲みきるのを見届けると、ブルーベルは芳《かぐわ》しい香りを漂わせるラベンダーのお茶に口をつける。

するとウォルドが唐突に椅子から立ち上がり、壁際にあるコンソールキャビネットの上から木箱を持ってきた。彼の部屋によく来るブルーベルだが、その木箱を見たのは初めてだ。

「どうしたの、それ」

「異国へ行っていたお爺様《じいさま》が、先日この屋敷へ戻ってきてね。お土産にくださったんだ。お爺様は今、お父様のところへ行っているよ。王城にも顔を出すと言っていたから、またしばらく戻ってこないと思う」

「……ウォルドのお家《うち》って前々からお金持ちだとは思っていたけれど、どういう家なの？」

ウォルドは意外そうにした。

「あれ。言っていなかったっけ。僕は伯爵家の孫なんだよ」

「は、はくしゃく？」

「そうだよ。あ、ねえねえ、見てよ」

木箱の中には群青色《ぐんじょういろ》の化粧箱があり、蓋《ふた》を開くと金色に輝く丸いものが入っていた。

ブルーベルには、それが何かさっぱりわからない。

「その丸いの、なに？」

「懐中時計という物なんだ」

ウォルドはそれを持ち上げた。蓋の部分には蔓草模様《つるくさ》の線彫りが施《ほどこ》され、中央にはモノグラムの文字がある。中を開くと金の文字盤に丸い盾《たて》があり、それを中心に草花の透《す》かし彫《ほ》りがされている。周囲には小さな白い真珠が縁《ふち》に沿って並んでいた。ブルーベルはうっとりと見入る。

「これ、時計なの？　こんなに小さいのに」

「綺麗《きれい》だろう？　はい、手を出して」

ブルーベルはすぐに手を差し出した。ウォルドはその手を取ると、甲に口付ける。

「どうして、キスしたの？」

「したくなったから」

ウォルドとは親しいつもりだが、未だに彼の行動は理解できないことがある。そんなときは、特に深い意味はないのだと思うことにしていた。

口付けのあと、時計はブルーベルの手のひらに載せられた。受け取ったはいいが、もしも落として壊すようなことがあれば大変だ。懐中時計は見るからに高級品で、壊せば一生働いても弁償《べんしょう》できそうにない。ブルーベルは懐中時計を落とさないようにテーブルの上へ置くと、そこでやっと安心して眺《なが》める。

「へー、可愛い。お婆《ばあ》ちゃんの家に振り子時計があったけど、全然違う」

「手に持って見ればいいのに」

「だって、落として壊したら大変だもの。きっと一生働いても、弁償《べんしょう》できない」

「落とせば？　そうしたら一生僕がブルーベルをそばに置いて、可愛がってあげるよ」

「やだ。ウォルドは意地悪だもの。いじめられるのは嫌い」

「心外だな。僕の意地悪は、君への愛情表現なのに」

ブルーベルは懐中時計を興味深そうに見つめたまま尋ねた。

「どうして、ウォルドのお爺《じい》ちゃんはこの時計をくれたの？」

「僕のお爺様《じいさま》は異国の珍しい物を集めるのが趣味だから、少し分けてくれただけだよ。よくわからないガラクタのような骨董品《こっとうひん》を買ってきては、満足げに眺めて……」

話の途中でウォルドが激しく咳《せ》きこんだ。ブルーベルはあわてて駆け寄ると、彼の背中をさする。

「もう寝ないと。今より具合が悪くなっちゃう」

「え？　まだ大丈夫だよ。せっかくブルーベルが来てくれたんだから、もっと話がしたい」

「ベッドに横になりながらでも、お話はできるから。ほら。ベッドへ行こう？」

渋々と寝台へ向かったウォルドに、ブルーベルも付き添って歩き始めた。しかし途中でウォルドの体が大きく傾《かし》いだ。ブルーベルは彼の体を支えきれず、もつれるように絨毯《じゅうたん》の上へ転ぶ。

「ごっ、ごめんね、ブルーベル！　怪我はしてない？」

完全にウォルドの下敷《したじ》きになったブルーベルは、何とか頷《うなず》いた。ウォルドを守ろうと、咄嗟《とっさ》に彼を庇《かば》ったのだ。

「うん、平気。……うっ」

ブルーベルは両脚のふくらはぎに痛みを感じ、顔をしかめた。その表情を見たウォルドは、すぐにブルーベルの体の上から退《ど》く。

「どうしたの？　やっぱり、どこか怪我をした？」

ブルーベルは、はっとして起き上がった。

「大丈夫、怪我なんてしてないからっ」

「なに、その態度。いかにも怪しいよ。いいから見せて。怪我をしているかもしれないから。脚が痛むの？」

ウォルドはブルーベルの緑のチュニックとその下に着ているシュミーズの白い布を、一切のためらいなしに捲《めく》り上げた。ブルーベルは裾《すそ》を押さえようとするが、間に合わない。

「っ！」

ウォルドはブルーベルの両脚についた幾つもの赤い腫《は》れを見て、青ざめた。

「……な、にこれ。どうしたの？」

「なんでもないのっ！　大丈夫だから、ベッドへ行こう？　ね？　ウォルド」

ブルーベルの声は震えていた。ウォルドはむっとしたように、声を荒らげる。

「大丈夫なわけないよ、こんなひどい怪我！　事故じゃないよね、これ。誰にされたの」

いかにも不自然な傷。ブルーベルはウォルドに睨《にら》まれて、涙を浮かべた。

「サリア様に……、鞭《むち》で打《ぶ》たれたの……」

ウォルドには耳を疑うような言葉だった。ウォルドは少し心を静めて、血の気を失って震えるブルーベルの肩を抱くと、彼女の頭を撫《な》でる。すると、ブルーベルの両目から涙が溢《あふ》れた。

「どうして打たれるの？」

「……家畜と一緒の家に住むなんてけがらわしいって、怒るの」

「ブルーベルのお父様は、このことを知っているの？」

「言えるわけないよ。サリア様が怒ったとき、一番被害を受けるのはパパなのに。この前は本を投げられて、額を怪我したの。……パパね、可哀想なの。なのにいつも無理して笑ってる」

「僕は、君が可哀想だよ。どうして相談してくれなかったの」

「ごめんなさい。心配をかけたくなかったの」

「バカだな。僕が君を心配するのは、当然のことなのに。隠されるほうが傷つくよ」

ウォルドはブルーベルを抱き寄せると、そっと唇を重ねた。

——二人が交わす、初めての口付け。

それはどこまでも柔らかで、神聖なもの。それなのに、甘く苦い棘《とげ》となってブルーベルの胸に突き刺さる。

ブルーベルは切なさに、そっと瞼《まぶた》を閉じた。ウォルドの心配そうな顔が、ただ辛《つら》い。

彼にそんな顔をさせたくなくて、今まで黙っていたというのに。

「ウォルド、パパには言わないで。他の誰にも言わないって約束して」

「うん。大丈夫だよ。安心して」

二人の間にできた小さな秘密。

それはとても悲しい秘密だった。

冬のある日、ミルフィス村に珍しく雪が降った。草原を白く染め上げるほどの大雪が。

ブルーベルは夜明け前から羊達の世話や家の手伝いをしていたのだが、午後からはウォルドの部屋で過ごすことになった。彼の部屋の暖炉には火がついており、二人分の影が床に映し出される。

「ブルーベル、服を脱がせてもいい？」

ブルーベルは静かに頷《うなず》いた。ウォルドはブルーベルが着ている羊毛のチュニックと麻のシュミーズを、慣れた手つきで上半身だけ脱がせる。そうして露《あらわ》になったブルーベルの背中には、無数の鞭《むち》の痕《あと》があった。熱を持つほどに腫《は》れていて、痛々しい。ウォルドは一瞬目を背《そむ》けて悔しそうにすると、薬を塗《ぬ》るために彼女の髪を左右に分けた。傷の手当てはウォルドの役目で、いつもブルーベルの服を脱がせて薬を塗る。しかしウォルドは違和感に気づき、薬を塗ろうとした手を止めた。

「……ブルーベル。お婆様《ばあさま》に貰った指輪は？」

いつも首からぶら下げていた指輪がなかった。ブルーベルの背後にいたウォルドは、顔が見えるよう彼女の正面に座り直した。

「……サリア様に、とられたの。売った、って言ってた」

ウォルドは悲しげな表情を浮かべると、ブルーベルの頬を両手で包みこんでそっと持ち上げた。

「僕の前では泣いてもいいんだよ。無理をしなくていいんだ」

涙で両目が潤《うる》んだが、ブルーベルは首を振って拒んだ。

「泣かない」

「どうして……」

ブルーベルは俯《うつむ》いた。脳裏《のうり》に浮かぶのは、祖母《そぼ》から貰った指輪。

「だってお婆ちゃんの宝物を守れなかった私には、泣く資格がないもの。だから、私は泣いちゃいけないの。それに、私よりもパパのほうが辛《つら》いから、私も我慢しなくちゃ……」

「ブルーベル。君がお父様に心配をかけまいとして、家で泣けないことはわかっているよ。でも、僕の前では泣いてもいいんだ」

「泣かないわ」

一度泣いてしまえば、この辛さに耐えられなくなる気がした。だから、ブルーベルは泣くまいとぐっと堪《こら》える。

「ブルーベル」

ウォルドに名前を呼ばれた次の瞬間。ブルーベルは両頬をウォルドに抓《つね》られていた。強く引っ張られ、ブルーベルは目を丸くしてしまう。

「い、痛い、ウォルド、痛いってば……っ」

「ブルーベル。痛いだろう？　泣くぐらい」

「泣いてもいいんだよ。君は僕に頬を引っ張られた痛みで、泣くんだ。……ここで泣いても君を責める人は誰もいない。だから、泣いていい」

「っ！」

ウォルドの優しい表情に、ブルーベルは負けてしまった。ウォルドに強く抱きつくと、そのまま堰《せき》を切ったように泣き出す。

「……っ、うっ」

ウォルドはブルーベルの背中の傷に気をつけて腰を抱き寄せると、頭を撫《な》で続けた。その手があまりに温かくて、ブルーベルは余計に涙を流す。

「ブルーベル。何があったのか聞かせて。君に隠し事をされたくない。君の全てが知りたいんだ」

ブルーベルはウォルドへと抱きついたまま、小さく頷《うなず》いた。そして、ぼそぼそと話し始める。

「……昨日ね。家へ帰ったら、サリア様に髪の毛を掴《つか》まれて物置部屋に連れていかれたの……。今までは服に隠れるふくらはぎしか叩かれなかったんだけど、あのときのサリア様は凄《すご》く恐い顔をしてたてね。私の顔を打《ぶ》って、服を脱げって言ったの。……私、怖くて逆《さか》らえなくて……。それで、お婆《ばあ》ちゃんの形見《かたみ》の指輪を奪われてしまったの……。その後はずっと、脚や背中を鞭《むち》で……」

「そう……。怖かったね」

ウォルドはブルーベルの頭を撫でると、彼女の背後に回って腫《は》れている背中へと手を触れた。

「本当に許せないよ。ブルーベルの肌に、こんなにも醜《みにく》い痕《あと》をつけるなんて。罪人にするように鞭で打って……。ブルーベルは、なにも悪いことをしていないじゃないか」

ウォルドは涙を堪《こら》えるかのように俯《うつむ》いたまま、ブルーベルの背中に薬を塗《ぬ》った。ブルーベルは自分の話に傷つくウォルドを気遣い、話題を変えようとする。

「……早く、春になったらいいのに。そうしたら、またお庭で一緒に遊べるのにね」

「うん。……あ。春といえば、この前ハンスがとてもいいことを教えてくれたんだ」

「どんな？」

「春になったらブルーベルの花が一面に咲く森があるんだって。来年、一緒に見にいこうよ」

暖炉の薪《まき》が爆《は》ぜる音がした。ブルーベルは苦笑してしまう。

「来年はまだ無理だよ。ウォルドの体が、もっともっと元気にならなくちゃ」

「元気になるよ。それで、君を守れるぐらいに必ず強くなるって約束する」

「わかった。待ってる」

ウォルドはブルーベルの背中に薬を塗《ぬ》り終わると、彼女が服を着るのを手伝った。

ウォルドと出会って二年目の初夏。ブルーベルはいつものようにウォルドの屋敷を訪れていた。日が暮れてきたのでウォルドはブルーベルを見送りに門まで出てきたのだが、不服そうな顔を隠そうともしない。

「ウォルド。私、帰るね」

ウォルドはブルーベルの体を引き寄せて抱きしめると、ブルーベルの左頬へキスをした。

「君は可愛いから、変な人にさらわれないか心配だよ。お願いだから気をつけて帰ってね」

「もう、大げさね。それじゃあ、またね」

ブルーベルは不満そうなウォルドへ別れを告げて、その後は寄り道せずに真っ直ぐ家に帰った。普段ならば物音をたてないように気をつけて家に入るのだが、この日のブルーベルは少しばかり注意力が欠けていた。何の確認もなく家の扉を開けてしまったことに気づき、ブルーベルは凍《こお》りつく。というのも、サリアが廊下に立っていたからだ。連日の夜会と化粧で荒れた肌には赤い吹き出物が浮いており、こげ茶色の瞳は淀《よど》んでいる。

ブルーベルの嬉しそうな表情が悪かったのか、それとも間《ま》が悪かったのか。サリアはブルーベルを見るなり髪の毛を掴《つか》み、物置部屋へ連れていこうとした。ブルーベルは、また鞭《むち》で打《ぶ》たれるのかと恐怖に冷や汗をかく。

「何をしているんだ！　私の娘に！」

そこに大声をあげて割って入ったのは、ロイセルだった。父が牧羊の仕事に行っていると思っていたブルーベルは驚く。同様に、サリアも声をなくして立ち尽くしていた。

ロイセルは、顔を赤くして彼女を怒鳴りつける。

「私ならどれだけ傷つけても構わないが、私の命より大切な娘に手を出すのだけはやめてくれ！」

ロイセルはブルーベルを抱き上げると、自分の部屋へと連れていった。そして椅子にブルーベルを座らせると、服を脱がせようとする。

「やだっ、パパ、やめてっ！」

抵抗も空《むな》しく、ブルーベルは服を脱がされてしまった。背中や脚の傷を見て、ロイセルは顔を真っ青にする。

「その傷、サリアにされたんだね？」

ブルーベルは何も言えなくて黙りこんだ。その無言こそ、肯定だった。

「ごめんよ、ブルーベル。パパがもっと早くに気づいていれば。前々からおかしいとは思っていたんだ。君の体から傷薬《きずぐすり》の匂いがずっとしていたから。ごめんよ、ごめんよ……」

何度も繰り返し謝り、ロイセルはうなだれた。

「パパは、悪くない。謝らないで、パパ」

「ブルーベル。お前は、ここで暮らさないほうがいい。これ以上ここにいたら、あの人が何をするかわからないから……。お前はいつか、殺されてしまうかもしれない」

「そんなっ、私は平気だからっ」

「パパは平気じゃない！　お前まで失ったら、パパは生きていけないよ……。だから、お前を教会へ預ける。パパも辛《つら》いけれど、お前が傷つくよりはずっといい」

ブルーベルは首を振った。

「嫌よ。教会になんて、行きたくない」

「大丈夫。パパが子供の頃に文字の書き方を教えてくれた、とても親切な神父様達がいる場所だ。きっと、お前にもよくしてくれる」

そういうことではないのだ。

「パパと、離れたくないの。パパはどうなるの？　一人になってしまうわ。絶対に嫌よ！」

「私もだよ」

ロイセルは涙を流しながら、しかし、頑《がん》として譲らなかった。

翌朝。まるで霧《きり》のような細かい雨が降り、外はとても薄暗かった。ブルーベルがウォルドの屋敷を訪れると、彼はブルーベルの顔を見て、心配そうに眉根を寄せた。

「どうしたの、ブルーベル。ウサギさんのように目が腫《は》れているよ。泣いたの？」

「……うん。パパに、ついにばれたの。サリア様に叩かれていたこと」

ウォルドはブルーベルの手を引いて、ソファーへ一緒に座った。

「君のお父様は、なんて言ったの？」

ブルーベルは昨日のことを思い出して、体を震わせた。心の中が絶望でいっぱいになり、涙を流す。

「……私ね、教会に行くことが決まったの。私が家にいたらいつかサリア様に殺されてしまうかもしれない。だからパパが教会に預けるって」

ウォルドは大きく目を見開いて驚愕《きょうがく》する。だが、すぐに冷静さを取り戻した。

「……確かに、あの家にいるのはよくないね。僕も君が怪我をしてここへ来るたびに、ぞっとしていたし。でも教会に預けるだなんて……いつ行くの？」

「今、パパが教会に話をしに行ってて……。だから早ければ、明日中には……」

「そんな……！」

「教会に預けられたら、もうウォルドと会えなくなる。会えなくなったら、ウォルド、きっと私のこと忘れちゃう……。ウォルドと会えなくなるの、やだよ……っ」

ブルーベルは涙が止まらなかった。手の甲で何度拭《ぬぐ》っても、溢《あふ》れてくる。

ウォルドは泣きじゃくるブルーベルの体を、強く抱きしめた。

「バカだな。僕は君のことが大好きで、こんなにも愛しているのに。忘れたりするわけないよ」

「嘘……っ。だって教会に入れられたら、家族以外の男の人とは会えなくなるのよ？　手紙のやりとりさえ、できなくなるのに」

「それじゃあ逆に質問するけれど、君は教会に入って僕と会えなくなったら、僕を忘れるの？」

「ううん、絶対に忘れたりしないわ」

ウォルドはブルーベルの頭を撫《な》でた。

「一緒だよ。僕も君を忘れない。だから信じてほしい。僕が一生そばにいたいと思うのは君だけだし、一生愛を捧げたいと思うのも君だけだ。僕は君しかいらない。君がいいんだ」

ブルーベルは胸がいっぱいになって、ウォルドの額に自分の額をくっつけた。

「ウォルドの家は伯爵家なんでしょう？　庶民の私とずっと一緒にいられるわけないのに」

ブルーベルは俯《うつむ》いた。ウォルドはブルーベルの頰を両手で包みこむと、顔を上げさせる。

「ブルーベル。君は永遠に僕のものだ。絶対に誰にも渡さないよ」

その言葉が、何よりも嬉しかった。

「私は、ウォルドのものよ。あなたのことが、大好き」

「僕も、君を愛してる。君以外の女性は愛さないと誓う」

他愛もない子供同士の口約束。それなのに、とても神聖な儀式のようだった。

だから、ブルーベルは神の前にいるかのように真剣に答える。

「私も、誓う。あなた以外、好きになったりしない」

ブルーベルとウォルドは、永遠の愛を誓う口付けを交《か》わした。ただ、触れあうだけの口付けを。

それが済むと、ウォルドは宝石箱から銀色のネックレスを取り出して持ってきた。ウォルドは両手で鎖の部分を持って、ブルーベルの首へかける。

「これをあげるよ。どうか僕だと思って、持っていてほしいんだ」

「これは？」

鎖の先に灰黄色《かいこうしょく》と褐色《かっしょく》が混じった透明の石がついていた。不規則にカットされ、まるで鏃《やじり》のよう。

「スモーキークォーツっていう水晶なんだ。病気を吸い取る効果や、落ちこんでる気持ちを元気にしてくれる効果があるんだって」

ブルーベルは首を振った。

「そんな大切なもの、預かることはできないわ。これはウォルドが持っていないと」

「僕は君を慰《なぐさ》められなくなる。辛《つら》くなったときにはこれを見て、僕を思い出してほしいんだ」

「ウォルド……」

ウォルドはブルーベルの両手を握った。

「もどかしくてたまらないよ。僕が大人だったら、君を教会になんて決して行かせやしないのに。僕は、君を守ってあげられるだけの力が欲しい。今日ほどそう望んだことはないよ」

ウォルドの目から涙が零《こぼ》れ落ちた。その涙が、ブルーベルの目にはとても清らかなものに映る。ブルーベルは、彼の頬に伝う涙へそっと口付けをして拭《ぬぐ》った。

「泣かないで、ウォルド」

「……ごめん。悲しいのは、君のほうなのに」

ブルーベルは精一杯微笑《ほほえ》んだ。

「教会で毎日、神様に祈りを捧げるわ。あなたを守ってくれますようにって。だから教会へ行くことは決して嫌なことだけじゃないのよ。私にもあなたにできることがあるんだって思うと、嬉しいから」

「祈られるよりも、君がそばにいてくれるほうが嬉しいよ」

ウォルドは泣いた。ブルーベルは彼を悲しませていることが辛く、懸命に慰め、彼の涙を拭う。

「ウォルド。永遠のお別れじゃないわ。泣かないで」

「ブルーベル。どうか、待ってて。必ず、君を迎えにいくから」

ウォルドはブルーベルの体を強く抱きしめた。ブルーベルはその温かさを感じて、沈んでいた気持ちが嘘のように軽くなる。

「……うん。待ってる」

それは不確かな約束だったが、ブルーベルにはとても幸せな約束だった。いつか彼が誰かと結婚しても、決して恨《うら》んだりしないと思えるだけの愛情があったからだ。

こうして翌日、ブルーベルはロイセルに連れられて教会に行った。祖母《そぼ》が残してくれたハーブの本とウォルドがくれたラベンダーの匂い袋、そしてスモーキークォーツのネックレスを持って。


――幼い頃の記憶に思いを馳《は》せ、ブルーベルは強く思う。やはりセレディアム侯爵とは、結婚できない。

「セレディアム侯爵様。お爺様《じいさま》の借金については、私が死ぬまで働いて、何とか完済できるように頑張ります。でも、どうか結婚だけは許してもらえないでしょうか」

どうしても、ウォルドと同じ名前の男性と結婚をするのは嫌だ。隣のセレディアム侯爵は笑《え》みを浮かべ、不思議そうに首を傾《かし》げる。

「なぜ？」

「私には、侯爵様と結婚したくない理由があるからです」

「異民族と結婚するのは嫌、とか？」

予想外の問いかけに、ブルーベルは首を振った。

「いいえ。種族は関係ありません」

「あぁ、それはよかった。種族の問題は、私でもどうにもできないから」

「私には愛する男性がいるんです。だから、侯爵様とは結婚できません」

セレディアム侯爵の表情が冷《ひ》ややかなものへと転じた。だが、すぐに温厚な笑みへ戻る。

「……とても興味深い話だ。一体、どんな男性なのかな?」

幼き日のウォルドの話をすれば、馬鹿にされるかもしれない。ブルーベルは、彼が大人になった姿を想像しながら話す。

「背が高くて、笑うと愛らしくて、頭がとてもいいんです。セレディアム侯爵様と同じ銀色の髪に水色の瞳で、私のことを誰よりも理解してくれる、とっても素敵な男性で……。セレディアム侯爵様ほど整った容姿ではないと思いますけれど、私のことを誰よりも愛してくれています」

このような断り文句しか浮かばないことに、ブルーベルは失望した。他にもっと、上手な断り方があるのではないか。

「残念だね。愛する人を諦めなければいけないのは」

ブルーベルには彼が今の話を信じたのかどうか、わからなかった。だが、ブルーベルが心から愛しているのはあのウォルドだけ。隣にいる同名の彼ではないのだ。

「諦めません。絶対に。私は彼のことを、誰よりも愛していますから」

セレディアム侯爵は少し考えこんで、真剣な表情になる。

「なら、君がどれだけその男性を想っているのか、賭《か》けをしようか」

「え?」

「君にチャンスをあげる、と言っているんだよ。このままでは君にとって、公平ではないからね。もしも私との賭けに君が勝てば、縁談も解消するし、君のお爺様《じいさま》の借金についても全額負担しよう。でも私が勝ったら、大人しく私の妻になってほしい」

ブルーベルは眉根を寄せた。それはあまりにもブルーベルにとって条件がよすぎる。

「賭け、とは一体どのようなものなんですか?」

「簡単だよ。三十分間、私が君の体に触れる。その間に君が一度でも声を出せば、私の勝ちだ」

体に触れる。それは、どういう風に触れるというのか。

「くすぐる、ということですか?」

「そうだね、くすぐったりもするかもね。……どうだろう? かなりの好条件だと思うけれど。三十分間だけ耐えれば、君は解放される上に、お爺様の借金もなくなる。あぁ、そうそう。キスはしないよ。君の唇にキスをするのは、君がきちんと私のものになってからだ」

セレディアム侯爵はブルーベルを誘うように見る。

「このまま何もしなければ、自動的に私の妻になるのだし、試す価値はあるんじゃないかな？」

彼が本当に約束を守るのであれば、試す価値は充分にある。

「わかりました。その賭けに、乗ります」

「君はその愛する男性のために、一体どれほど我慢できるんだろうね」

「くすぐられても、絶対に笑ったりしませんから」

セレディアム侯爵は立ち上がり、上着から金属の丸い何かを取り出した。その蓋《ふた》を開いて、中を確認する。

「今は、五時半だ。この懐中時計の針が六時になるまで耐えきったら、君の勝ちだ」

テーブルに置かれた懐中時計を見て、ブルーベルは目を見開いた。過去に似たものを見たことがある。

「それ……」

セレディアム侯爵はしっ、と人差し指を唇へ当てた。

「静かに。もう始まっているよ。喋《しゃべ》れば、君の負けになる」

ブルーベルはセレディアム侯爵に手を引かれ、窓際まで連れていかれた。懐中時計が気になるのだが、離れてしまったため見ることができない。

「……っ」

セレディアム侯爵はブルーベルの左耳に触れた。男性に触れられることに慣れていないブルーベルは一瞬腰が引けてしまうが、何とかじっとする。

「大丈夫？　三十分ではなくて、十五分にするべきだった？」

からかうように言われ、ブルーベルはぐっと拳《こぶし》を握った。セレディアム侯爵はブルーベルの右耳へ顔を近づけ、形のよい唇で食《は》む。

「……っ！」

ぬるぬるした舌の感触に、声が出そうになった。セレディアム侯爵は楽しげに笑う。

「あぁ、驚かせちゃった。ごめんね？」

耳元で、まるで小鳥に囁《ささや》きかけるように告げられた。右耳の軟骨に沿って舌が這《は》い、ブルーベルの鼓動《こどう》が速くなる。

――くすぐられるだけだと思っていたのに、こんなことをされるなんて……っ。

ブルーベルは安易に賭《か》けに乗ってしまったことを、早くも後悔した。だが、これに耐えれば多額の借金を帳消しにしてもらえるし、縁談も白紙に戻せる。そう思い、ブルーベルは怯《おび》える心を奮《ふる》い立たせる。その直後、耳朶《じだ》に吸い付くようにキスをされ、その音に逃げそうになった。

「ダメだよ、逃げたら君の負けだ」

右耳の穴に尖《とが》った舌が入りこんできた。それとほぼ同時に、ブルーベルが腰に巻いていた帯が絨毯《じゅうたん》へ落ちる。なぜ落ちたのだろうという思考を奪うかのように、右耳の穴に入ってきた舌が奇妙な快感を与えてくる。

「……っ」

「我慢せずに、声を出せばいいのに。強情《ごうじょう》なんだね」

耳への口付けとともに、チュニックも床に落ちた。シュミーズだけにされたブルーベルは悲鳴をあげそうになり、何とか堪《こら》えて唇を固く結んだ。

何としても、勝ちたい。どのような辱《はずかし》めを受けてでも。

だがセレディアム侯爵はそんな気持ちに構うことなく、ブルーベルの右の首筋に口付け、そのまま舐《な》め上げた。また鎖骨に口付けて、今度は左の首筋に唇を這わせる。

ぞくぞくするような痺《しび》れが背に走り、熱い吐息が漏《も》れた。セレディアム侯爵はシュミーズの上から、そっとブルーベルの胸に触れる。服越しだというのに、はっきりと男性の骨ばった手を感じた。ブルーベルは嫌だと首を振ろうとして、セレディアム侯爵の視線に射《い》すくめられる。

「大丈夫。痛いことはしないから」

そのまま、シュミーズも脱がされ、裸にされてしまった。首にはスモーキークォーツのネックレスだけが残り、ブルーベルの不安な心情を表すかのように頼りなさげに輝く。

――やだっ、見られたくないっ。

カタカタと体が震える。いくら借金のためとはいえ、初対面の男性に無防備な姿を晒《さら》すなんて、純潔を守り通してきたブルーベルにはこの上なく辛《つら》いことだ。

「怯《おび》えているの？　さっきまでの威勢はどうしたのかな？」

まるで新雪のようにきめ細かいブルーベルの肌はとても瑞々《みずみず》しく、たわわに実った果実のような胸には張りと弾力がある。舐《な》めるような視線から逃げるように、ブルーベルは目を閉ざした。

「ブルーベルの胸はとても綺麗《きれい》だね」

「っ！」

セレディアム侯爵はブルーベルの胸を両手でそっと持ち上げて揉《も》んだ。まるで壊れ物を扱うかのように丁寧に。胸に彼の熱い指先を感じて、ブルーベルの体が汗ばむ。

「どう？　気持ちいい？」

声を出してはいけないのに、体の奥から何かがこみあげてきて声が出そうになった。

愛する人にしか見せることが許されないはずの胸は、目の前の男性に容赦《ようしゃ》なく揉まれている。その羞恥《しゅうち》が、より一層ブルーベルの体を敏感にさせた。空気に晒された両胸の突起は、彼に存在を主張するかのように勃《た》ち上がり、濃く色づいている。

「ブルーベル。教えてよ。ねえ」

嗜虐的《しぎゃくてき》な声色で言いながら、セレディアム侯爵はブルーベルの首筋や胸の上に口付けを落とす。時折吸い付いて、まるで自分のものだと言わんばかりに赤い印を残していく。

「……っ」

逃げたかった。許してほしいと懇願《こんがん》したかった。だが三十分だけ、否《いな》、もう二十分もない。その時間を耐え抜けば、解放されるのだ。

「ブルーベル。感じているの？　濡《ぬ》れているよ」

ブルーベルが両目を開くと、セレディアム侯爵の視線とぶつかった。何が濡れてるのだろう、と下を向くと、自分の一糸纏《いっしまと》わぬ体が目に入り、顔が熱くなる。見ると、両脚の間から何かが伝って落ちていた。確かに、濡れている。

「私の愛撫に感じているの？　好きな男性がいるって言ったのに、君はいけない子なんだね」

「……っ！」

彼が何を言っているのかよくわからなかったが、罪悪感にかられてブルーベルの目から涙が零《こぼ》れた。セレディアム侯爵はブルーベルの涙を指で拭《ぬぐ》い、頬へ口付けをする。

「泣かなくていいんだよ、ブルーベル。私は君が感じてくれることが、とても嬉しいのだから。もっと君を感じさせたい」

セレディアム侯爵の手がブルーベルの下半身に伸びた。茂《しげ》みにそっと指を滑《すべ》らせ、その先にある秘めたる部分へ向かう。

「っ」

「ごめんね、こんな意地悪をして。でも、ブルーベルが悪いんだよ？　私の前で他に好きな男がいる、なんて言うから」

脚の間に入ってきた男性の右手に、ブルーベルはぎょっとする。逃れようとするが、いつの間にか背には壁があった。セレディアム侯爵がブルーベルを逃がさないように体を壁に押しつけたのだ。そうして彼の指がブルーベルの秘裂をそっと広げた。そのせいで透明な蜜が糸を引いて落ちる。

――イヤ……！

そう首を振ったが、セレディアム侯爵の指はブルーベルの花弁を開いて、指でなぞる。心では嫌だと思っているのに、体はその先を求めるかのように敏感になっていく。ブルーベルは崩れ落ちそうになった。だがセレディアム侯爵によって腰を支えられ、立たされた。

「ダメだよ。ちゃんと立っておかないと。自分で座りこんだら、君の負けだからね」

そんな条件、最初はなかった。文句を言いたかったが、声は出せない。

セレディアム侯爵の指がブルーベルの小さな芯に触れた。反応を見るように、その小さな芯に触れたり軽く抓《つま》んだりする。ブルーベルはセレディアム侯爵の右腕を掴《つか》んで抵抗するが、小さな芯を指の腹でなぞられて、声が出そうになった。甘美な心地よさが全身を支配して動けない。

――何これ……。こんなの、知らない……っ。おなか、変……っ！

「声は我慢できるのに、下の口から溢《あふ》れるいやらしい蜜は我慢できないんだね。胸もこんなに尖《とが》らせて。……あぁ、下もだんだんと尖ってきたね……。コリコリしてきたよ？」

セレディアム侯爵の手がブルーベルの右胸を揉《も》みあげて、胸の突起を指先で弾《はじ》いた。

ブルーベルの豊満な胸がふるふると揺れて、余計に羞恥心《しゅうちしん》を煽《あお》る。

たった一言、許してほしいと彼にお願いをすればいい。

そうすれば、この強引に引き出される愉悦《ゆえつ》から逃れられる。

だが、その後はどうなるのか。ブルーベルは自分の未来を想像して、ただ耐えるしかない。

「ブルーベル。君は教会で修道女になるつもりだったらしいね。幾度も教会の神父様にお願いをしていたみたいだけれど、それはどうして？」

セレディアム侯爵はブルーベルの唇に触れない代わりに、ブルーベルの左耳に口付ける。直後に耳朶《じだ》に軽く噛みつかれ、油断していたブルーベルは声を漏《も》らしそうになる。

「なぜ君は修道女になんてなろうとしたの？　理由を教えてくれないかな」

あなたには関係ないと言い返したかった。だが彼の手は小さな芯をいたぶり続け、強烈な痺《しび》れをもたらす。股の間は今まで感じたことのない甘い苦痛に戦慄《わなな》いており、知らず喉が震えた。理性的にならなければと思うのに、セレディアム侯爵に与えられる快楽にブルーベルは抗《あらが》いきれない。ブルーベルは彼に全てを見透《みす》かされるように体を触られ、怯《おび》えた。このような行為は知らない。教会では恥ずべき行為だと教わっていた。

「……妬《や》けるな。君をそこまで耐えさせる男性に」

するり、とセレディアム侯爵の指が奥に動いた。蜜孔に到着すると、入り口の部分をなぞる。

「……っ」

か細い息が漏れ、ブルーベルはひやりとした。だがセレディアム侯爵は何も言わず、ブルーベルの蜜孔の入り口を指の腹で軽く掻《か》く。すると、蜜がとぷりと溢《あふ》れてブルーベルの内股を伝った。

「ブルーベル。我慢はよくないよ」

　蜜孔にセレディアム侯爵の指の先端が入る。その刺激に、ブルーベルはたまらず彼の体にしがみついた。

「いや……っ」

　声が出てしまい、ブルーベルは真っ青になる。だが、セレディアム侯爵はブルーベルの左耳に口付け、優しげに言う。

「仕方がないな……。特別に、今の可愛らしいさえずりは聞かなかったことにしてあげるよ」

　そしてその言葉とともに、非情にも指を蜜孔の奥へと進めた。ずぶずぶと狭い膣を押し広げるように、武骨な男の指が侵入を果たす。ブルーベルは再び声を漏らしそうになり、彼の右胸の服に噛みついた。そのまま、服をしっかり噛んで声を押し殺す。

　――う……そ……、なかに、入ってる……っ。

　体の中に入っている指にひどい違和感があった。ぞわぞわとし、抜いてほしくてたまらない。だがセレディアム侯爵は楽しげで、ブルーベルの蜜孔をほぐすように指で掻《か》き回す。

「きついな。私の指を銜《くわ》えこんでる。おいしそうに」

セレディアム侯爵の長い指がもう一本追加された。二本の指でブルーベルの蜜孔を掻き回し、柔らかな壁を刺激する。空いている手ではブルーベルの頭を撫《な》でつけ、彼女が身を捩《よじ》ろうとするのを阻止した。

「……ふっ……ぅ」

このままではまた声が出てしまう。時間はまだ来ないのか。

膣内の弱い部分を刺激されて膝を折りそうになり、ブルーベルはセレディアム侯爵の体にしがみついた。セレディアム侯爵はブルーベルの体から一度指を抜いて、抱き返そうとする。

「抱きついてくれるの？　嬉しいね」

ブルーベルは、違う、と咄嗟《とっさ》に離れた。だがそれに合わせて、セレディアム侯爵は牙《きば》を剥《む》いた狼のごとく襲いかかった。ブルーベルの体を絨毯《じゅうたん》の上へ押し倒し、逃げる隙など与えないとばかりに覆《おお》いかぶさる。そのまま、食らいつくようにブルーベルの左胸の先端を口内に含んだ。

「んぅっ！」

驚きのあまり、声にならない悲鳴が出た。セレディアム侯爵は口内で胸の突起だけを巧みに転がし、ゆっくりと、しかし粘着質に吸い上げる。

「時間もなくなってきたし、そろそろ声を出してもらおうか」

セレディアム侯爵はブルーベルの膣口へ指を強引に二本差しこみ、膣壁《ちつへき》を押し広げた。

ブルーベルはその違和感に本能的な恐れを抱《いだ》く。逃げなければ、と。しかし一瞬遅かった。ひどく敏感な部分に指を押し当てられて、刺激されてしまう。

「っ……！」

びくん、と体が跳《は》ねた。ブルーベルは咄嗟《とっさ》に自《みずか》らの右腕に噛みつき、何とか声を殺す。

室内に響くのは、くちゅくちゅと耳を塞《ふさ》ぎたくなるような粘性の水音。

――や……っ、指を挿《い》れないでっ。回さないで……っ。

ブルーベルはたとえようのない快楽と絶望を同時に与えられ、空気を求めて口を大きく開けた。

「見つけた。ここが、君の感じる場所なんだね」

嬉しそうな声で言われ、目の前が真っ暗になった。もう許してほしい。だが、体の反応は誤魔化《ごまか》せなかった。膣道をゆっくりとこすりあげられ、どうすることもできずに息が喉から漏《も》れてしまう。更に追い打ちをかけたのは、セレディアム侯爵の親指。彼の指が花芯を弄《まさぐ》り、ブルーベルの最も感じる場所を無慈悲に刺激する。

「んんっぅ！」

ブルーベルは体を仰《の》け反《ぞ》らせて両脚をばたつかせたが、そんなものは何の抵抗にもなりはしなかった。それどころか、余計に食いこんで妙な感覚を与えてくる。柔らかな部分をぐちゅぐちゅと押され、何かが押し寄せてきた。

――これ以上されたら、もう……っ。

下腹部が痛いほどに熱を帯《お》びていた。自分でも触れたことがなかった膣内で、男性の指がいやらしく動いている。

そうして得体のしれない快感が体内で弾《はじ》ける寸前。

「……君は、そこまでその男を慕《した》っているというわけか」

蜜孔から指が引き抜かれた。時間が来たのだろうか、とブルーベルはセレディアム侯爵を見る。すると、彼の手に何かがあった。スモーキークォーツのネックレス。ブルーベルははっとして起き上がり、胸元を見る。いつも身につけている、大切なネックレスがない。

「……っ」

取り返そうと、彼が持つネックレスへ手を伸ばす。だがセレディアム侯爵は立ち上がって窓を開けると、そのまま腕を外へ出してネックレスを宙吊《ちゅうづ》りにした。

「君は本当に強情《ごうじょう》だね。腹立たしいほどに」

ブルーベルは裸だということも忘れて窓の外へ手を伸ばした。だが彼の腕と自分の腕では長さが違い、届かない。

「……っ」

「一言、返してほしいと言ってくれたら、返してあげるよ」

「っ！」

「言わないのなら、これは投げ捨てる」

そんな、とブルーベルはセレディアム侯爵を凝視《ぎょうし》した。すでに外は暗く、ネックレスを落とされれば探し出すのは非常に困難だ。それに、落とした衝撃で水晶が壊れでもすれば大変である。

「……っ」

「そう、いらないんだね。では、やはりこれは捨てよう」

セレディアム侯爵がネックレスを投げようとしたとき、ブルーベルは叫んだ。

「やめて、返してっ！　それは私の命よりも大切な宝物なのっ！　お願いだから返してっ！」

侯爵は驚いた表情でブルーベルを見つめた。ブルーベルはネックレスを返してもらうと、両手で大切に握りしめて泣いてしまう。そのまま、愛《いと》おしげに水晶へ口付けた。

テーブルへと移動したセレディアム侯爵は、その上の懐中時計を確認する。

「五時五十八分。賭《か》けは私の勝ちだ。これで君は、私のものとなった」

ブルーベルのスモーキークォーツを持つ手に力がこもる。

「……ひどい。こんなやり方、卑怯《ひきょう》よ。あんまりだわ」

「それでも、私は君が欲しかったんだ。だから謝らないよ」

セレディアム侯爵はブルーベルにシュミーズを着せた。そしてブルーベルの顎《あご》を左手で軽く持ち上げると、唇を寄せる。

「……いや」

ブルーベルは顔を背《そむ》けようとしたが、強引に唇を奪われた。それはどこか慈《いつく》しむような口付け。

「私のせいで、体がすっかり冷《ひ》えてしまったね。入浴の準備をさせよう」

ブルーベルは絶望にうちひしがれた。

第三章　告白

――六年前。ブルーベルは半年を経《へ》ても、教会の暮らしに馴染《なじ》むことができなかった。

思い出すのはウォルドのことばかり。体調を崩していないか、怪我をしていないか、毎日心配していたのだ。心配がつもりつもったある日、ブルーベルは不安に耐えきれずに夜中に教会を抜け出した。向かった先はミルフィス村。一目でいいから、どうしてもウォルドに会いたかったのだ。

そうして大人の足でも半日かかる距離を歩き続けて、村へ着いたのは翌日の昼前だった。

辺りはすっかり冬景色で、どこまでも枯れ草の平原が続いていた。空は曇《くも》り、太陽は頭上にうっすらと見えるだけ。風を遮《さえぎ》る木がないため、わずかでも風が吹けば容赦《ようしゃ》なく体に当たった。だが体を刺すような寒さも、ウォルドに会えると思えば苦にならない。

「ウォルドの家、秋はアメジストセージが咲いて、とても綺麗《きれい》だったろうな。一緒に見たかったたな」

きっと今は、アリッサムの白く小さな花が咲いているだろう。ブルーベルは、ウォルドの体調がよければ一緒に庭を歩こうと思った。

そうしてウォルドが暮らす屋敷前に来たとき——正門から大人達の姿が見えた。屋敷で働いている使用人達が、何かを屋敷から運び出している。ブルーベルはどうしたのだろうと眺《なが》め、すぐに気がついた。彼らが運んでいるものが、一体何なのか。

——白い石棺《せっかん》。

遺体を収めるものだ。ブルーベルは急激に体温が下がるのを感じた。白い石棺は子供が入るほどの大きさで、緻密《ちみつ》に花や太陽などの彫刻がされている。ブルーベルは教会で何度も棺《ひつぎ》を目にしていたが、目の前の石棺ほど美しいものは見たことがない。ほとんどの庶民は木棺《もっかん》を用いるが、名のある貴族の家は石棺を使うことがあると聞く。石棺は、屋敷前に停まっている荷車へ乗せられた。

誰か亡くなったのだろうか。

ブルーベルは聞くことができなかった。屋敷にいる子供が一人だけだということは、よく知っている。そのまま白い石棺が運び出される様子を呆然と眺めていると、いつの間にか隣に全身を黒い喪服のローブで包んだ樫色《かしいろ》の髪の男性が立っていた。髪と同じ色の瞳で、彼はじっとブルーベルを見下ろす。

「ブルーベル、だね」

どうして知っているのだろう、とブルーベルは思う。反面、ブルーベルも一度も面識のない彼が誰なのかわかった。きっと、ウォルドの祖父《そふ》だ。目元や雰囲気が、愛するウォルドにそっくりだった。

「ウォルドの、おじいちゃん？」

「そう。ファルスというんだ。ウォルドに会いにきてくれたのかな？」

とても優しい声だった。ウォルドの話によれば祖父のファルスは伯爵とのことだが、庶民を見下すような様子は一切ない。それどころか、とても友好的だ。

「はい」

伯爵は寂《さび》しげな顔をして、静かに言った。

「……ウォルドは、もうここにはいないんだ」

ブルーベルは、どうしてそんなに悲しそうな顔をするのだろう、と思った。嫌な予感が拭《ぬぐ》えず、白い石棺《せっかん》へと目線を移す。

「……あの中には、遺体が？」

彼は少し間をあけて頷《うなず》いた。

「うん？　……ああ、そうなんだ。これからあの子の故郷へ送るところなんだ」

半年前は、とても具合がよかったウォルド。だが、体調がよさそうに見えても突然悪くなることがあると、ブルーベルは覚えていた。

「ウォルドに、もう会えないんですか？」

伯爵は頷いた。一層悲しみを深めたように、彼の声はくぐもっていた。

「ウォルドは、いってしまった……。どうか、ウォルドのために祈ってあげてほしい」

ブルーベルの頬に涙が伝った。

――ウォルドと愛を誓いあった日が、永遠の別れだったと知って……

ひどく息苦しかった。夢で見たのは、幼き日の情景。ウォルドの遺体が収められた白い石棺が、目の前で運ばれていく。それはもう幾度となくうなされた悪夢で、決して覆《くつがえ》らない現実だった。

――ウォルド、私を置いていかないで。

そう心の中で叫んだとき、ブルーベルは自《みずか》らがシルヴァスタ地方にある侯爵の城にいることを思い出した。

重たい瞼《まぶた》を開くと、部屋はうっすらと明るかった。朝日の差しこむ光ではなく、蝋燭《ろうそく》の光だ。

体の節々が痛み、頭も重い。

黒狼侯爵《こくろうこうしゃく》との賭《か》けに負けた後、疲れて体調が優れないことを理由に、ブルーベルは夕食を断った。するとすぐに用意されていた部屋へ案内されたのだが、驚くことに侯爵の部屋の隣だったのだ。文句が言える立場でないことは重々承知していたが、さすがに部屋の交換を申し出ようかと思った。けれども部屋に入った瞬間、ブルーベルは何も言えなくなってしまったのだ。

部屋の白い壁にはブルーベルの花が描かれ、サテンウッドの象嵌《ぞうがん》が施《ほどこ》されたテーブルやキャビネットが品よくそろえられていた。寝台の天蓋《てんがい》は薄青のカーテンがついている。床には青と白が合わさった花柄の絨毯《じゅうたん》が敷《し》き詰められ、白い暖炉も完備されている。目利きなどできないブルーベルだが、それらがとても上質なものであることはわかった。

同時に、真新しい家具やところどころにブルーベルの花があしらわれた部屋は、自分のためだけに用意されたということも、わかってしまった。

ブルーベルは、縁談を断ることの難しさを察した。断ろうにも、父から預かった持参金では室内の家具一つすら弁償《べんしょう》できないだろう。

これからのことを考えているうちに眠くなってしまい、寝台へ横になったところまでは、覚えていた。

「まだ、夜……？」

ブルーベルがふと右側へ顔を向けると、そこにセレディアム侯爵がいた。驚いて悲鳴をあげそうになり、何とか堪《こら》える。そうして落ち着くと、彼は眠っているのだとわかった。寝台のそばへ移動させた椅子に座り、肘置きに左腕を立てて頬杖をつき、眠っている。右手には、何かが握られていた。ブルーベルは音を立てないように、静かに上半身を起こす。すると、額から何かが落ちた。それは濡《ぬ》れた布だった。なぜ、額に載せられていたのか。

ブルーベルはぼんやりとする頭で考える前に、セレディアム侯爵の右手に握られている物に目を引かれた。見覚えのあるフォルムの懐中時計。

愛するウォルドも、懐中時計を持っていた。

ブルーベルは、まさかと身を乗り出した。懐中時計をよく見るために、眠っているセレディアム侯爵を起こさないようにそっと上半身を近づける。だがその前に、セレディアム侯爵がきちんと眠っているかを確かめた。静かな寝息が聞こえ、起きる気配はない。

なぜ彼が部屋にいるのか。なぜ寝台の横にいるのか。

ブルーベルが疑問に思い彼の顔を見ていると、ふと彼の唇に目がとまった。とても形のよい唇。

その瞬間、彼にキスをされた記憶が鮮明に浮かび上がり、ブルーベルは思い切り動揺した。上半身のバランスを崩してしまい、寝台から落ちそうになって身構える。

「危ない」

ブルーベルの体は、侯爵の腕に優しく抱きとめられた。すぐに寝台の上へ戻されたが、気まずさで彼の顔を見ることができない。

「……ごめんなさい」

セレディアム侯爵は謝るブルーベルに顔を近づけた。ブルーベルは反射的に瞼《まぶた》を閉じる。一体何をされるのかと警戒していると、彼はブルーベルの額に自《みずか》らの額をくっつけた。

「あぁ、可哀想に。まだ熱が下がらないね」

セレディアム侯爵はブルーベルの額から顔を離した。そのまま頭を撫《な》でる。

「私、熱があるんですか？」

「二日間、ずっと寝ていたよ。起きてもうわ言ばっかりで、意識がはっきりしなかった。喉は渇《かわ》いてない？　水があるけれど、飲む？」

ブルーベルが頷《うなず》くと、セレディアム侯爵は水差しから陶器の杯《さかずき》に水を入れて、ブルーベルへ手渡す。ブルーベルはすぐに、カラカラに渇いた喉に水を流しこんだ。

「ありがとうございます」

「いいんだ。さ、寝るといい。無理をして、また熱が上がってはいけないから」

セレディアム侯爵はブルーベルの体をそっと横たわらせて、水で冷《ひ》えた布をブルーベルの額に置いた。その表情はずっと心配そうに陰っていて、ブルーベルは困惑する。

騙《だま》し討《う》ちのようなことをした侯爵。絶対に許せないはずなのに、目の前の彼は誰かを彷彿《ほうふつ》とさせた。ブルーベルは誰に似ているのかに気がついて、胸が切なくなる。

「侯爵様は……、私のパパに似てるわ」

そんなことを言えば気分を害してしまうかと思ったが、予想に反して侯爵は嬉しそうにした。

「光栄だな。君のお父様に似ているだなんて。どこが似ているのか、教えてくれる？」

「病気になった私を見て、おろおろしているところ……」

「おや、見抜かれてしまったな。その通り、君の寝顔を見ながら私はずっとおろおろしていたよ」

セレディアム侯爵は苦笑した。ブルーベルもつられて、苦笑する。

「私が風邪をひくと、パパはこっちが見ていられないぐらいに狼狽《うろた》えてしまうんです。私がわずかでも苦しそうにしたら泣き出すから、弱いところを見せられなくて」

「優しいお父様だね」

だからこそ、父親にこの状況をなんと説明をすればいいのかわからずに困っていた。

ブルーベルは、父の泣く姿はもう見たくない。父には、ずっと笑っていてほしいのだ。

「……そういえば、先ほど侯爵様は何かを握っていましたよね。懐中時計ですか？」

「え？　あぁ……」

セレディアム侯爵は床に落ちた懐中時計を拾い上げる。寝台から落ちかけたブルーベルの体を支えたときに、床へ落としたままだったのだ。

「その懐中時計、見せてもらってもいいですか？」

「構わないよ」

ブルーベルは懐中時計を受け取って、すぐに落胆した。懐中時計は銀色で蓋《ふた》はなく、全体にストライプ模様の線彫りが施《ほどこ》されている。白い文字盤の針は二時を少し過ぎたところを指していた。

ウォルドの懐中時計とは違う。

「綺麗《きれい》な、懐中時計ですね」

「ありがとう。懐中時計なんて持っている人はまだ少ないのに、よく知っていたね」

「はい。身近に持っている人が、いたので……」

「それは、君が愛していると言った人のこと？」

ブルーベルの表情が強張《こわば》った。だが彼にはすでに、愛する人がいると打ち明けてしまっている。

「……そうです」

「妬《や》けるな」

ブルーベルは懐中時計を返そうと手を伸ばした。セレディアム侯爵は懐中時計を受け取らず、ブルーベルの手をそっととって、手首に口付けを落とす。

「いえ、キスじゃなくて、懐中時計を渡そうと」

「そうなの？　てっきりキスをねだったのかと思ったよ」

ブルーベルは、まだ夢の続きだろうか、とぼんやりと思う。

――最初は確かに、彼は父に似ていると思った。しかし、それは大きな間違いだった。

セレディアム侯爵は、ブルーベルが心から愛するウォルドに酷似《こくじ》していたのだ。

「……侯爵様は、私の苦手なタイプです」

「そうなの？　でも安心して。必ず私のことを気に入ってもらえるように、君にアプローチをするから。君にとって悪いようにはしないよ」

城に着く前のブルーベルは、彼に嫌われようと考えていた。だが借金のことを考慮すると、それはもうできそうにない。ここで侯爵の機嫌を損《そこ》ねれば、借金どころか父にも必ず皺寄《しわよ》せがきてしまう。

とはいえ、これらの話を抜きにしても、ブルーベルにはもう侯爵の手を振り払うことができなかった。彼に対して、ほのかな好意を抱《いだ》いてしまっている自分がいる。

侯爵はウォルドに全く似ていない。顔も背丈も声質も違う。

だが、性格や存在感はぞっとするほどに似ている。

ブルーベルはセレディアム侯爵ともう少し話がしたかったが、強い眠気に襲われた。発熱のせいで体力を消耗しているようだった。

「ブルーベル、ゆっくりおやすみ。君の風邪が早くよくなりますように」

眠りに落ちる意識の中で、セレディアム侯爵の声が聞こえた。


ブルーベルが次に目覚めたのは、正午だった。部屋にセレディアム侯爵の姿はなく、代わりに魔女のアルテミラが椅子に座っていた。ブルーベルの体調を診《み》ると、彼女はブルーベルに着替えを渡した。

「この服……、羊毛じゃない。かといって、麻でもないみたいだし」

色鮮《いろあざ》やかなラベンダー色の室内着は、裾《すそ》にラベンダーの花が刺繍《ししゅう》されている。

「それは木綿から作られているんですよ」

「木綿？　って、何ですか？」

「羊さんの毛のような、ふわふわした実がなる植物があるんです。それを、木綿というんです。その服は、木綿の実から作られているんですよ」

ブルーベルは、植物に小さな羊の姿をした実がなるのを想像してみた。なんだかとっても可愛らしく、つい微笑《ほほえ》んでしまう。

「そんな植物があるんですか。すごいですね」

「ええ。その実を紡ぐと色に染まりやすい糸が作れて、こんなに発色が綺麗《きれい》な衣服ができるんだそうです。まだ一般には広まっていないので、ブルーベル様が驚かれるのも無理はありません」

肌触りもよく、通気性もよさそうだった。

「そういえば、侯爵様は？」

「今日は大切な仕事で外へ出かけています。戻るのは夕方頃になるかと」

「そうですか……」

「当主様はずっと、ブルーベル様の看病をなさっていたんですよ。お仕事で疲れているはずなのに寝る間も惜《お》しんで、ブルーベル様に付き添っていたんです」

「え？」

「あまり寝ていらっしゃらないので、ご無理をされなければいいんですけど」

それを聞いて、ブルーベルは心が痛んだ。

思えば、ずっと誰かの気配を感じていた。

「お礼を、言わないと……」

アルテミラはブルーベルの頭を撫《な》でた。

「まずは、お食事をしましょう。まだ微熱がありますから、お薬も飲まなければいけませんし」

「お薬？　教会から貰ってきてくれたんですか？」

オルドニア王国では病気をした場合、教会で薬を貰う。今は街に病院があるとはいえ一部の富裕層しか利用できず、まだまだ教会に頼っているのが現状だ。そのため教会では多くのハーブを栽培しており、薬として使われている。

「いいえ、薬は私が調合しています。私は魔女ですが、薬師《くすし》でもあるので」

「薬師？」

「ええ。ハーブを調合して薬を作るんです。この城には大きな薬園があって様々なハーブを栽培しているのですが、今の季節だと二十種類ほどあります」

「とても多いですね。二十種類もあるだなんて、想像できません」

ブルーベルが食事のために寝台からテーブルへ移動すると、王侯貴族しか口にできない白パンに蜂蜜《はちみつ》、そして野菜のスープが用意されていた。二日間食事をしていないブルーベルでも、食べきれる量だ。ブルーベルが食事を始めると、アルテミラは薬草入りのお茶を用意する。

「そういえば、ブルーベル様は当主様の懐中時計のコレクションをご存知ですか？　当主様は懐中時計をたくさん持っておられるのですよ」

どうしてそんな話をするのだろう、とブルーベルは不思議に思いながら返事をした。

「それは……、ぜひとも見せてもらいたいですね」

「ええ。もしかすると、お探しの物が見つかるやもしれませんよ」

それは魔女の予言なのか、あるいは何かを教えようとしてくれているのか。

「探し物？　それは私が何かを落とした、ということですか？」

「さぁ。私にはなんとも。ただ、占いでそう出ていただけですから」

アルテミラは真剣に、ブルーベルの目を見据《みす》えた。

「あの……、私の顔に何か？」

「一つだけ、気になる未来を見てしまったんです。私の占いがはずれてくれればいいのですが」

ブルーベルはひやりとする。嘘か本当かは知らないが、アルテミラは言っていたのだ。占いは一度もはずれたことがない、と。

「どんな結果だったんですか？」

「……くれぐれも、一人で外に出ないでください。命を落とすことになりますので」

門を閉ざされたこの城から、一人で出るなど不可能。だが、アルテミラの不吉な言葉はブルーベルの心に残った。


ブルーベルが昼食を終えると、アルテミラは薬園にハーブを摘みにいった。部屋に一人残されたブルーベルは、アルテミラの予言を思い出して不安になる。今のところブルーベルは城から出るつもりはないし、出られないこともわかっている。

「……城から出なければいけない、何かが起きるのかしら」

とりあえず城にいれば問題はないと思ったが、ブルーベルは首を振った。それでは城にずっと留《とど》まって、暮らすことになってしまう。だが、アルテミラの表情はブルーベルを本気で案じていた。ブルーベルとしても、彼女が嘘をつくような人とは思えない。

ブルーベルは溜息《ためいき》をつくと、不安を紛《まぎ》らわせようと懐中時計のことを考えた。侯爵の部屋はすぐ隣。見にいきたいが、泥棒のような真似はしたくはなかった。だが、どうしても気になってしまう。

ブルーベルは部屋を出て、セレディアム侯爵の部屋の前に立った。入るつもりも、覗《のぞ》くつもりもない。とはいえ、廊下にただ立っているのもおかしい。

「……部屋へ、戻ろう」

そう思って引き返そうとしたとき、階段を上がり誰かがやってくる気配がした。やましいことなど何もしていないが、焦ったブルーベルは咄嗟《とっさ》に目の前の部屋へ隠れてしまう。

「あ」

ブルーベルは青ざめた。飛びこんでしまったのは、セレディアム侯爵の部屋。すぐに出ようとしたが、廊下からは使用人と思われる女性達の声が聞こえた。

今ここを出れば、明らかに不審がられてしまう。

ブルーベルは機を見て自分の部屋へ戻ろうと思った。侯爵の部屋の中を歩き回るつもりもないし、触るつもりもない。ブルーベルはそう思ったものの、室内のテーブルの上に視線が留まった。そこには、見覚えのあるものが置かれていたのである。それは、群青色《ぐんじょういろ》の化粧箱。

「あれは……」

無意識のうちに足が進んでいた。ウォルナットの四角いテーブルの上にあるのは、幼い頃にウォルドの屋敷で見せてもらった、懐中時計の入っていた箱だ。

「どうして、これがここに……」

ブルーベルは箱を手に取って、開けて中を見てみた。するとそこには、蔓草模様《つるくさ》の線彫りがされた懐中時計が入っていた。

間違いない。

その懐中時計と同じものを、ブルーベルは何度か見ていた。懐中時計を震える手で持ち、蓋《ふた》の中を確認してみる。すると、記憶と違《たが》わず真鍮《しんちゅう》の文字盤には金のメッキが施《ほどこ》され、小さな真珠が周りに配されている。

――ウォルド。

まさか、と思った。セレディアム侯爵はウォルドなのだろうか。だがもしもそうならば、どうしてブルーベルに名乗り出ないのか。

考えながらブルーベルが懐中時計を静かに化粧箱の中へ戻したとき、背後から声がした。

「私の部屋へ遊びにくることができるぐらい、元気になったようだね」

ブルーベルは、とても恐ろしいものを見るように声のしたほうへと顔を向けた。そこに従容《しょうよう》とした体《てい》で立っていたのは、セレディアム侯爵。

「あ、あの、これは……」

最悪のタイミングだった。

「君が心配で、仕事を早目に切り上げて戻ってきたんだよ。まさかこんなにも早く会えるとは、予想していなかったけれど」

そう言って、セレディアム侯爵はブルーベルのそばへ歩み寄る。そしてテーブルの上に置かれている化粧箱の中から懐中時計を取り出すと、ブルーベルの目の前に掲《かか》げた。

「えっと、その……」

「目当ての物はコレかな？」

ブルーベルは肩を震わせた。混乱した頭では考えが追いつかない。いっそ失神できたら、どんなに気が楽だろう。盗むつもりなど毛頭ないが、今の状況では泥棒と怪しまれても仕方がない。

「勝手に部屋へ入ってしまって、ごめんなさい。こんなことを言っても、信じてもらえないかもしれませんが、泥棒や悪いことをするつもりでは」

「君が物を盗むような人でないことは、重々わかっているよ。それに君とは夫婦になるのだから、私の部屋へ勝手に入っても怒ったりしない」

彼は、あのウォルドなのだろうか。ブルーベルは彼の顔をよく見て確かめたかったが、気まずさのあまりその勇気が出てこない。

「……わ、私、この懐中時計と同じものを、昔見たことがあるんです」

「そうなの？　それは奇遇だね」

「あなたは、その……」

「この懐中時計、実はもう一つあるんだ」

セレディアム侯爵は、羽織《はお》っていた濃紺《のうこん》の外衣《がいい》の内側から懐中時計を取り出した。ブルーベルはそれを見て絶句する。それは、全く同じ形の懐中時計。

「どうして……」

「この懐中時計と同じ形をした時計は、世界に三つあるんだよ」

衝撃の事実にブルーベルは消沈した。そして、なんと浅はかな考えを抱《いだ》いてしまったのだろうか、と自《みずか》らをなじる。目の前の彼が、あのウォルドではないかと思った自分が、愚《おろ》かしく思えた。

「では、世界に三つしかない懐中時計の内、二つがこの屋敷にあるということですか？」

「その通り。ここに置いてある懐中時計は修理に出していたもので、先日やっと戻ってきたんだ」

祖父《そふ》から貰った時計を見せてくれたあのウォルドは、やはりもういないのだ。ブルーベルの目から涙が零《こぼ》れた。淡い希望が破れて、心が完全に折れてしまう。

「部屋に入ってごめんなさい……。本当に、わざとじゃ、なかったの」

セレディアム侯爵はブルーベルの頬に両手を添えると、ブルーベルの頬を伝う涙へ口付けた。

「だから、謝らなくてもいい。部屋へ入ったことは何も思っていないから、安心して。それよりもまだ体の具合がよくないのだろう？　寝ていないと駄目じゃないか。さ、ベッドへ行こう」

ブルーベルはセレディアム侯爵に肩を支えられるようにして、隣の部屋に戻った。そのまま寝台へ向かうと、ふとシーツの色が白から淡い紫に変わっていることに気づく。

「ベッドが……」

「アルテミラが、使用人にベッドメイキングをさせたんだろう」

「え？」

そういえば、とブルーベルは思い出した。先ほど廊下に立っていたら、突然、人の来る気配がした。咄嗟《とっさ》に侯爵の部屋へ飛びこんでしまったためにわからなかったが、恐らく掃除に来てくれた者達だったのだろう。ブルーベルはお礼を言えなかったと反省する。

と、ここでセレディアム侯爵がブルーベルの額へ手を当てた。

「やっぱり、まだ少し熱があるな。夕食は滋養《じよう》にいいものを用意させるよ」

セレディアム侯爵は寝台の毛布を捲《めく》った。ブルーベルは彼に寝台の上へ座らされ、そのまま仰向《あおむ》けにされて毛布をかけられる。

「ありがとうございます」

「いいんだよ、お礼なんて」

寝台へ腰掛けると、セレディアム侯爵はブルーベルの頭を優しく撫《な》でながら安心させるように微笑《ほほえ》んだ。だがその優しさはブルーベルの罪悪感を煽《あお》る要因になり、息を詰まらせる。

「……私、侯爵様に謝らなければいけないことがあるんです。私が愛する人のことで」

「……あぁ、背が高くて、笑うと愛らしくて、頭がとてもいい、っていう？　確か、私と同じシルヴァスタ人なんだよね」

なんという記憶力だろうか。ブルーベルは感心した。

「……そうです。でも、本当は背は高くないんです」

「どういうこと？」

ブルーベルの唇が震えた。ここから先の言葉を告げるのはとても恐ろしいことで、ずっと避けてきた。口に出せば、もうその現実から逃れられないことをわかっていたから。

「私が愛している人は、六年前に死んでいるんです」

セレディアム侯爵は黙りこんだ。ブルーベルはいつも身につけているネックレスを衣服の下から取り出すと、スモーキークォーツを見せる。

「この水晶は病気や悲しい気持ちを吸い取ってくれる力があるそうなんです。六年半前に私が教会に行くと決まったとき、私の愛する人はこの水晶をくれたんです。その半年後に、彼は亡くなりました。……全部、私のせいなんです」

水晶が必要だったのはウォルドであり、自分ではなかったのだ。

「君のせいではないよ」

ブルーベルは首を横に振った。

「私がこの水晶を貰ったから……、私が悪いんです。それに私は、侯爵様に優しくしてもらえるような存在じゃないんです」

「唐突だな、君も。自分を卑下《ひげ》するのはよくないよ」

ブルーベルはしゃくり上げた。

「私は、愛する人と一緒に、永遠の愛を誓いあったんです。だから私にはその人しか愛せないし、誰かに愛される資格がないんです。私はずっと、教会で祈ってきました。私は地獄に落ちても構わないから、どうか愛する人だけは、幸せな楽園へ迎え入れてほしいと。その祈りを捧げるためだけに、私は修道女として生きようと思っていたんです」

「ブルーベル。君の愛する人は、君が修道女として暮らすことを望まないよ。悲しむだけだ」

ブルーベルは上半身を起こした。そして、涙を流しながら侯爵の顔を見つめる。

「私の卑怯《ひきょう》なところは、そこです」

「え？」

「今回の縁談は、断るつもりでした。でも縁談を受けることが父に何かよい結果をもたらすならば、侯爵様の慰《なぐさ》み者にでも何でもなろうと思っていたんです。愛する人のために修道女になろうと思っていながら、私は父を助けるために修道女の道を放棄できるんです」

この発言に、セレディアム侯爵が険《けわ》しい顔をした。

「私が言うのもなんだけれど、体を売るような真似をしても、君のお父様は喜ばないよ」

「わかっています。そんなことを知ったら、私の父は本気で自殺しかねません。でも、私にはもう父しかいないんです。父のためにできることは、何でもしてあげたいんです」

その言葉に矛盾があることに、セレディアム侯爵はすぐに気づいた。

「君のお父様への愛情は微塵《みじん》も疑ってはいないけれど、君は私と会ってすぐに縁談を断ったよね。君のお父様にとって、よい結果があるかどうかもわからない状態で。どうしてかな？　あのときの君をはっきり覚えているけれど、明らかに怒っていて、とても冷静とは言い難《がた》かった」

ブルーベルは頷《うなず》いた。両手を口元に当てて、俯《うつむ》く。

「はい。侯爵様に会って、感情的になってしまったんです。侯爵様の名前がウォルドだったから……。私が心から愛する人の名前も、ウォルドというんです。……侯爵様と同じ名前なんです。私は、心底神を恨《うら》みました。私が結ばれたかった相手は、セレディアム侯爵様ではないと」

「そうだろうね。私でもそう思うよ」

セレディアム侯爵はブルーベルの涙を指の腹でそっと拭《ぬぐ》った。彼は怒ることも悲嘆することもなく、ブルーベルの話を真剣に聞いている。

「失望させてしまって、ごめんなさい。侯爵様がこんな話を聞いても困るとわかっていても、隠し事ができませんでした」

「失望なんてしないよ。自分で言うのもなんだけれど、私は度量《どりょう》の狭い男ではないつもりだ」

「いいえ、ダメです。……アルテミラ様から聞いたんです。私が熱を出して寝こんでいた二日間、ずっと侯爵様が看病してくれていたことを。私は侯爵様にそこまでしていただけるような、価値ある人間ではありません。私のことは、頭のおかしい女だと罵倒《ばとう》すべきです」

セレディアム侯爵は、ブルーベルの両手を口元からはずし、唇に人差し指を当てる。

「しー、静かに。……ブルーベル。君が愛している人のことも、君が大切に思っているお父様のことも、よくわかった。私は君に一番に愛してほしいとは言わないよ。でも、君の中でせめて三番目に愛してもらえる男性になりたい」

「三番目……?」

「三番目なら、君も難しくはないだろう? ……ずっと辛《つら》かったね、一人で抱《かか》えこんで。これからはもう、一人で我慢しなくていいんだ」

侯爵はブルーベルの体を抱きしめ、背中をさすった。これまで耐え忍《しの》んできた辛さや悲しみがブルーベルの胸を埋め尽くし、ますます泣いてしまう。

「侯爵様は、私が愛する人に似ているんです。私はきっと、侯爵様に彼を重ねてしまいます」

「構わないよ。それで君の傷が癒《い》えるのなら」

「よくありません。……こんなの、間違っています」

「ブルーベル。私はとても狡賢《ずるがしこ》いんだ。傷心の君につけ入って、親しくなろうとするぐらいに」

「……そういうのって、自分で言ってしまっていいんですか？」

「いいんだよ。この正直さも、君からの信頼に繋《つな》がるから」

ブルーベルは、小さく笑った。

「確かに、そうですね」

「……君のお父様についても、私は協力を惜《お》しまないよ。約束する」

その言葉に、目頭《めがしら》が熱くなった。ブルーベルは頷《うなず》くと、この人には敵《かな》わないと思った。

第四章　手折《たお》られた花

　翌朝。すっかり回復したブルーベルは、セレディアム侯爵に看病のお礼を言うために、彼の姿を探すことにした。これに付き添ったのはアルテミラ。

「当主様は騎士のクリスに話があると仰《おっしゃ》っていたので、おそらく一階にいると思います」

　ブルーベルは、自分が情けなかった。借金の存在を知った以上は何もせずに家へ戻るわけにもいかない。せめて屋敷で働いて恩を返そうと考えていた。それなのに体調を崩し、セレディアム侯爵にむしろとんでもない迷惑をかけてしまったのだ。

　お礼を言った後は城の掃除か庭園の草むしりか、とにかく仕事をさせてもらわなければ。

　衣服や食事を与えてもらい、とても丁寧な扱いを受けている。彼の優しさに触れた今では、セレディアム侯爵に散々無礼な態度をとった自分が、心底恨《うら》めしい。

　そうしてアルテミラと階段を下りて一階の廊下へ到着したとき、怒鳴り声が聞こえてきた。

「よくもこの私を騙《だま》したな！　貴様は知っていたのだろう、あの小娘に利用価値があることを！」

よく響く声だった。ブルーベルは、どこかで聞いたことがある声だと耳を澄《す》ます。どうやら、その声は広間から聞こえてくるようだ。

「利用価値？　何のことでしょうか」

別の男性の声だった。こちらはすぐにわかった。セレディアム侯爵のものである。

「とぼけるなっ！　でなければ、あんな薄汚い庶民の娘を娶《めと》ろうとするはずがない！」

薄汚い庶民の娘とは自分のことだろう、とブルーベルは心が痛んだ。セレディアム侯爵に迷惑をかけていることが、とても申し訳ない。どういう事情かわからないものの、知らぬ顔で素通りすることはできなかった。

「ブルーベル様。お部屋へ戻りましょう」

アルテミラがブルーベルの手を引こうとした。だが、ブルーベルは首を横に振る。

「いいえ、戻りません。これはきっと、私のことですから」

ブルーベルは広間の扉を開けて中へ入った。そこで、部屋にいた二人の人物に目を瞠《みは》る。

一人はふくよかすぎるほどの体になったサリア。彼女はブルーベルが覚えている頃よりも幾分老《ふ》けていたが、すぐにわかった。リボンやレースを贅沢《ぜいたく》にあしらった緑のドレスに身を包み、銀細工の髪留めをつけている。それらを買うお金のために父が何をしなければいけなかったかを想像して、ブルーベルは怒りがこみあげた。

その隣に高圧的な態度でいるのは、血の繋《つな》がらない祖父《そふ》、ルイス・コルトナー。赤茶色の髪の毛を後ろへ流すように整えており、口元には立派な髭《ひげ》があった。サリアとそっくりな面差《おもざ》しで、いかにも頑丈そうな体。大きな白いレースが襟についたダークブラウンの胴衣《どうい》の上には、前開きになった緑の長い上着を羽織《はお》っていた。

コルトナー男爵はブルーベルの姿を見るなり早歩きで近づいてくると、ブルーベルの手首を強引に掴《つか》む。

「帰るぞ、ブルーベル。貴様には大金の値打ちがある。もっと条件のいい男と結婚させてやろう」

「え?」

「セレディアム侯爵が王と何やら親密な関係にあるという噂を聞いて、調べたのだ。そうしたら、とても興味深いことがわかってな」

「何が、わかったんですか?」

「お前の祖母《そぼ》は王家に仕えていた薬師《くすし》で、誰かの子を孕《はら》んで王宮から姿を消したそうだ。それを聞いて私は確信した。お前の母親は王族の誰かの子供、そしてお前はその孫だとな」

醜悪《しゅうあく》に笑うコルトナー男爵の顔は、ブルーベルに鞭《むち》を打ちつけたサリアとそっくりだった。

「どうだ、面白いだろう。貴様は家畜にも劣《おと》る役立たずだと思っていたが、私が役立ててやる」

ブルーベルの体は震えていた。虐待《ぎゃくたい》を受けていたときの記憶が脳裏《のうり》に浮かび、呼吸も速くなる。ここには助けてくれる父親はいない。悩みを打ち明けられる、あのウォルドもいない。

「その手を離せ。ブルーベルに触るな」

いつの間にか、ブルーベルの背後にセレディアム侯爵が立っていた。ブルーベルの体を左手で抱き寄せ、右手はコルトナー男爵の手を強く掴む。

男爵は忌々《いまいま》しそうに、セレディアム侯爵を睨《にら》みつけた。

「君に借りた金も返すし、サリアとロイセルの手切れ金も返す。今回の話はなかったことにすると言っているだろうっ」

手切れ金とは何のことだろうか、とブルーベルは引っかかった。

そのとき、ブルーベルの手を掴むコルトナー男爵の力が強くなり、悲鳴を上げそうになる。セレディアム侯爵は男爵の睨みに一歩も怯《ひる》むことなく、それどころか牙《きば》を研《と》いだ狼のような眼光で凄《すご》む。

「誰の城でものを言っている。その体を穴だらけにされたくなければ、即刻この城から立ち去れ」

いつの間にか、広間の一階と二階を武装した兵士達が取り囲んでいた。二階の兵士達は矢を番《つが》え、放つ準備ができている。

これにはコルトナー男爵も引き下がるしかなかった。サリアも蒼白《そうはく》な顔で嫌悪感を露《あらわ》にする。

「お父様、こんな城早く出ましょう。借金のお金と手切れ金を貰ったんだし、もういいじゃない」

「くっ……、覚えていろ！　このままでは絶対に済まさんからな！」

コルトナー男爵は捨て台詞《ぜりふ》を吐くと、サリアを連れて足早に広間から出ていった。

セレディアム侯爵は去り際にやっと離されたブルーベルの手首を見て、慈《いつく》しむようにさする。

「可哀想に、痛かっただろう」

「い、いえ。私の身内がご迷惑をかけてしまい、申し訳ありませんでした」

声は上《うわ》ずり、全身が震えて、立っているのも精一杯だった。あの二人に連れていかれれば、何をされるかわからなかったから恐くてたまらなかった。

「ブルーベル。君のせいじゃない」

ブルーベルは、抱きしめようとしたセレディアム侯爵を咄嗟《とっさ》に拒む。先ほど聞いたコルトナー男爵の言葉が気にかかっていた。

「侯爵様……、私に何か、隠し事をしていませんか。さっきの話は……、事実ですか？」

セレディアム侯爵ははぐらかすことなく頷《うなず》いた。

「事実だ」

ようやく、彼が縁談を望む理由や、コルトナー男爵の借金を肩代わりした理由がわかった。

同時にブルーベルはひどく落胆する。王族の血を引く娘をどのように利用するのかは想像もつかないが、彼にとっては莫大な金を支払ってもいいほどに魅力的な物件だったのだろう。

「誤解、していました。侯爵様はとても親切で、嘘偽《うそいつわ》りのない清らかな心を持っていると。……私はあなたのことを、信じかけていました。最初に一言仰《おっしゃ》ってくだされればよかったのに。私には利用価値があると。事実を告げられていたとしても、私は侯爵様を恨《うら》んだりしませんでした」

彼はウォルドに似ていると思っていたが、違った。彼は、黒狼侯爵《こくろうこうしゃく》なのだ。

亡くなったウォルドと彼を重ねて見てしまうなど、ウォルドにあまりにも失礼だった。

ブルーベルは、すっかり騙《だま》されていたことが辛《つら》くて涙が溢《あふ》れる。

「ブルーベル。私が君へ抱《いだ》いている想いに嘘はない。君のことを愛している」

「もうやめてください。結婚でも何でも、好きにしてください。侯爵様が望むなら、何でもします。借金分の働きはしてみせます。だから、心ない嘘をつくのはやめてください」

もうこれ以上、傷つくのは耐えられなかった。

「……ブルーベル。私の部屋へ行こうか」

話をするなら、人目のないほうがいい。ブルーベルは頷《うなず》くと、幼き頃にウォルドがくれた胸元のスモーキークォーツに手を置いた。


ブルーベルがセレディアム侯爵の部屋へ入るのは、三度目だった。

彼がどんな話をするのかはわからない。しかし、たとえ狼のように豹変《ひょうへん》しようとも立ち向かおう。ブルーベルはそう身構えていたのだが……

「どうしたの、ブルーベル。手が止まっているよ。食べないの？」

セレディアム侯爵は飄々《ひょうひょう》とした態度で、ブルーベルの目の前の席へ座っていた。ウォルナットの四角いテーブルの上にはブルーベルの分だけ朝食が並べられ、白い皿に入ったスープには湯気が立っている。スプーンを持ったまま固まっていたブルーベルは、その言葉を聞いて手を動かす。

「いえ、食べます」

スープにはアンゼリカの茎《くき》がたっぷりと入っていた。アンゼリカの茎のサラダや、アンゼリカの茎を蜂蜜《はちみつ》で煮詰めたお菓子も用意されている。さすがに白いパンにはアンゼリカは入っていないだろうと思ったが、甘かった。パンにもアンゼリカが見事に練《ね》りこまれていたのだ。

これは一体、何の余興なのか。何かの当てつけなのか。それとも罰なのか。

ブルーベルには全くわからなかったが、黙ってアンゼリカが山ほど使われた料理を食べつつ、彼の意図を探る。もしもこれが彼の嫌がらせなのだとすれば、受けて立とうと心を奮《ふる》い立たせながら。

「おいしい？」

セレディアム侯爵がにこにこしながら聞いた。ブルーベルは、どうして何も説明がないのだろう、と心の中で憤慨《ふんがい》する。彼は広間でのことを何も話さないばかりか、ブルーベルをどういう風に今後利用していくかも話そうとしない。

「それは良かった。残さずに食べてね」

「はい、とっても」

「言われなくてもそうします」

料理を食べ終えてほっとしたのも束の間《つかま》。食後に、アンゼリカの根の薬草茶が用意されていた。

「飲まないの？」

ブルーベルは、アンゼリカの根から作られたお茶が大の苦手だった。独特の苦味があり、体にいいとわかっていても抵抗がある。

「……飲みます」

言うと、一気にそれを飲み干した。セレディアム侯爵は両手をパチパチと叩いて喜ぶ。

「すごいね。そんなにそのお茶が好きなの？　もう一杯飲むといいよ」

ティーポットを手にしたセレディアム侯爵は、ブルーベルのティーカップへと嬉々としてお茶を注《つ》いだ。ブルーベルはなみなみとカップに注がれた液体を見て、半泣きになる。

「……っ」

「どうしたの？　もしかして、アンゼリカの根のお茶は苦手だった？」

「……いいえ、飲みます」

口の中が苦くて泣きそうだった。だが、セレディアム侯爵には負けたくはない。ブルーベルは覚悟を決めると、再びアンゼリカの根のお茶を飲み始めた。

その最中に思い出すのは幼い頃のこと。ブルーベルは彼を何とか元気にさせたい一心でアンゼリカを湿地で採ってきては、ウォルドに食べさせていたのだ。今になって思えば、病弱な彼に残酷なことをしていたものである。

そうしてお茶を全て飲み終えたブルーベルは、あまりの苦さに悶絶《もんぜつ》した。その間にテーブルの上の食器が全て使用人に片付けられ、口直しにとグースベリーのフルーツフールが用意される。

「よく頑張ったね。頭を撫《な》でてあげようか？」

「丁重にお断りします」

ブルーベルは未だ口の中に残るアンゼリカの風味を消したくて、フルーツフールを食べる。クリームとピューレ状のベリーの風味、そして蜂蜜《はちみつ》の甘さがふわりと口内に広がった。そうしてなぜアンゼリカを沢山食べさせられたのかを考える。彼が無意味にこんなことをしたとは、どうしても思えなかったからだ。とはいえ、納得できるだけの事情も思い至らない。

「侯爵様。そろそろ、話を……」

話を促《うなが》そうとセレディアム侯爵を見て、ブルーベルは凍《こお》りついた。彼は微笑《ほほえ》んでいたが、目は全く笑っていない。なぜ彼が怒っているのか、ブルーベルは困惑する。

「ブルーベル。君は本当に、純粋だね。でもその純粋さはときに卑怯《ひきょう》で、残酷だと思わない？」

「何を、言って……」

「知ってる？　アンゼリカがどういう効能を持つハーブか」

「バカにしないでください。病魔や頭痛に効くんです。あと、冷《ひ》え性《しょう》とか」

セレディアム侯爵は愉《たの》しそうに笑っていた。

「アンゼリカはね、女性を助けるハーブって言われているんだよ。貧血の症状にも効くと言われているし、何より成熟した女性にのみ、とある効果を発揮するハーブなんだ」

「え？　とある効果？」

「アンゼリカの根には、女性にのみ作用する催淫《さいいん》効果があるんだよ」

「何ですか？　それは」

「欲情する、っていうことだよ」

ブルーベルは意味を知り、顔がかっと熱くなる。アンゼリカにそんな効能があるとは知らなかった。

「いっぱい食べたし、飲んでいたよね。どう？」

「何が、ですか」

「そろそろ、私と体を交わらせたくなってきたんじゃないかと思って」

婉曲《えんきょく》な言い回しをすることなく問われ、ブルーベルは信じられないという顔をした。

「な、なりませんっ！　なんてことを言うんですかっ」

「でも、体が温《ぬく》もってきたんじゃない？」

そういえば、体が温かくなってきた気がする。だがそんな発言すれば、どうなるか。

セレディアム侯爵が見ている。少しの嘘も見逃《みのが》すまいと、獰猛《どうもう》な狼のように双眸《そうぼう》を輝かせながら。

「わ、私、そろそろ失礼します。部屋に戻ります」

一刻も早く侯爵の部屋から出たかった。

「本当に君は嘘が下手だね。そんなに急いで部屋を出る必要はないよ。ゆっくりしていくといい」

ブルーベルは席を立ち、部屋の出入り口へ向かった。するとセレディアム侯爵も椅子から立ち上がり、ブルーベルを阻《はば》む。

「通してください」

「嫌だ、と言ったら？」

「強引にでも通らせていただきます」

真横をすり抜けようとしたが、左手を掴《つか》まれた。

「細い腕だね」

ブルーベルは手を引き抜こうとしたが、敵《かな》わなかった。それどころか、セレディアム侯爵に腕を引っ張られて寝室へ連れてこられてしまう。

「はなしてっ」

「私は口下手なんだ。だからさっきのことも口で説明するより、体で説明したほうがいいと思って」

「強姦でもするつもりですか」

セレディアム侯爵はブルーベルの質問に心外そうにした。

「そんなに私のことが嫌い？」

「大嫌いです」

「じゃあ、仕方がないね。君に気に入ってもらえるように、真剣にお願いをしてみよう」

「あなたと話すことなんてありませんっ！　あなたがどれだけ下劣な方か、よくわかりましたからっ！　もう、あなたのことなんて何も信じられませんっ」

「ひどい言われようだ。でも、私もね、君の言葉は信用していないんだ」

「え？」

「口は嘘をつくからね。体に直接きいたほうが、正直だ」

ブルーベルはほとんど抵抗できないまま、セレディアム侯爵に服を脱がされた。シュミーズ姿にされたブルーベルは、セレディアム侯爵を睨《にら》みつけて背を向ける。そのままシュミーズを上半身だけ脱いで、髪を全て左肩へかき寄せた。

「これが、何かわかりますか」

「鞭《むち》で打《ぶ》たれた傷痕《きずあと》だね」

彼と初めて話をした際、彼はブルーベルが過去に虐待《ぎゃくたい》を受けていたことを知っていた。傷痕を見せられても彼が驚かないのは、あらかじめわかっていたからだと推察する。

「そうです。継母《ままはは》にされたんです。この傷痕を見ても、まだ抱きたいと思うんですか」

背中にはかすかに、鞭の痕が白く残っていた。

「とうに知っているよ。君が熱で寝こんでいる間に汗を拭《ふ》いてあげたのは、この私だからね」

「そう、なんですか……」

「君が愛する人はさぞ悔しいだろうね。せっかく傷薬《きずぐすり》をつけたのに、こんなにも痕が残ってしまったのだから」

「え？　今、なんて……」

セレディアム侯爵を振り返った。虐待《ぎゃくたい》を受けた傷を、誰が手当てしてくれたのか。その話は、セレディアム侯爵にしたことがない。否《いな》、それを知っている人物は世界にただ一人、ウォルドだけ。

幼い頃、ブルーベルはウォルドに虐待の傷を見られてしまった。そのときに彼と約束をしたのだ。

『ウォルド、パパには言わないで。他の誰にも言わないって約束して』

『うん。大丈夫だよ。安心して』

ウォルドは絶対に約束を破らない。それに、ウォルドはもう亡くなっているのだから、その秘密を誰かに言えるはずもない。ならば、どうしてセレディアム侯爵が二人の秘密を知っているのか。

「ブルーベル？」

何か大きな見落としをしているのではないのか。ブルーベルは考えようとした。

「どうして、知っているんですか。私が傷薬《きずぐすり》を塗《ぬ》ってもらったことを」

セレディアム侯爵は、一瞬無言になった。だが、すぐににこりと笑《え》みを浮かべる。

「熱でうなされているときに、寝言で言っていたよ」

そんなはずはないと言おうとしたが、絶対にありえない、とも言い切れない。そのときふと、窓際のコンソールテーブルの上にある小さな袋に気づいた。

ウォルドから貰ったラベンダーの匂い袋。

ブルーベルはてっきり自分のものかと思ったが、匂い袋は鞄《かばん》の中へ大切に入れてある。

「あれ……は？　あの小さな袋は？」

「あれは、恋愛成就のおまじないだよ。このシルヴァスタ地方では、ラベンダーの匂い袋を持って意中の相手に告白をすると両想いになれる、という言い伝えがあるんだよ」

「え？　では、侯爵様には誰か、好きな方が？」

悲しそうに苦笑する侯爵。どうして、そんなにも切ない瞳をするのか。

「いるよ。もうずっと、愛している女性が」

「っ！」

「……なんてね。そう言えば、君は妬《や》いてくれる？」

「妬きません」

セレディアム侯爵は笑っていた。ブルーベルはからかわれたのだろうか、と思う。

しかし、先ほど彼が言ったようにラベンダーの匂い袋がシルヴァスタのおまじないだとすれば、セレディアム侯爵にも愛する女性がいるということになる。その真偽は確かめようがないけれど。

ブルーベルは心のどこかで愕然《がくぜん》としている自分に気づき、自《みずか》らを叱咤《しった》した。落ちこむ必要も、傷つく必要もないと。

セレディアム侯爵は両手で胸を覆《おお》っているブルーベルの肩を抱くと、寝台に近づく。

「上半身が裸のままでは体が冷《ひ》えてしまう。私が温めてあげるよ。ベッドの上でね」

「い、いえ、それには及びません。今すぐ服を着れば、体も温まりますから」

「私が直に温めてあげたいんだよ」

よくない雰囲気を察したブルーベルは、話題を変えようと聞きたかったことを尋ねた。

「わ、私の祖母《そぼ》が王族の誰かの子を身籠《みごも》り、私の母を産んだんですよね。どうしてセレディアム侯爵様はそのことをご存知なのですか？」

先ほど彼が事実だ、と肯定した内容。

「王族に隠し子がいるのではないか、という噂は前々からあったんだよ。ただ、そういうことをみだりに吹聴《ふいちょう》すれば罰せられるから、大きな声では言えないだけで」

祖母は、祖父《そふ》は亡くなったと言っていた。

「私の血の繋《つな》がった祖父は、まだ生きているんですか？」

「元気だとも。あの方は刺されても死なないような方だ。君のお婆様《ばあさま》とお母様が亡くなっていると知ったときはとても悲しんでおられたけれど、孫がいると知って大層喜んでおられた」

「でも、どうして血の繋がりがあるだなんてわかるのですか？　私には、王族と血縁関係にある証拠品なんて、一切ありません」

「安全面を考慮して民の前に出る際は隠しているそうだけれど、王族は薔薇《ばら》のようなピンクがかったブロンドの髪をしているんだよ。王族の血が濃い人ほど、その特徴が顕著《けんちょ》に出るらしい」

セレディアム侯爵はブルーベルの体を抱き上げると、そのまま二人が寝ても余裕のある大きな寝台へおろした。逃げようとするブルーベルに、セレディアム侯爵がそうはさせまいと覆《おお》いかぶさる。

「侯爵様は、私をどのように利用したいんですか」

仰向《あおむ》けの状態でセレディアム侯爵を睨《にら》んだ。セレディアム侯爵は悠然とブルーベルを見下ろして微笑《ほほえ》む。

「利用なんてまさか。君を閉じこめて、私しか見えなくできればいいのにとは思っているけれど」

ブルーベルの意思を無視して、セレディアム侯爵は口付けをした。ブルーベルは唇を舐《な》められたことに驚いて、わずかに口を開いてしまう。

その隙間を逃《のが》すまいと、セレディアム侯爵の舌がブルーベルの口腔《こうこう》へ侵入した。

ブルーベルは思わずセレディアム侯爵を突き飛ばすと、彼の顔を思い切り平手で打つ。これにはセレディアム侯爵も唖然とした。ブルーベル自身も、彼を叩いてしまったことに動揺を隠せない。

「……あ、その……」

「賭《か》けを忘れてしまったのかな？　君はもう、私のものなんだよ。君の瞳も唇も髪も、全部私のものだ。誰にも渡さないし、誰にも傷つけさせたりしない。君を傷つけてもいいのは、私だけだ」

セレディアム侯爵はブルーベルの額に恭《うやうや》しく口付ける。

「わ、私には、好きな人が」

「知ってる。それでも、私なしでは生きられない体にしてあげるよ」

言うが早いか、ブルーベルの唇を奪うセレディアム侯爵。

ブルーベルは身を捩《よじ》って逃げようとするが、両脚の間に体を埋められて逃げられない。ブルーベルの歯列を割って再度侵入を果たした厚い舌は、深く味わうようにブルーベルの舌に絡められる。

息もできぬほどに吸い上げられたかと思えば、歯列をなぞりあげてくすぐられる。思考する間も与えぬとばかりに。

ようやく口付けから解放され、ブルーベルは酸素を求めて呼吸を繰り返す。

意識はぼんやりとしていた。彼に弄《もてあそ》ばれていることが情けなく、与えられる口付けに痺《しび》れてしまう自《みずか》らのはしたなさに泣けてくる。だがセレディアム侯爵はこれからが本番だと言うように、脱げかけのブルーベルの服を一気に剥《は》いだ。

いきなり裸にされたブルーベルは、わずかに遅れて胸を隠そうとする。

だが間に合わず、セレディアム侯爵に左胸の先端を口に含まれてしまった。右胸は彼の左手にすっぽりとおさめられ、しっかりと指の形が食いこむのを感じる。

「っや、やめ」

右胸を揉《も》みあげられ、左胸の先端の周囲は舌でなぞられていた。ブルーベルは下腹部が熱くなり、ぞくぞくとしたものが背を駆け巡《めぐ》ることに恐怖する。全身が粟立《あわだ》つかのような甘く官能的な痺れは、ブルーベルの心と体を絡めとる茨《いばら》の蔓《つる》となる。

「君のスグリの実は本当に愛らしい。どれだけ食べても足りないぐらいに」

「もう、やめてくださ……。許して……っ」

「あぁ、ごめんね。今度は右胸を味わってあげるよ。平等に扱わないと、不公平だものね」

ブルーベルの左胸から顔を上げたセレディアム侯爵は、今度は右胸の突起を口に含んで転がした。

かと思えば、甘噛みしてブルーベルを翻弄《ほんろう》する。空いている左胸の突起はセレディアム侯爵の右手が抓《つま》んでおり、気まぐれに揉んでは赤く勃《た》った先端を指で弾《はじ》く。

ブルーベルは強引に与えられる快楽から逃れたくて、いやいやと首を振った。そんな抵抗すら楽しむかのように、セレディアム侯爵の右手はブルーベルの左胸を離れ、左脚の内股をなぞりあげる。

「ひぁっ」

体が反射的にびくんと反応してしまった。セレディアム侯爵は面白そうに笑う。

「ふふ。感度がいいな。これもやっぱり、アンゼリカのおかげなのかな？　それとも君が感じやすいだけ？　ねえ、どっち？」

質問に答える余裕すら失うほどに、ブルーベルは官能の渦《うず》に引きこまれていた。

両胸が解放されて、ほっとしたのも束《つか》の間《ま》。セレディアム侯爵がいつの間にかブルーベルの脚の付け根まで上体をずらしていた。彼の視線の先は、ブルーベルの女性としての大事な部分。

嫌な予感がして体を起こそうとしたが、強く腰を掴《つか》まれて阻《はば》まれる。

「侯爵様、何をっ」

制止する間もなく、セレディアム侯爵はブルーベルの下肢に顔を近づけた。

──まさか。

ブルーベルは体を竦《すく》ませた。

恐れた通り、セレディアム侯爵は自分でもまともに触れたことがない部分に顔を埋める。彼の舌が器用に花弁を押し開き、その奥にある花芯を探り当てた。だがそこへは触れずに、緊張をほぐすかのように周囲の花弁を舐《な》める。時折吸うように口付けられて、蜜壺《みつつぼ》から透明な蜜がこぼれ落ちた。

「あぁ、可愛いな。ひくひくしてきてるよ？」

「や……っ、やめ、そんなところ、きたな……、っんぁ……っぅ」

「君の体に汚い場所なんて一つもない。君の肌もここも、全てが愛《いと》おしくて狂おしい」

セレディアム侯爵はブルーベルの柔らかな花芯を口に含んだ。啄《ついば》んでは優しくしごき、舌で芽を剥《む》いてゆるゆると舐め上げる。強い刺激を与えられ、ブルーベルの脳内に火花が散った。

「ひゃっ、う……っ、……んっあぁっ！」

触れられたくない。だが、ブルーベルの意識とは反対に、味わったことのない感覚に体は支配されていた。花芯は痛いぐらいに充血し、セレディアム侯爵が尖《とが》らせた舌を上下にこすりつけるたびに、秘所が痙攣《けいれん》してしまう。

次第に生理的な涙が溢《あふ》れてきて、頬を伝った。セレディアム侯爵は顔を上げると、ブルーベルの内股に口付けを落として、赤い痕《あと》を残していく。

「ごめんね。泣かせてしまって。でもきっと、もっと泣かせてしまうことになる。純潔を散らされるとき、女性はとても痛いそうだから。できる限り君に苦痛が及ばないようにほぐすけれど、先に謝っておくよ。どうか許してほしい」

その言葉を聞いて、ブルーベルは恐怖に慄《おのの》いた。結婚はおろか、愛しあってもいないのに――

「お、お願いです、それだけはやめてくださいっ」

「私なしでは生きられないようにする、と言っただろう?」

セレディアム侯爵は再び覆《おお》いかぶさると、ブルーベルの下腹部をぐっと押さえた。子宮が圧迫されるのを感じて、ブルーベルは戸惑う。

「っ?」

「最初の子供は男の子と女の子、どっちがいいだろう。私はどちらでもいいと思っているんだ。君の子供ならば、どちらでも愛らしく生まれるに決まっているから」

ブルーベルの蜜孔に、セレディアム侯爵の指が一本ゆっくりと差しこまれた。ブルーベルは抵抗しようとするが、彼に覆《おお》いかぶさられて動けない。

そうして、奇妙な感覚がする場所を指でなぞられた。軽く押し上げられると下腹部がじんじんとし、体温が上がる。

「ああっ、や、……いやっ、そこはっ」

彼を押しのけようと力いっぱい押してみたが、それを叱るように花芯を押し潰《つぶ》された。そのまま蜜孔の感じる場所を彼の指が撫《な》で上げる。

「駄目だよ。念入りにほぐして蜜を溢れさせないと、君の中が私のモノで傷ついてしまうから」

私のモノ。ブルーベルは一瞬遅れて意味を理解した。同時に顔が熱くなる。

「っ……っ、ダメっ、んんぅ……っ、やぁっ」

執拗《しつよう》に同じ場所を攻められながら、更に指がもう一本追加された。膣襞《ちつひだ》を押し広げるように、ぐちゅりと音をたてて丹念に中を混ぜられる。かと思えば、ぐっと腹部がある方へと何度も強く刺激された。

ブルーベルは髪の毛を乱し、駆け巡《めぐ》る淫靡《いんび》な疼《うず》きにただ喘《あえ》ぐ。

そうして訳がわからないままに高められ、快楽の波が頂点へきたところで、ブルーベルの脳内は真っ白になった。両脚は力が入らず、がくがくと震えている。

「もう達してしまったの？　指だけでイッてしまうなんて……。私のを挿《い》れたら、君は壊れてしまうかもしれないね」

「……え？」

言いながら、セレディアム侯爵は服を脱ぐ。服の上からではわからなかったが、彼は軍人のように無駄のない体をしていた。鍛《きた》えられた逞《たくま》しい肉体の美しさは、正に彫像のよう。

隣国ノウスリアとの戦があったのが、今から四十年前。現在は影を潜《ひそ》めているが、いつまた戦争が起こるかわからない。そのとき国境を守るためには、領主にも軍人同様の能力が求められる。

ブルーベルはその姿に見惚《みと》れ、少し遅れてはっとした。男性の裸体を無遠慮に見つめ、何をしているのか。

「ご、ごめんなさい」

あわてて俯《うつむ》きかけると、視界の端に別の何かがちらりと入ってきた。

ブルーベルは見てはならないものを見た気がして、再び視線を上へと戻す。それは、セレディアム侯爵の下半身にあるもの。暴虐《ぼうぎゃく》なまでに大きなソレは、血管を浮き上がらせてドクドクと波打っていた。

アレは何?

わかっていながらも、ブルーベルの思考は凍《こお》りついていた。

「そんなに真剣に見つめられると、照れるよ」

セレディアム侯爵は、ブルーベルの両脚の間で膝立ちをする。ブルーベルは眼前にそそり立ったものを見て、ますます青ざめた。男女がどのように子供をつくるのかは、知っていた。女性ばかりが暮らす教会にいたのだ。当然そういった話題は何度もあがったことがある。

だが、しかし――

「待ってください! それを挿れるおつもりですか? 入るわけがありません。絶対に無理です!」

「最初は辛《つら》いと思うけれど、我慢して。慣れれば気持ちよくなるから。私ので埋め尽くして、君の中をいっぱいにしてあげるよ」

にこりと天使のような笑《え》みを浮かべるセレディアム侯爵。

ブルーベルはそういうものだろうかと納得しかけ、すぐに首を振る。あんなにも暴力的なものを挿《い》れられれば、間違いなく死んでしまう。

「やめてください、他のことなら何でもします。だから」

セレディアム侯爵は艶麗《えんれい》な笑《え》みを浮かべると、まるで見せつけるかのようにブルーベルの蜜孔から溢《あふ》れる液を長い指で掬《すく》い取って、自身の雄芯へとこすりつけた。

「他のことなんていらない。君しかいらないんだ」

有無を言わせずにブルーベルの脚を抱きかかえると、濡《ぬ》れそぼった場所へとそれを慎重に突き入れた。みしりみしりと、ブルーベルは体が引き裂かれる感覚に陥《おちい》る。

「あぁっ……っ！」

想像を絶する質量が体内に埋められる。あまりの痛みに、涙を流しながら拒絶した。熱く滾《たぎ》ったそれは一気に突き進むのではなく、ブルーベルの様子を見ながらじわじわと進む。

「くっ、予想していたけれど、かなりきつい。でも、君はもっと苦しくて痛いよね。ごめんね」

ブルーベルの痛みを和《やわ》らげようと、セレディアム侯爵はブルーベルの花芯をそっと撫《な》でた。花芯に刺激を受けたことで膣内が蠢動《しゅんどう》し、熱い杭をぎちりと容赦《ようしゃ》なく締めつける。

「ふっ……ああっ！」

慎重に突き入れられて、ごつんと最奥《さいおう》に当たった。

ブルーベルは息を荒くして肩を震わせる。セレディアム侯爵は感慨深げに目を細めて、ブルーベルの手を取って指先に口付けを落とした。

「私を感じる？　今、君の中にいるよ」

それは、ブルーベルを絶望に突き落とすには充分な言葉だった。

亡くなったウォルドのこと、父のこと、借金のこと。

それら全てが頭を巡《めぐ》って、自分には最初から逃げ場などなかったのだと思い知る。もう、ひたすら祈るしかない。早くこの悪夢のような時間が終わってほしい、と。愛していない男性と体を繋《つな》げている現実に、涙が流れた。

「っあ……くっぅ」

「……それじゃあ動くけど、できるだけ痛くないように努力するから」

ひどいことをしているのに、セレディアム侯爵の声は幼子《おさなご》をあやすかのように優しい。

彼はゆっくりと雁首《かりくび》まで引き抜くと、再び奥まで突き入れた。膣壁《ちつへき》が閉じては押し広げられ、繰り返されるほどに痛みとは違う感覚が沸き起こる。それはとても淫猥《いんわい》な感覚で、徐々に全身を浸食していく。

「っ……、んっ、や……っふ……」

与えられる刺激のせいで声を抑えることができなかった。

膣内へ押しこまれている雄芯は非常に堅固で、果てる気配が全くない。それはごくごく自然なことだから。

「あぁ、気持ちよくなってきたんだね？　我慢しなくていい。それはごくごく自然なことだから。私に身を委《ゆだ》ねて、ブルーベル」

それは悪魔の誘惑に聞こえた。痛みとともに、確実に喩《たと》えようのない感覚が全身を支配する。

雄芯をこすりつけられるたびに。

最奥《さいおう》を突かれるたびに。

「ううっ、ん……っ、もう、許してくださ……、っぅ」

「凄《すご》いな。だいぶほぐれて柔らかくなってきた。もう少しだけ、速く動いてもいい？」

「だめっ、速く動いちゃ……、きゃっ」

ブルーベルの返事を待たずに、セレディアム侯爵は先ほどよりもなめらかに抽挿《ちゅうそう》をする。

ぐちゅりぐちゅりと突き上げられ、ブルーベルはぎゅっと瞼《まぶた》を閉じた。ずっと痛みだけが続くならば、目の前の略奪者を恨《うら》むことができる。だが彼は快感を与え、体は薄情なほどそれに従順だった。蜜を垂《た》れ流し、歓喜するかのように彼を簡単に迎え入れる。

「……っ、んうっ、っ、……っ！」

ブルーベルはシーツを踵《かかと》で掻《か》いて、甘い苦痛から逃れようとした。しかしながら逃れられるどころか、甘い苦痛は増すばかり。

「君は狡《ずる》いね。そんな声で啼《な》かれたら、もっと欲情してしまうよ。それともわざと煽《あお》っているの？」

「あおって、な……っ、……んぅ」

「無意識に私を翻弄《ほんろう》するなんて、いけない人だな。でもいいよ。許してあげる。その甘美な声を聞けるのは、世界で私だけなのだから」

角度を変えて、再び突き入れられた。ブルーベルは驚いて、か細い悲鳴を上げる。

「ひゃっ」

セレディアム侯爵は、おやとばかりに眼光を輝かせた。わずかに嗜虐的《しぎゃくてき》な表情を浮かべているのは、決して気のせいではないだろう。

「あぁ、そういえばブルーベルはこの辺りが感じるんだっけ？」

試すようにずりっと中を刺激されて、腰が軽く跳ね上がった。セレディアム侯爵は確信を抱《いだ》くと、何度も何度も同じ場所を攻める。

「や、だめ……、そこは、だめぇっ……！」

ブルーベルは必死にかぶりを振って拒む。このままでは頭がおかしくなってしまう。こすられるほどに感覚が鋭敏になっていき、抑えきれない衝動がこみあげてくる。しかしながらセレディアム侯爵はそんな些細な抵抗すらも楽しむかのように、蜜に塗《まみ》れた膣洞を穿《うが》ち続けた。そのたびにブルーベルは乱れ、だらしなく喘《あえ》ぐ。

「私を感じて、ブルーベル」

感じたくなどない。自《みずか》らが愛する人は、幼い頃に愛を誓ったウォルドだけなのだ。それなのに、下半身にもたらされる淫蕩《いんとう》な痺《しび》れに抗《あらが》えなかった。だから、滾《たぎ》った雄芯をじゅぶじゅぶと膣洞へ押しこまれ、されるがままになってしまう。

「ひ……っぁあ、や……っ、ん……！」

幾度もひどく感じる場所を刺激されて、膣がぎゅっと収縮した。まるで離すまいとするように、彼の雄芯を銜《くわ》えこむ。これによってブルーベルはますます乱れ、何もわからなくなる。打ちつけられる熱い楔《くさび》を体の中央で受け止めて、一心に耐えるが——

——ブルーベルは一気に高みまで引き上げられて、果ててしまった。

「んぅぅっ……」

びくんびくんと膣内が痙攣《けいれん》し、セレディアム侯爵に射精を促《うなが》すかのように蠢《うごめ》く。

「あぁ、ブルーベル、まだ早いよ。私はもっとこの感覚を味わっていたいというのに」

セレディアム侯爵は自身の肉塊を唐突に締めつけられて、顔をしかめた。だがブルーベルの一番奥まで入ると、しっかりと腰を掴《つか》んで固定する。ブルーベルのぼんやりしていた頭が、一気に覚醒した。彼が何をしようとしているのか、瞬時に察知する。

「待っ……」

声を上げたそのとき、体内にセレディアム侯爵の灼熱《しゃくねつ》が爆《は》ぜて、膣内に満ちる。

「……凄《すご》いな。まだ君の中、うねってる」

ブルーベルは快感に痺《しび》れて息を荒くしながら、信じられない思いだった。涙が溢《あふ》れてくる。

「……私はね、一時の気まぐれや冗談などで君を抱くわけではないんだよ」

「……いや、だったのに……」

セレディアム侯爵はブルーベルの体から自身の塊《かたまり》を引き抜いた。それとともにブルーベルの体からごぽり、と処女の証《あかし》である鮮血が混じった白濁の液が滴《したた》る。

ブルーベルは肉体的にも精神的にも、限界まで疲れ果てていた。急激に眠気を感じて、瞼《まぶた》を閉じてしまう。

セレディアム侯爵はそれに気づいて、しまったと猛省する。

「ごめんね、自制がきかなくて。でも、君を愛しているという気持ちに嘘偽《うそいつわ》りはないよ」

意識を失ってしまったブルーベルの額へ、そっとキスを落とすセレディアム侯爵。
彼の眼差し《まなざ》はどこまでも慈愛に満ちていた。

第五章　嫌い

ブルーベルが次に目覚めたのは、翌朝だった。処女を失った痛みが残っていて、彼に抱かれたのは夢ではなかったと知る。同時に何をされたのかを思い出し、顔が真っ赤になる。侯爵とどんな顔をして会えばいいのかわからない。恥ずかしさで気が塞《ふさ》いだ。

幸いだったのは、セレディアム侯爵の部屋なのに、彼の姿がなかったこと。仕事だろうか、と勝手な推測をしたとき、寝室にセレディアム侯爵が入ってきた。ブルーベルは大きく目を見開いて、幽霊でも見たかのような顔になる。

「どうして部屋にいるんですか」

「私が自分の部屋にいても、別段おかしなことはないと思うよ」

「た、確かにその通りですが……。でも、気配がありませんでした」

「君を起こさないように、できるだけ静かにしていたからかな？　私は隣の部屋にずっといたよ」

「そうだったんですか。ありがとうございます」

気遣いにお礼を告げるとともに頭を下げて、ブルーベルははっとした。気がつけば、自分で着た覚えのない服を着ていたからだ。

「……あの、これ、侯爵様が着せてくれたんですか？」

「あられもない姿の君をそのままにして、風邪をぶり返させるわけにはいかないからね。お礼はいらないよ。それより、腰はどう？　昨日は随分《ずいぶん》と無理をさせてしまったけれど」

「……少し痛いですけど、動けない痛さではありません」

セレディアム侯爵は、寝台にそっと座った。そしてブルーベルの肩を抱くと、そのまま両膝の裏に手を差しこんで抱き上げる。

「ここはベッドメイクをさせるから、君の部屋へ行こう」

そこでシーツに残る血の跡を見た。そこに残る破瓜《はか》の証《あかし》に、ブルーベルは泣きそうになる。セレディアム侯爵はブルーベルの部屋へ移動すると、寝台の上へ優しくおろして横たえた。

「えっと、あの……」

まさか、また抱かれるのだろうかと、ブルーベルは焦る。だがセレディアム侯爵はブルーベルの体を横向きにすると、そのまま腰をさすり始める。

「昨日は我慢できなくてごめんね。今日は安静にしていたほうがいい」

「気を遣っていただかなくても平気です。大げさにするほど痛くありませんし」

「いいの？　痛くないなんて言うと、また君を抱くよ？　これでも我慢をしているのだから」

ブルーベルは黙りこむしかなかった。セレディアム侯爵に強引に体を開かれ、同意もなく純潔を奪われたのだ。だが借金分の働きはすると一度口にした以上、彼をなじることもできない。

「そういえば、君の愛する人は六年前に亡くなったと言っていたけれど、どうして亡くなったの？」

「詳細はわからないんです。私が住んでいるミルフィス村に、ファルス・ラシュリットという、爵位に伯を持つ方の大きな屋敷があるんです。ウォルドはその家の孫なんですけど」

「へぇ」

「ウォルドは体が弱かったので、色白で、痩《や》せてて、背も凄《すご》く小さかったんです。でもとても物知りで頭がよくて、無知な私に様々なことを教えてくれました。本物の天使かと見紛《みまが》うほどの顔立ちで、初めて会ったときは、神様はウォルドを特別に作ったんだなと思ったぐらいです」

「君だって、小さい頃はとても可愛らしかったと思うよ」

「いえ、可愛くなんてありませんでした。ご覧の通り、並みの顔立ちですから」

「そんなことはないよ。今だってこんなに美人で、息をするのも忘れるほど見惚《みと》れてしまうのに」

ブルーベルは曖昧《あいまい》に笑って返答を濁《にご》した。美人と褒められて悪い気はしないが、そんな顔立ちをしていないとわかっている。

「ウォルドは元々体が弱かったので、恐らくそれが原因で亡くなったんじゃないかと思うんです」

「誰かに聞いたの？　亡くなった、って」

「ウォルドのお爺様《じいさま》であるラシュリット伯爵に言われたんです。ウォルドはもういないって。屋敷から石棺《せっかん》が運び出されるところを見ましたし、伯爵も悲しんでいたし、それで全部わかったんです」

「そうなんだ……。でも、石棺って珍しいよね。木棺《もっかん》が一般的なのに」

なおもブルーベルの腰をさするセレディアム侯爵。

「……侯爵様は、私が好きなウォルドとは正反対です」

「え？」

「体つきは逞《たくま》しくて立派だし、背も高いし。男性としての色香《いろか》が強くて、とても魅力的で」

「高評価で嬉しいな。でも正反対なら、ウォルド君には男としての魅力がなかったことになるよ？」

「はい。全くありませんでした。ウォルドは純粋で、天使みたいな子で、守ってあげたくなる感じだったんです。あんなにも心が美しい人を、私は見たことがありません」

セレディアム侯爵は微笑《ほほえ》んでいた。

「では私は、亡くなったウォルド君の分まで君を愛するよ」

ブルーベルは、セレディアム侯爵がウォルドだったらいいのに、と叶わぬ夢を抱《いだ》いてしまった。

「侯爵様、その……、腰をずっとさすってくれてありがとうございます。もう、平気です」

セレディアム侯爵は話している間も、ブルーベルの腰をさすり続けていた。

「じゃあ、その侯爵様という呼び方をやめてくれたら、私も腰をさするのをやめてあげるよ」

「侯爵様以外の呼び方が、わかりません」

「ウォルド、と呼んでほしい。夫婦になるのだし、いつまでも侯爵様と呼ばれるのは変だからね。試しに呼んでくれないかな。私の名を」

ここで拒否するのは失礼な気がして、ブルーベルは絞《しぼ》り出すように、何とか声に出した。

「ウォルド、さま……」

「ダメ。全然聞こえない」

即答されて、ブルーベルは目を丸くした。この至近距離で聞こえないはずはない。

「ええ……？」

「もう一度だよ」

ウォルドと同じ名前を呼ぶのは、非常にこたえた。胸がきりきりと締めつけられてしまう。

「……ウォルド様」

「ダメ。もう一度」

再びやり直しを要求された。絶対に聞こえているはずで、その証拠に彼は意地の悪い笑《え》みを浮かべている。それがたまらなく悔しくて、今度は大声で名前を呼んだ。

「ウォルド様！」

「なあに？　私の姫君」

セレディアム侯爵は幸せそうに微笑《ほほえ》むと、ブルーベルの頬にそっとキスを落とした。

名前を呼んだだけで、どうしてそんなにも満たされた表情をするのか。彼は強引に純潔を奪った男性で、好きでもない相手。そのはずなのに、ブルーベルの心臓がどきりと大きく鳴る。

「なあに、ではありません。名前を呼んでほしいって言ったのは、侯爵様じゃないですか」

セレディアム侯爵はブルーベルの体を仰向《あおむ》けにそっと倒すと、唇を軽く啄《ついば》んだ。

「また侯爵様って呼んだね。小鳥のさえずりのような君の声は大好きだけれど、今度侯爵様って呼んだら、お仕置きするよ。君がどれだけ懇願《こんがん》しても、ベッドの上で虐《いじ》めるから覚悟して」

想像しかけて、ブルーベルは首を縦に振った。

「……ウォルド様」

「よろしい。では、私は仕事へ行くよ。君ともっと愛を深めたいけれど、亡くなった父の喪が明けたばかりで、まだまだやるべき仕事がたくさんあるから」

セレディアム侯爵がブルーベルの体からわずかに離れた。

「一年前に、亡くなったんでしたっけ……」

セレディアム侯爵と初めて会ったとき、そんな話を聞いた。侯爵は小さく頷《うなず》く。

「喪が明けるまで君を迎えに行けなくてね。本当はもっと早く、城へ迎えたかったのだけれど」

「ウォルド様のお父様って、どんな方だったんですか？」

セレディアム侯爵はブルーベルの頭を撫《な》でた。

「その話はまた今度ね」

そう告げて部屋を出ていってしまう。聞いてはいけない話だったのだとブルーベルは察した。


ブルーベルが一人で部屋にいると、アルテミラが食事を運んできた。ブルーベルはその豪勢な食事に眉を寄せる。焼きたての白パンに蜂蜜《はちみつ》が添えられ、鶏肉《とりにく》と芋の煮込みや香草のサラダ、果物まである。どう見ても、一人では食べきれない量だ。

「アルテミラ様。このお食事はどうしたのですか？　何かのお祝いですか？」

「ブルーベル様と当主様が結ばれたお祝いですよ」

ブルーベルは硬直した。

「それは、どういう……」

「そのままの意味ですよ」

穴があれば入りたいぐらいに、ブルーベルは動揺した。だがアルテミラの表情が曇《くも》ったことに気づいて、彼女を案じる。

「……どうか、しましたか？」

アルテミラは微笑《ほほえ》んだ。

「ほっとしているのです」

「ほっと？」

「はい。当主様は長年、ブルーベル様に片想いをされていました。でも先代の当主、ウォルド様の父君は、ブルーベル様を城へ迎え入れることを、強く反対なさっていたのです」

「それは当然のことかと」

むしろ、平然と城へ迎え入れられて侯爵家の妻になってほしい、と言われるほうがおかしい。

「先代の当主様はとても厳しいお方で、勉強や剣の鍛錬《たんれん》は勿論《もちろん》、このシルヴァスタ地方の治め方に至るまで、様々なことをウォルド様に教えました。ウォルド様も泣き言は一切漏《も》らさず、先代の当主様の言いつけを忠実に守って努力されていました。それはもう、周りが心配するほどに。でも二年前、そんなウォルド様がたった一度だけ、先代に逆《さか》らったことがありました。ブルーベル様を妻にしたい、ということで」

「ウォルド様が……？」

「当然ながら、先代は激怒しました。そんなどこの者とも知れぬ娘との結婚なんて認められない、と。その上ブルーベル様の継母《ままはは》の父には莫大《ばくだい》な借金があり、ブルーベル様のお父様が営《いとな》んでる牧羊もあまり順調とはいえない様子。ますます結婚は困難に思えました」

「その前に、私がいないところで結婚云々《うんぬん》と言われていたことに、とても驚いているんですが」

アルテミラは軽く微笑《ほほえ》むと、その点については無視をした。

「ウォルド様と先代の言いあいが半年間ほど続いたある日、ウォルド様の母方のお爺様《じいさま》がとある物を持ってこの城を訪れたんです。それを見た先代は、ブルーベル様との結婚を認めました」

「ある物……？」

それまで反対をしていたセレディアム侯爵の父が、一転して結婚を認めるようになる物。

ブルーベルは、王族との血縁を示す書類でも見つかったのだろうかとぼんやりと思った。

「そうしてようやくブルーベル様を迎えられると思った矢先のことでした。先代の当主様が、病《やまい》に倒れられたんです」

「……え？」

「ウォルド様は先代を必死に看病し、ずっと付き添っていました。病に倒れた父君を看病するために、ブルーベル様を城へ迎えるのを先延ばしにしたんです。それから半年後に先代が亡くなられ、ウォルド様は当主となりました。先代を悼《いた》む時間もないほどに仕事に追われ、やっと落ち着いてきたのが最近。ウォルド様は喪が明けるとともに、ブルーベル様を迎えることを決意されました」

自《みずか》らが知らぬところで、勝手に決められて、城へ連れてこられて。ブルーベルは全く納得がいかなかったが、不思議とセレディアム侯爵を恨《うら》む気持ちにはなれなかった。

「……昨日、コルトナー男爵がサリア様と父の手切れ金を返す、ってウォルド様に言っていましたね。それはどういう意味なのか、もし知っていたら教えていただけませんか？」

「……ブルーベル様のお父様と後妻の仲がよくない、ということについては調査済みでした。ブルーベル様が継母の虐待《ぎゃくたい》のせいで、教会に預けられていたことも。だから、ウォルド様はサリア様とロイセル様を別れさせることにしたのですよ。そのための手切れ金です」

「そこまで、してくださっていたんですか」

「ブルーベル様は確かに王家の血を引いていますが、認知はされていません。ブルーベル様は王家にとっては恥となる部分であり、汚点。ブルーベル様は気を悪くするかもしれませんが、ウォルド様と結婚されてもウォルド様には利点なんてほとんどないのですよ。それでも、今回結婚できるのはブルーベル様が王家の血を引いているため。王家から直々にブルーベル様を預かってほしい、と命《めい》があったからなんです」

「認知、されていないのに？」

「ブルーベル様のお爺様《じいさま》は、それだけ身分が高いお方、ということです。本来ならば、ブルーベル様は王宮で姫として育てられる存在なのですから。……あぁ、長話をし過ぎましたね。すっかりスープが冷《さ》めてしまいました。すぐに温めなおしてきます」

「いえ、このままでいいです。いただきます」

セレディアム侯爵の顔を思い浮かべて、ブルーベルはとても切ない気持ちになった。


食事を終えたブルーベルはセレディアム侯爵へコルトナー男爵への手切れ金について、お礼を言うことにした。仕事の最中に行っては邪魔になると考え、昼の休憩時間を待つ。そうして昼の休憩時間になると、ブルーベルは昨日と同じように、アルテミラに同行をしてもらい部屋を出た。セレディアム侯爵が仕事をしている部屋は一階にあるとのことで、階段を下りて大廊下を進む。

その途中、何人かの執事や巡回中の騎士とすれ違い、軽い挨拶《あいさつ》をしつつ目的地に近づく。すると突然、アルテミラが歩みを止めた。彼女が注視《ちゅうし》しているのは、突き当たりの奥の左右に伸びた廊下。

「ブルーベル様。こちらへ」

アルテミラはブルーベルの手をさっと取ると、手前の右側に伸びた廊下へ進んで隠れた。一体どうしたのだろうか、とブルーベルは戸惑う。

「あの、アルテミラ様？」

「しーっ。静かに」

どうして隠れなければならないのか。ブルーベルが不思議に思っていると、突き当たりの廊下から靴音が響いてきた。靴音は二人分で、男性の会話の声も聞こえてくる。

「ウォルド様。で、どうだったんだ？」

明るい声に聞き覚えがあった。騎士のクリスだ。当主に対して話しかける、というよりも、付き合いの長い友人に話しかける、といったぐらいの気安さ。

「何がだ」

そう答えた声は、セレディアム侯爵のもの。

「とぼけちゃって。ブルーベル姫と結ばれたんだろ？　城中がその噂で持ちきりだぞ」

ブルーベルは顔がかっと熱くなった。今すぐ部屋へ戻って引き籠《こも》りたい。噂されていることも恥ずかしいが、誰が聞いているかもわからない廊下で、なんという会話をしているのか。理解できずにブルーベルが頭を抱《かか》えていると、二人の靴音がすぐそばの廊下で止まった。

「……お前にしか言わないけれど、とても愛らしかった。私のを挿《い》れているときに必死に耐えている表情が、うっとりするほどに色っぽくて、何度も理性が飛びそうになったよ」

「ふうん。やる前にきちんと前戯をしたか？」

「それは勿論《もちろん》。でも、もうちょっとじっくりとしたかったな、と思っているよ。私の我慢が足りないせいで、彼女の初めてがひどい思い出になっていなければいいけれど」

「自分だけ満足して、ブルーベル姫は満足していない、という情けないことはしていないだろうな。それ、男として一番最低なことだからな」

「それは大丈夫だ。ちゃんと達してくれたよ」

「前にも言ったけれど、女性はデリケートなんだから、ちゃんと気をつけろよ。激しくして傷つけたら、泣くのはブルーベル姫なんだから」

「そこは一番留意しているよ。私もアレだったから、かなり慎重にしたたし」

アレとは一体何なのか。そんな疑問も消し飛ぶほどに、ブルーベルは恥ずかしさを通り越して、怒りでぶるぶると震えていた。自《みずか》らの知らぬところで猥談《わいだん》をされていることが、耐えられなかった。ブルーベルはアルテミラの制止を振り切ると、隠れていた場所から飛び出す。

「どうして二人きりでのことを、人に話すんですかっ」

羞恥《しゅうち》で目に涙が浮かんでいた。セレディアム侯爵は驚きのあまり硬直し、即座に対応できない。

「ブルーベル……、何でここに」

「そんな話、しないでください。そりゃあ、ウォルド様はいろいろな女性をお相手にしたことがあって、恋の経験も豊富で、私なんか数多《あまた》の一人でしょうけれど。私にとっては初めてのことで、しかも結婚どころか正式な婚約にすら至っていないのに」

最低だと思った。とにかく頭の中が真っ赤に染まり、腹が立つ。

「ブルーベル、落ち着いて。婚約もするし、結婚もちゃんとするから。責任はとるよ。二人きりでのことを勝手に話したのも謝罪する。ごめんね。これからは私の胸のうちにだけ秘めておくよ」

「……ッ、本当に大事にしてくれているなら、手は出さなかったはずです」

セレディアム侯爵はブルーベルの体を強引に抱きしめた。ブルーベルは力いっぱい抵

抗して彼の背中を叩くが、その力が緩《ゆる》むことはない。

「ブルーベル。私が悪かった。君を早く私のものにしたいと焦ったばかりに、君を傷つけてしまった。他の誰にも、君を奪われたくなかったんだ。本当にすまない」

「……っ」

「ずっと、君に触れたいと思っていた。こうやって抱きしめたいと、幾度も願っていた」

浮かんでいた涙が、ブルーベルの目からすっと零《こぼ》れた。

「今まで、どれだけの女性に、そんな愛を語ってきたんですか」

「君だけだよ。君以外の女性に愛を語ったことなんて、一度もない」

「嘘です」

「嘘じゃないよ。クリスとは兄弟のような関係なんだけれど、彼は女性の扱いが上手だから、よく相談に乗ってもらっているんだ。私は恋愛初心者だから、君相手にいつも四苦八苦しているよ」

セレディアム侯爵はブルーベルの頭を撫《な》でる。

「ウォルド様は、女性慣れ、しています……」

「そう見えるとすれば、クリスの助言のおかげだよ。君に格好悪いところは見せられない、と虚勢《きょせい》を張っているし」

ブルーベルは唇を尖《とが》らせた。

「ウォルド様は、狡《ずる》いです。私はウォルド様を嫌いになりたいのに」

「なりたいのに、ということは、なれないんだね？」

「ちがっ」

顔を上げて睨《にら》みつけようとしたのに、幸せそうなセレディアム侯爵の姿を見たら、できなかった。

「ところで、どうしてこんなところにいるの？」

ブルーベルははっとした。彼にお礼を言うために会いにきた、とは今更言い出しにくい。

「お、お散歩です。アルテミラ様と一緒に、お散歩をしていたんです」

「アルテミラもいるの？」

その言葉に、通路に潜《ひそ》んでいたアルテミラが姿を現した。彼女に悪びれた様子は一切ない。

「はい。ブルーベル様が当主様に用があるとのことで、執務室へ案内するところでした」

「へぇー？　散歩のコースに私の仕事部屋が含まれているのか。で、何の用事なのかな？」

ブルーベルはセレディアム侯爵の腕の中で暴れた。アルテミラは笑顔で答える。

「当主様が手切れ金を支払ったことをお話ししたんです。ブルーベル様はそのお礼でこちらへ」

「……そんな下世話な話を彼女に聞かせなくても。私が勝手にしたことなのだから」

その発言で、セレディアム侯爵は手切れ金の話をするつもりはなかったのだと知る。

「どうして、そこまでしてくれるのですか……」

無意識のうちに、そんな疑問が零《こぼ》れていた。

「愛する女性を守りたいと思う気持ちに、理由が必要？」

「数日前まで、会話すらしたことがなかったんですよ？　私が性格の悪い女かもしれないとは、考えなかったんですか？」

「見る目はあるほうなんだよ」

「では私が教えてあげます。ウォルド様には全く見る目がありません」

「それは君の勘違いというものだよ」

「いいえ。ウォルド様こそ、勘違いをしています。私を選ぶなんて、見る目がない証拠です」

「君も強情《ごうじょう》だねぇ……。どうしてそんなにも、自分を卑下《ひげ》するのやら。ときに間違いを認めるのも大切なことだよ。そして、私の女性を選ぶ目は正しい」

お礼を言いたいと思っていたはずなのに、なぜこんな不毛《ふもう》な会話をしているのだろう。

「どうあってもその発言を主張するつもりですか。だとすれば、私から見たあなたは女性を選ぶ趣味が究極に悪い、ということになりますが、よろしいですか！」

セレディアム侯爵はややあって笑い出した。思い切り笑われたブルーベルは、納得がいかない。

「っ、あはは、なるほど。それでは、私の趣味が本当に悪いのかどうか、確かめてみようか」

「え？」

「お互いの相性がいいかどうか、これから二人きりでゆっくりと語り合おうじゃないか。そうすれば、私の趣味が悪いかどうかがわかる」

「ウォルド様は、お仕事《そこ》があるんじゃ……」

「未来の妻の機嫌を損ねたままでは、仕事なんてできないよ。私としては、君との時間のほうが遥《はる》かに重要だ」

「待ってくださ、私はそんなつもりでは」

「待てないし、待ちたくないし、待つのはもう嫌だ。どれだけ我慢したと思っているの。私はもう、二度と君を手放したりはしない」

「二度と？」

まるで以前、手放したことがあるような言い方だった。ブルーベルは意味を考えようとして、その前に騎士クリスの視線に気がつく。彼はにやにやと、愉《たの》しそうな顔を隠そうともしない。

「あぁ、俺達のことは気にせず、そのまま続けてくれて構わないよ」

アルテミラがいつの間にかクリスの背後に移動して、後頭部を殴りつけた。クリスはその一撃によって床へ倒れる。

「私達はお邪魔ですから、退散しますわ」

アルテミラは倒れたクリスを、まるで布きれでも拾い上げるかのように軽々と肩に担《かつ》いだ。彼女は気絶しているクリスを担いだまま廊下の奥へ消えてしまう。ブルーベルは夢でも見ているのだろうか、と思わず自分の左頬を抓《つね》った。

「深く考えてはいけないよ。アルテミラは魔女だから。彼女に常識を当てはめるのは無意味だ」

セレディアム侯爵は淡々とそう言った。ブルーベルはふと、母方の祖母《そぼ》を思い出す。祖母も魔女だと名乗っていたが、少し謎めいた部分こそあれど、ごくごく普通の人だった。

『ブルーベルはいい子だから、魔女の証《あかし》である魔法の指輪をあげましょう』

祖母に、指輪を貰った。ローズゴールド色の美しい指輪を。

『それは大切なものだから、誰にも見せてはダメよ』

祖母はそう言っていた。ウォルドにも、人に見せてはいけないと注意された。だが継《まま》母《はは》に見つかり、売られてしまったのだ。大切にしなければいけなかったのに、自分の不注意で失ってしまった。あの指輪は祖母《そぼ》にとって、とても大事な物だったはずなのに。

考えこんでいると、顔を覗《のぞ》きこんだセレディアム侯爵の心配そうな目と視線が交わった。

「私に抱きしめられているのに、私以外のことを考えていたね。一体何を考えていたの？」

「亡くなった祖母のことを……」

「そう……。では部屋へ戻りながら、君のお婆様《ばあさま》について私が知っていることを話そう」

ブルーベルはセレディアム侯爵にエスコートされながら、廊下を歩きだした。

「祖母をご存知なんですか？」

「直接会ったことはないけれどね。君のお婆様は王宮の、国王専属の薬師《くすし》だったそうだよ。シルヴァスタ人で、この城に住んでいたこともあったらしい」

「え！」

「君のお婆様を知る人物から聞いたから、間違いないよ。明るくてお茶目《ちゃめ》で、とても素敵な方だったそうだ。でも、とある方と報《むく》われない恋に落ちて、身籠《みごも》ってしまった。そのため君のお婆様は王宮を出ていくことになり、一人で君のお母様を産んだらしい」

たった一人で女性が子供を産み、育てる。それはどれだけ大変なことだっただろう。

「お婆様は、シルヴァスタへ戻らなかったんですね」

「友人を頼って、ミルフィス村のはずれでひっそりと暮らしていたそうだよ」

「ではお婆様は、一人ぼっちではなかったんですね？」

ハーブを育てながら暮らしていた祖母。孤独ではなかったのだと知り、ブルーベルは安堵した。

「ブルーベル。体の具合はどう？　昨日の痛みはもうとれた？」

ブルーベルの部屋へ入った途端、セレディアム侯爵はそんな質問をした。

「いいえ、全然、全く」

身の危険を感じ、反射的にそう答えていた。セレディアム侯爵は頷《うなず》きつつブルーベルを寝台に導《みちび》く。

「さ、そこへ寝転んで」

「いえ、今は眠くありません」

「わかっているよ、眠らせるつもりはないから。これから何をするのか、もう察しているだろう？」

「っ！」

「君の初めてを奪うだけじゃ、飽き足らない。君の二度目も、三度目も、全て欲しい」

「今日は、体調が優れなくて」

「それはますますいけないな。さ、ベッドに横になって。私が介抱してあげよう」

逃げようとしたが、あっさりと寝台に押し倒された。さらりとしたシーツに皺《しわ》が寄る。

「あ、あのっ」

「息苦しいだろう？　服を脱がせてあげるよ。あぁ、遠慮はいらないよ。君と私の仲だからね」

「一体どんな仲ですか！　適当なことを言わないでください！」

あっという間に麻の上着と長袖の青いドレスを脱がされ、シュミーズ姿にされてしまった。ブルーベルは、このままでは昨日と同じ展開になってしまう、と寝台を這《は》いずって逃げようとする。だがセレディアム侯爵に、背中から抱きつかれてしまう。

「ブルーベル。乱暴にしないって約束をするから、触ってもいい？」

右側の耳元で囁《ささや》かれた。耳の後ろを舐《な》められ、ブルーベルは反射的に変な声をあげる。

「ひゃんっ」

「ふふ。そういえば、お腹がすいたな」

ブルーベルは寝台のシーツを握りしめながら、こくこくと頷《うなず》いた。

「そうですよね、お昼ですし。一緒に昼食を召し上がりませんか？」

「うん、そうだね。じゃあ、食べようかな。君という名の、おいしい食事を」

墓穴《ぼけつ》を掘ってしまい、ブルーベルは青ざめた。

「ウォルド様、私なんかを召し上がっても、おいしくありません」

「おいしいよ。とびきり甘くて、とびきり柔らかい」

ブルーベルは首の後ろを軽く噛まれるのを感じた。

「ふ……くっ」

「感じているの？　首の後ろを噛んだだけなのに？」

髪の生え際から首の付け根へ、幾度も口付けを落とすセレディアム侯爵。

「か、感じて、いません……っ」

シュミーズを捲《めく》り上げ、セレディアム侯爵は露《あらわ》になった白くなめらかな背中に舌を這わせる。肩甲骨の形を確かめるようになぞり、背骨に沿ってキスを落としていく。

「いけません、ウォルドさまっ、こんな……っ」

足掻《あが》いてみるものの、ブルーベルの衣服はこの隙に全て脱がされてしまった。

「君は私に服を脱がせてもらいたくて、わざと暴れているの？」

抵抗したつもりがそんな質問をされて、ブルーベルは泣きそうになる。

「逆にお尋ねしますが、どうしてウォルド様は、そんなにも器用に私の服を脱がせることができるんですか！」

「どうしてだろうねぇ。不思議なんだけど、なぜか君の服は簡単に脱がせることができるんだよ」

理解不能なことを言われた。とにかく服を着ようと足元にある服へ手を伸ばすのだが、セレディアム侯爵に服を手が届かない場所に放り投げられてしまう。

「なっ、何をするんですかっ」

セレディアム侯爵の両手が、ブルーベルの形のいい臀部《でんぶ》を掴《つか》んだ。

「君はまだ、この状況がわかっていないいんじゃない？　あぁ、思った通り、弾力がいいな」

大きく円を描くようにして、揉《も》まれる。

「やぁっ、……ん、そ、れ、やめてくださ……っ」

「断る。君のここも、私のものだ。私には自由にする権利がある」

じっとりと、いやらしい手つきで弄《もてあそ》ばれる臀部。持ち上げられては揉まれ、更には左右へ割り開かれる。

「そんなところ、見ないでっ、やめっ、嫌っ、イヤッ！」

必死に叫んだ。だがそんな願いも空《むな》しく、セレディアム侯爵にじっと見つめられているのを感じる。

「……おや。濡《ぬ》れてきているよ。お尻を見つめられて濡れるなんて。君は本当にいけない子だな」

脚の付け根にセレディアム侯爵の左手が滑りこんできて、ブルーベルはびくんと体を震わせた。花弁の外側を撫《な》でられただけだというのに、熱いものがどぷっ、と出てくる。

「あ……」

唇から細い声が漏《も》れた。それがとてつもなく恥ずかしくて、シーツに顔を埋める。セレディアム侯爵に臀部を晒《さら》したままのこの状況から、逃《のが》れたくてたまらない。だがセレディアム侯爵がそんなことを許すわけがなく、ブルーベルの太腿《ふともも》はしっかりと押さえつけられて動けなかった。

「焦《じ》らされるの、好き？　私は、焦らすのが大好きだよ」

嫌な予感にブルーベルの背筋が凍《こお》りついた。セレディアム侯爵の方へ何とか顔だけ振り返ると、彼は輝かんばかりの神々しい笑顔だった。ブルーベルはその笑《え》みに絆《ほだ》されそうになって、騙《だま》されてはいけないと思い留《とど》まる。仰向《あおむ》けになれば胸が見える形になり、かといってうつ伏せのままでは臀部を晒したまま。どちらも嫌だったが、表を向くぐらいならば鞭《むち》の痕《あと》が残る背中を晒すほうが、ブルーベルにとっては色気がなくて良かった。

「私は焦《じ》らされるのは嫌いです」

反抗心でセレディアム侯爵と反対の言葉を答えると、彼は照れたように困り顔をした。

「そうなの？　じゃあ、すぐに私のを挿《い》れたほうがいい？　君って結構大胆でせっかちさんなんだね。思わず興奮してしまったよ。焦らされるのは嫌いだなんて……」

ブルーベルは青ざめた。何も考えずに言ったが、確かにそういう意味になってしまう。

「ちがっ、違うんですっ！　そういう意味じゃ」

その必死さに、セレディアム侯爵は笑った。

「知っているよ。……ブルーベルって本当に面白いよね。一緒にいて飽きない」

セレディアム侯爵の指が、ブルーベルの会陰《えいん》を撫《な》でた。何度も上下に往復し、たったそれだけで下半身がじりじりと熱くなってくる。蜜が溢《あふ》れて花弁を湿らせると、今度はその蜜を塗《ぬ》りつけるように、ブルーベルの秘裂をいたぶる。

「ふ……っ、や、やだ……っ、いやっ……」

シーツを必死に握りしめて耐えた。セレディアム侯爵の指は蜜を溢れさせる場所と花芯を避けて撫で、強い快楽を得られる場所へは決して触れない。そのせいで、下半身が疼《うず》いて仕方がなかった。散々焦らされた花芯は痛いほど赤く膨《ふく》れ上がって、蜜孔は今か今かと受け入れる準備を整えている。

「まだ、触ってあげないよ」

「……っ」

ブルーベルは、自分で自分のことがわからなくなっていた。好きな人はウォルド。だが、体は勝手にセレディアム侯爵に反応してしまう。

彼がひどい人ならばよかった。彼を憎めればよかった。だが、セレディアム侯爵はブルーベルをぞんざいに扱うことも、冷たくあしらうこともない。だからこそ、ブルーベルは葛藤《かっとう》する。彼はウォルドではない。受け入れてはいけない。拒まなければいけないのだ、と。

「君が好きだ」

そんな囁《ささや》きを受けて、彼が愛するウォルドだったならばどれほどよかっただろうと心が痛んだ。だが、彼はウォルドではない。もしもあのウォルドならば、とっくにそう言っているはずだ。

「ウォルド、さま……」

セレディアム侯爵に背中の傷痕《きずあと》をなぞるように熱いキスをされ、同時に膣口の周囲を優しくこすりあげられる。

「……はやく、気づいてよ」

ブルーベルの耳に届いたのは、そんな、どこか切ない声――

「え？」

何に気づけというのか。ブルーベルはぼんやりとした頭で考えようとする。だが彼に花芯を軽く抓《つま》まれ、目の前が明滅した。歯痒《はがゆ》い痛みと快楽が綯《な》い交《ま》ぜになり、ひたすら下半身が熱くなる。

「君が我慢する姿を見ていると、もっと虐《いじ》めたくなる。どうしてそんなに可愛いの。私を誘うために、わざとしているの？」

「ちが……っ、んく……っ」

芽を剥《む》かれて、蜜に塗《まみ》れた指でこねられた。痛いのに、腰が跳《は》ねてしまうほどの心地よさ。

「あぁ、ごめんね。痛かった？　今度は注意するから」

ブルーベルの意思に逆《さか》らって体を弄《もてあそ》んでいるのに、そういうところはあっさりと謝罪をする。

「あ、……謝らないでください。私は、あなたが嫌いなんです」

「え？」

「私はもう、ウォルドに許してもらえない。……ウォルドを裏切ってしまったから。私はあなたが、嫌いです。……きらい……」

「それでいい。君の大切なウォルドを、一番好きでいて。君を奪う私のことは、嫌いでいいよ」

ブルーベルの背に強く吸いついて、赤い所有印を残していく。

「きらい……、だいきらい……」

暗示のように繰り返した。そうしなければ、壊れてしまうように感じた。

セレディアム侯爵は嫌いと言われるたびに熱を増して、ブルーベルの体に触れた。

「愛してる」

ブルーベルの心に深く刻みつけるかのように囁《ささや》くと、セレディアム侯爵は彼女の蜜口に指を一本挿《い》れて中を掻《か》き回した。ブルーベルには様子が見えず、見えない恐怖が余計に刺激を感じさせる。

「……ぁっ」

彼にみっともない声を聞かれたくなくて、シーツを噛んだ。だがそれを咎《とが》めるように、セレディアム侯爵はブルーベルの弱い部分を圧迫して撫《な》で回す。

「ひぐ……っ！　んぅうっ」

感じたくないのに、膣口をなぞられるだけでその先を期待する自分がいる。それに気づいて、ブルーベルは泣きそうになった。そして懲《こ》りずに逃げようとするも、腰を掴《つか》まれて引き戻されてしまう。

「ふふ、どこへ行くつもり？　許さないよ。今度逃げようとしたら、お仕置きするから」

お仕置き、とは一体なんなのか。セレディアム侯爵の顔を恐る恐る確認すると、今までに見たことがないほどのとびきりの笑《え》みを浮かべていた。それはもう、天使がここに降臨したかと錯覚するほどの。しかしブルーベルにとってそれは最後通告も同然で、竦《すく》み上がらずにはいられない。

「何で、私が、お仕置きをされなくちゃいけないんですか……っ」

なけなしの勇気を振り絞《しぼ》って訴えた。セレディアム侯爵は眩《まばゆ》いほどの笑みを浮かべ続けている。

否《いな》――、それは笑顔という名の静かなる威圧だった。

「そんなにお仕置きをされたいの？　じゃあ、その望みを叶えてあげないといけないね」

「ええっ？」

ぐるん、とセレディアム侯爵に仰向《あおむ》けにされた。突然のことに、ブルーベルは目を白黒させる。

「前にも言ったけど、ブルーベルは本当に残酷だよね。自分は悪くないと思っているんだから」

「それは、どういう……」

「教えてあげないよ」

言うやいなや、セレディアム侯爵が唇を塞《ふさ》いだ。それまでとは違う、感情をぶつけるかのような激しい口付け。口腔《こうこう》を蹂躙《じゅうりん》され、嬲《なぶ》るように吸われ、涙が浮かんでしまう。そうして口付けから解放されるも、今度は胸を甘噛みされた。

「……っ、あ……っ」

いつの間にか下腹部へ伸ばされた手が、茂《しげ》みをくすぐった。自分でもはっきりとわかるほどに熟《う》れきった蜜孔に、男性特有の節くれ立った指が入りこんでほぐしていく。もう一方の手はブルーベルの右手を持ち上げて、指を口に咥《くわ》えて一本ずつ丁寧に味わった。

「蠢動《しゅんどう》しているよ。ここ」

耳を塞ぎたくなるような辱《はずかし》めの言葉とともに、水音が一際大きく響いた。ブルーベルはセレディアム侯爵に食《は》まれている手を抜こうとするが、舌先で器用になぞられて肩が揺れた。麻痺《まひ》してしまったかのように腕に力が入らない代わりに、下腹部に力が入ってしまう。

「指、食べないでくださ……、うぅっ、ん……っ」

「お仕置き、するって言っただろう？　やめてあげないよ」

彼の声は蕩《とろ》けそうなほどに甘いのに、その行為には容赦《ようしゃ》がなかった。膣内へ二本目の指を挿《さ》しこんで、自《みずか》らの存在を誇示するかのように卑猥《ひわい》な動きをする。ブルーベルは泣きたいほどの感覚に陥《おちい》り、仰《の》け反《ぞ》った。先ほど散々焦《じ》らされたせいか、膣壁《ちつへき》はとっくに熱くなっている。昨日まで処女だったとは思えないほどに。

だが突然指が引き抜かれて、ブルーベルは思わず眉を寄せた。セレディアム侯爵を見れば口元に笑《え》みを浮かべ、ブルーベルを見下ろしている。

「お菓子を取り上げられた子供みたいな顔をしないの。たっぷり気持ちよくしてあげるから」

「そ、そんな顔、していませんっ」

「しているよ。私が欲しくて欲しくてたまらない、って顔。でも指で満足させてあげない。……四つん這《ば》いになってくれる？」

理解不能な要求をされた。ブルーベルは困惑を隠せぬまま、彼に手を引かれて上半身を起こす。

「どうして……？」

「後ろからしたいから」

羅紗《らしゃ》の衣服を脱いで体を露《あらわ》にするセレディアム侯爵。昨日も鍛《きた》え抜かれた体に惚れ惚れしたが、改めて見ても逞《たくま》しい。

そして──彼の下肢にある物に関しては、雄々しさを感じずにはいられなかった。

「む、無理です。入りません……。後ろからだなんて、怖いです」

「大丈夫。昨日ちゃんと入ったから、今日も入るよ。痛くないように挿《い》れてあげるから」

「う、嘘っ、痛かったし……っ」

「慣れたら、気持ちよくなるそうだよ。痛みが消えるまでは、私も無理をしないように気をつける」

「な、何で後ろからなのですか？」

「私がしたいからだよ。さ、早く。私の我儘《わがまま》を聞いてくれないのなら、君が気を失うまで体を繋《つな》げて、君が目を覚ましてもまだ続けるよ。それでもいい？　私はやる、と言ったら本気でするよ」

想像しようとしてやめた。逆《さか》らえば、余計に目も当てられないことになりそうだ。

「私なんかを抱いて、楽しいですか？　ウォルド様ならば、美女を選び放題でしょうに」

「君以外はいらない。君とこうして一緒にいられるだけで、私は世界で一番幸せ者だよ」

一点の曇《くも》りのない表情でそう告げられて、ブルーベルは頬を熱くして俯《うつむ》いた。彼ほどの人物ならば女性に不自由しないだろうに、彼はブルーベル以外はいらないと言う。

「卑怯者《ひきょうもの》……」

腹立たしくてたまらなかった。だが、セレディアム侯爵はブルーベルの頬を両手で包みこんで壊れ物を扱うように持ち上げると、軽く口付ける。

「私のお願い、叶えてくれる？　私の未来の奥さん」

ブルーベルは耳まで熱くなった。

「だから、何で私がそんなお願いをきかないと……っ」

「いいの？　私に逆《さか》らうのなら、もっと君が嫌がりそうなことをするよ？」

なぜかはわからないが、セレディアム侯爵はすると言えば本気でする、という予感があった。ブルーベルは半泣きになりながら、渋々降参する。

「い、一回だけですからね」

「うん」

「今回だけですからねっ」

「うんうん」

どこか適当に流すような返事だった。ブルーベルは、本当に今回だけにしてくれるのだろうか、と非常に不安になる。だがセレディアム侯爵に急《せ》かされて、ブルーベルはかってないほどの羞恥《しゅうち》に耐えながら、何とか四つん這《ば》いになった。

「こ、こうですか？」

なんという、痴態《ちたい》。一糸纏《いっしまと》わぬ姿で、淫《みだ》らに濡《ぬ》れた秘匿の場所を堂々と晒《さら》しているのだ。視線をはっきりと感じ、腰が下がりそうになる。だがそれは、セレディアム侯爵によって阻止された。左右の腰を掴《つか》まれ、高々と持ち上げられる。

「あぁ、いいね。そのままじっとしてて」

ぐい、と臀部《でんぶ》が左右へ押し広げられた。内腿《うちもも》を伝って淫靡《いんび》な蜜が落ちていく。ブルーベルは恐怖心に耐えるため、シーツをしっかりと掴んだ。セレディアム侯爵はブルーベルの膣口へ雄芯の先をあてがうと、ゆっくりと中に入っていく。

「っ……」

非常に重量感のある熱い杭が体内へ深く突き刺さっていくのがわかり、ブルーベルは呻《うめ》いた。

「ブルーベル。力を抜いて」

「え？　ど、どうやるのか、わかりません……っ」

やはり無謀すぎた、とブルーベルは後悔していた。セレディアム侯爵はブルーベルの腰をさする。

「ゆっくりでいいよ。呼吸は浅くじゃなくて、深くして」

言われた通り、息を深く吸って吐いた。セレディアム侯爵はブルーベルの下半身から力が抜ける瞬間を見極めて、一番奥まで入る。

「ふ……ぁ」

毛穴が開いて汗が噴き出るのを感じた。

「動くよ」

体内から杭が抜けて、得体のしれない喪失感がうまれる。だがすぐに膣壁《ちつへき》を押しのけて、熱く滾《たぎ》ったものが挿入《はい》ってくる。それを数回繰り返し、セレディアム侯爵の口元に自然と笑《え》みが浮かんだ。

「や……、っあ……、ん……っ」

重量感のある肉竿が、ブルーベルの蜜壺《みつつぼ》を犯していた。昨日は痛くて苦しくて辛《つら》い思いが強かったというのに、今日は膣壁をこすられるたびに両脚が震えそうなほどの何かが走る。奥を穿《うが》たれるたびに焦燥感が全身を支配し、喘《あえ》がずにはいられない。熟《う》れた膣内は彼のモノで馴染《なじ》んで、内部はどろどろに溶けそうなほどに熱かった。ぐじゅりとねじこまれる塊《かたまり》に、ブルーベルは翻弄《ほんろう》される。

——大きい……っ。あんなに大きなものが私の中に入っているなんて……っ。

淫唇《いんしん》を割って入りこんでいる男性の塊に、ブルーベルは震えた。

ウォルドしか愛していないというのに、セレディアム侯爵に触れられるほどにわからなくなる。彼が特別な人だと、錯覚してしまいそうだ。

「そろそろ、もう少し速く動いてもいいかな……」

そんな呟《つぶや》きが背後から聞こえた。ブルーベルの腰がしっかりと固定され、抽挿《ちゅうそう》がわずかに速くなる。セレディアム侯爵は、ブルーベルの感じる場所はすでに把握済みだと言わんばかりに、狙ったように穿《うが》った。

「ひゃ……あっ！　やっ、あ……、んうぅ……っ！」

我慢できずに喘ぎ声が漏《も》れた。

「もっと、声を聞かせて。私のために啼《な》いて、ブルーベル」

彼が喜ぶ声を出したくはないのに、堪《こら》えることなど到底不可能だった。接合部からは白く泡立った液体が垂《た》れ落ち、ブルーベルはますます堪えきれない衝動に苛《さいな》まされる。

背後から腰を打ちつけられて与えられる酩酊感《めいていかん》に、くらくらしてしまう。

「や、……っく……、ふぅ……っ」

「……あぁ、いいね。ゾクゾクする。なんて心地のいい声なんだろう」

たくましい雄芯によって子宮を叩かれるたびに、淫靡《いんび》な刺激が全身を駆け巡《めぐ》った。膣口はぎゅうぎゅうとセレディアム侯爵の猛《たけ》ったモノを締めつけて、甘い刺激を幾度も欲し続ける。

それは正に、逃《のが》れられない快楽だった。彼はブルーベルが気持ちいいと思える場所を的確に見抜き、快楽を煽《あお》る。

――こんな体勢、すごく恥ずかしいのに。

前からよりも後ろからのほうが、深く繋《つな》がるのがわかった。

それに気づいたのはわけもわからなくなるほどに後ろから攻められ、泣いても解放されることはなく、絶頂まで容赦《ようしゃ》なく高め上げられてから。

「……っあぁぁっ！」

膣内が収縮した。それから数度灼熱《しゃくねつ》の杭を打たれて、ブルーベルは達した。だがセレディアム侯爵の動きは止まらず、達したばかりのブルーベルの体を何度も貫《つらぬ》く。

そうして時間さえ曖昧《あいまい》になって熱い飛沫《しぶき》を体内に感じた頃には、ブルーベルの意識は完全に混濁していた。上半身を支えていた両腕は崩れ、シーツの上に突っ伏してしまう。

未だ繋がったままの部分は茹《ゆ》だったように熱を帯《お》びて、膣内にある彼の杭を締めつけていた。痙攣《けいれん》が収まると、セレディアム侯爵はブルーベルの中から自分のモノを引き抜く。

それを感じて、ブルーベルは寝台の上へと倒れこんだ。セレディアム侯爵も寝そべると、ブルーベルの体を引き寄せて腕枕をする。

「ブルーベル……」

セレディアム侯爵と顔を見合わせるような体勢に、ブルーベルは硬直した。

「……っ」

「何、緊張しているの？　もう何度もキスをして、体も繋げたのに」

セレディアム侯爵は空《あ》いている方の手で、ブルーベルの髪を一房《ひとふさ》掬《すく》って梳《す》いた。

「そ、そうですね……」

なぜか気まずくて、ブルーベルは目線を逸《そ》らした。

「今日はアンゼリカを食べていないけれど、どうだった？　もし感度がよくなかったのなら、明日からアンゼリカを使った料理を毎食用意させるよ。そうすれば、君も気持ちよくなるだろうし」

「……いえ、アンゼリカは遠慮します。ウォルド様の凄《すご》さは、身に染《し》みてわかっています」

セレディアム侯爵は満足げだった。

「よかった。私としても、できる限り薬に頼りたくないからね。アルテミラに頼めばいくらでもそういう薬を作ってくれるんだろうけれど、アルテミラの薬は効果が強すぎるから。あぁ、君が飲みたいっていうのなら、止めないよ？」

「絶対に飲みたくありません」

その薬を飲まされないことを、ブルーベルは切に願った。するとセレディアム侯爵は子供のように笑っている。からかわれたのだと気づいたブルーベルは、納得がいかない。

「ふふ、ごめんね。拗《す》ねないで。私の愛しい人」

どれだけ愛を囁《ささや》かれても、彼を好きにならない。なってはいけない。幼い頃に愛を誓いあったウォルドを裏切りたくない。だから、彼を嫌いでいなければいけない。

わかっているのに——、胸が苦しいのはなぜなのか。

ブルーベルは首に下げているスモーキークォーツの水晶を握りしめた。

第六章　魔女の媚薬《びやく》

ブルーベルがシルバーフレイム城に来て、二週間が経とうという頃。

セレディアム侯爵は人払いのされた広間で、騎士のクリスから報告を受けていた。報告の内容は統治下にある街の酒場で発生した問題を、騎士達に調査させた結果だった。

「間違い、ないんだな？」

ブルーベルの前では穏やかなセレディアム侯爵も、クリスの報告に険《けわ》しい表情を隠せなかった。

「はい。ひどい有様でした。被害者を全員縄で縛《しば》り、見張りをつけて療養所に入れています。アルテミラ様によれば、三日もすれば自然と体から毒が抜けるだろう、とのことです」

「森の魔女はろくなことをしないな」

シルヴァスタ地方の東には、近づくことも危険とされる惑《まど》いの森がある。そこには森の魔女と呼ばれる古い魔女が住み着いているのだが、彼女は望むものを差し出せば何でも願いを叶える、と言われている。その噂を信じて森に入りこむ者達が後を絶たず、年に何人も行方不明者が出る。現在は森の入り口に見張り小屋を建てて森へ入らないように監視しているが、夜は霧《きり》が濃くて視界が悪い日を狙って森へ入る者は防ぎきれない。

「ええ、正に悪夢ですよ」

「刻印を所有する奴は見つかったのか？」

森の魔女に限らず、魔女と取引をした者は体のどこかに刻印をつけられる。それは黒い痣《あざ》のようなもので、魔女によってその刻印が異《こと》なるのだ。森の魔女は山羊を好んでいるため、森の魔女と取引をした者は例外なく山羊の印を肌に刻まれた。

「はい。何せ、現場の中心でお楽しみ中でしたから。犯人は酒場の主人で、汚いケツに刻印がついていました。思わず、そいつのケツを蹴り上げちゃいましたよ」

「私でもその場にいたら同じことをしている」

「それにしても、女性客の飲み物に媚薬《びやく》を混入して、乱交パーティーをするなんて……」

「吐き気がするな。女性達は？」

「未だ薬が抜けないせいで、自分達がどういう被害にあったのかわかっていない様子です。よほど薬がきついのか、ところ構わず自身の性欲を処理しようとするので縄で縛《しば》っています。可哀想ですがね。あと、男を見ると興奮して暴れるので、男は近づけないようにしています」

「……話を聞くだけでぞっとするな」

「アルテミラ様によれば、薬の成分が切れれば媚薬が効いていた間のことは忘れてしまうそうです」

被害にあった女性は六人。閉め切った室内で、性欲にまみれた男に犯されかけた。

「幸いだったのは、未遂で済んだことだな。これも全てアルテミラの占いのおかげ、か」

「はい。アルテミラ様の占いは当たりますからね」

セレディアム侯爵は厳しい表情のまま指示する。

「被害にあった女性達には、心のケアが必要だろう。できる限りの手配をしてやってほしい」

「わかりました。……ところで当主様。これはどうしましょうか」

クリスが服の内側から取り出したのは、人差し指と親指で挟《はさ》めるほどに小さな青色の瓶《びん》。栓がされており、特別変わった点はない。が、セレディアム侯爵はそれが何かすぐにわかった。

「媚薬か。そんな危険なもの、早めに処分したほうがいいだろう」

「そうですね。では、アルテミラ様に処分をお願いしておきます。魔女の薬は、扱いを間違えると大変なことになってしまうので」

「お願いするよ。念のために、解毒剤も作るように言っておいてほしい。こんな事件が再び起きないとも限らないから」

クリスは頷《うなず》くと、広間から出ていった。セレディアム侯爵もまた、溜息《ためいき》とともに部屋を後にした。


その頃、ブルーベルはハーブが入った大きな籠《かご》を持って厨房《ちゅうぼう》を訪れていた。シルバーフレイム城の料理長は両腕の筋肉が隆々《りゅうりゅう》とした初老の男性。城の食事の責任者で多忙な人物だが、料理長はブルーベルを快《こころよ》く迎えた。

「アルテミラ様の薬園で収穫したハーブを持ってきました」

「おお、ありがとうございます、ブルーベル様」

朝から暇だったブルーベルは、アルテミラの手伝いをさせてもらっていた。先ほど薬園の手入れを終え、アルテミラの代わりに収穫したばかりのハーブを厨房へ運んできた。これが済めば、ブルーベルには何もすることがない。

料理長はブルーベルから籠を受け取ると、厨房の中央にある調理台へ置いた。料理長は籠に入ったハーブを確認し、ブルーベルはそれを待つ間に厨房の入り口から周りを見回す。奥には今夜の夕食に使うとみられる野菜が入った大きな木箱が積まれており、天井には塩漬けにされた肉がぶら下げられている。広い調理台の前では、料理人達が食材の下ごしらえをしていた。

「いい匂い。いつもテーブルに並ぶおいしい料理は、ここから生まれるのね」

料理長はその呟《つぶや》きを聞いていたらしく、満面の笑《え》みを浮かべていた。

「ブルーベル様。お駄賃にこれをどうぞ」

ビスケットを一枚もらった。ブルーベルは思わず子供のようにはしゃぐ。

「わぁ、ありがとうございます」

「いえいえ。それはそうと、ブルーベル様。アルテミラ様からもう一つ、預かりませんでしたか？　青色の小さな瓶《びん》なんですが」

「いえ、特に何も……」

料理長は眉を寄せて困った様子で言った。

「あれほどお願いをしたのに。アルテミラ様、またお忘れになっているのか」

「その瓶の中に、何が入っているのですか？」

「魔法の粉です。あ、魔法の粉というのは比喩ですがね。実はアルテミラ様に、香辛料の調合を頼んでいるのですよ。異国から取り寄せた珍しい香辛料で、今夜の食事に使う予定なのです」

「まぁ、そうだったのですか。では、私がアルテミラ様に訊《き》いてきます」

「よろしいのですか？」

ブルーベルは笑顔で快諾した。

「はい。どうぞ私にお任《まか》せください」

「では、申し訳ありませんが、よろしくお願いします」

ブルーベルは頷《うなず》くと、ビスケットを持って再び薬園へ戻る。薬園に着くと、アルテミラは摘み取ったハーブを乾燥させるために、平たい籠《かご》の上へ一枚ずつ葉を並べていた。

ブルーベルはアルテミラへ駆け寄ろうとしたが、薬園のそばの小屋から騎士のクリスが出てきたことに気づき、思わず近くの茂《しげ》みに隠れる。

「それではアルテミラ様。預けた薬の処分、お願いします」

クリスがアルテミラへと声をかけた。アルテミラは深く頷く。

「わかりました」

二人は今まで見たことがないほどに真面目な顔をしていて、非常に話しかけづらい雰囲気だ。

「それにしても、森の魔女は一体何を引き換えにして、あんな薬を渡したのでしょうね」

クリスの顔には侮蔑《ぶべつ》の色が浮かんでおり、よほどのことがあったのだとわかった。

「魔女は長生きであるがゆえに、とても退屈しますからね。人の命を弄《もてあそ》んで殺す魔女もいますし、取引を持ちかけて人を不幸にする魔女もいます。森の魔女も、退屈しのぎに願いを叶えただけでしょう。魔女なんて、そんなものです」

「アルテミラ様は違うじゃないですか。あなたはいい魔女です」

アルテミラはたおやかに微笑《ほほえ》んでいた。

「あら。そう見えるだけかもしれませんよ」

「そんなことはありません。命を懸けてもいい」

「まぁ。嬉しいことを言ってくれるんですね」

ブルーベルは、覗《のぞ》き見すべきではないとは思っていたが、何やら二人の雰囲気のよさが気になって目を逸《そ》らせない。

「本気ですよ」

アルテミラはクリスの唇に人差し指を当てた。

「魔女は、魔女ですよ。人と交わるべきではない存在」

クリスは納得できないという顔をしていた。だが何も言わずに、そのまま薬園を後にする。ブルーベルはクリスが立ち去ったのを確かめると、茂みをそっと出てアルテミラの許《もと》へ向かう。

「アルテミラ様」

アルテミラはブルーベルのほうに体を向けた。

「ブルーベル様。どうしましたか？」

少しまごついて手元に目を落とすと、ブルーベルは持っていたビスケットを思い出した。

「ビスケット、半分ずつ食べませんか？　料理長さんがくれたんです」

「いいのですか？　私もいただいて」

「はい」

ブルーベルはビスケットを半分に割ると、アルテミラへ手渡した。そうして二人で仲よく頬張る。

「おいしいですね、ビスケット」

先ほどのことなど何もなかったかのように、アルテミラは普通だった。

「そうだ、アルテミラ様。料理長さんが香辛料はどうしたのだろう、と心配していましたよ」

「あら、いけない、私ったら」

アルテミラは薬の配合をするという薬園の隣の小屋へ入っていった。小屋の外でしばらく待っていると、アルテミラが青色の小さな瓶《びん》を手に小屋から出てきた。

「急いで届けなくては」

「あ、私が料理長さんに渡しておきます。アルテミラ様は作業を続けてください」

「でも、これ以上ブルーベル様のお手を煩《わずら》わせるわけには。先ほども、いろいろと手伝っていただきましたし」

「いいんです。これぐらい大したことじゃないので、させてください」

「そうですか？　では、お願いします」

ブルーベルは頷《うなず》くと、青色の小さな瓶を受け取った。何の変哲もない、どこにでもある入れ物だ。それを落とさぬように気をつけて、ゆっくりと歩き出した。庭園から城の中へ入り、薄暗い廊下を進む。城内はまだ慣れないが、厨房《ちゅうぼう》の場所はわかるようになった。

そうして目的地はもうすぐというところで、ブルーベルは一瞬足を止める。

「……あれ、ブルーベル？」

セレディアム侯爵と鉢《はち》あわせた。ブルーベルはまた妙なことをされはしないかと、恐る恐る近づく。

「ウォルド様」

「どこかへ行く途中？」

「はい。アルテミラ様の配合した香辛料を、厨房《ちゅうぼう》へ届けるところです」

ブルーベルは青色の小さな瓶《びん》をセレディアム侯爵へ見せた。侯爵はそれを見て戸惑う。

「それ、アルテミラから受け取ったの？」

「はい」

「そっか……。じゃあ、よく似た入れ物なのかな」

「え？」

ブルーベルはそこで、セレディアム侯爵の雰囲気がいつもと違うことに気がついた。殺気立っていて、どこかぴりぴりとしている。ブルーベルにそれを気取られないように優しげな笑《え》みを浮かべているものの、ブルーベルにはなぜか彼が不機嫌だということがわかった。

「どうかした？　ブルーベル」

「ウォルド様こそ、どうしたのですか？　何か、嫌なことでもありましたか？」

セレディアム侯爵は面食らった顔をした後、気恥ずかしそうにした。

「参ったな。どうしてわかったの？　うまく隠せていると思ったのに」

「そうですか？　結構わかりやすかったと思いますけれど」

「これでも感情を隠す訓練をしていて、人に見抜かれないように気をつけているんだよ。ブルーベルに見抜かれるようでは、私もまだまだ修業が足りないな」

「当主様って、そんな訓練もしなければいけないのですか？」

「そうだよ。結構敵が多いんだから。四十年前の戦争で手柄を立てたからオルドニア王国の貴族に迎えられたけれど、それまではただの異民族だったからね。未だに差別も根強く残っているし。銀色の髪なんて気持ち悪がられるし、格好の的だよ」

「気持ち悪がられるだなんて。光の加減で星の色に見えて、とても綺麗《きれい》だと思います」

セレディアム侯爵は両手を広げて、ブルーベルをしっかりと抱きしめた。

「君って子は、こんなところで私を誘惑してどうしたいの。今すぐ寝室へ連れていって、ずっと愛を囁《ささや》こうか？」

「結構です」

「残念だな。本気だったのに」

軽い口調で話しながら、セレディアム侯爵はどこか元気がなかった。ブルーベルは、やはりおかしいと思う。そこで、背伸びをしてセレディアム侯爵の頭を撫《な》でた。

「私でよければ、話を聞きますよ。大した力にはなれないかもしれませんが」

「うん。でも、君に聞かせられるような話じゃないんだ。ごめんね」

「お仕事のことですか？」

「そうなんだ」

「じゃあ……、仕方がないですね」

元気のない彼を見ると、ブルーベルも心配になって眉が下がった。せめて少しでも元気になればいいと、彼の頭を撫《な》で続けることしかできない。

「……昔から変わらないな……」

「え？」

「何でもないよ」

セレディアム侯爵はブルーベルの頬に顔を寄せてキスをした。ブルーベルはあわてて彼から離れる。

「ふ、不意打ちは、卑怯《ひきょう》です」

「君だって、不意打ちで私の頭を撫でたじゃない。お互い様だよ」

「私は、単に頭を撫でただけです！」

「私だって、君の頬にキスをしただけだよ？　何がいけないの？」

「何がって……」

答えられなかった。セレディアム侯爵を見れば勝ち誇った顔をしており、ブルーベルは悔しくなる。

「ブルーベル。どうしたの？　唇を尖《とが》らせているけれど。キスをねだっているのかな？」

「違います。……ウォルド様なんて、知りません。今度落ちこんでも、慰《なぐさ》めてあげませんから」

「それは困る。今度私が落ちこんでいたら、ぜひとも慰めてほしいな。なんだったら、今度と言わずに今すぐ慰めてくれて構わないんだよ。好きなだけ、私を触らせてあげる」

ブルーベルは両腕を掻《か》き抱《いだ》いて体を震わせた。

「卑猥《ひわい》な言い方をしないでください」

「卑猥、ねぇ。どこが、卑猥？　私は頭がよくないから、どういう意味か教えてくれる？」

「嫌です！　ご自分でお考えになってはどうですか。それでは、失礼します！」

セレディアム侯爵はブルーベルを追うが、ブルーベルは彼を威嚇《いかく》して近づかせない。そんなことをしても彼が面白がるだけだとわかっていたが、そうせずにはいられなかった。

「ブルーベル。そんなに怒らなくても」

「私についてきたら、二度と口をききませんからっ！」

セレディアム侯爵を振り切るように、ブルーベルは走って逃げた。

ブルーベルは無事に厨房《ちゅうぼう》へ到着し、料理長に青色の小さな瓶《びん》を渡した。

「ありがとうございます、ブルーベル様」

「いいえ、お役に立てて何よりです」

「今夜は腕によりをかけておいしい料理を作りますから、どうぞ期待していて下さい！」

「はい！　楽しみにしていますね！」

シルバーフレイム城での食事はどれもおいしかった。しかしながら教会で粗衣粗食《そいそしょく》の生活を送っていたブルーベルは、贅沢《ぜいたく》に慣れていないこともあり、食事のたびに罪悪感を覚えてしまう。

厨房を出ると、ブルーベルは部屋へ戻る道すがらセレディアム侯爵のことを考えた。

「よっぽど、大変なことがあったのね」

そういえば、とクリスの様子もおかしかったことを思い出す。一体何があったのだろう。

ブルーベルが廊下を歩いていると、突然大きな声が聞こえてきた。

「去勢されるぐらいなら、まだいいほうよ！　噂じゃ島流しになるんじゃないかって」

なんとも物騒な話だった。声の方を見ると、二人の侍女が廊下の端で掃除をしながらお喋《しゃべ》りしている。人の気配がない廊下に、高い声はよく響く。

ブルーベルは先ほどアルテミラとクリスの会話を盗み聞きしたことを反省し、彼女達が気づかぬうちに通り過ぎようとしたが……

「ウォルド様も大変ね……。まさかこんなことになるだなんて」

聞き逃せない名前が飛び出してきた。ブルーベルは思わず聞き耳を立ててしまう。

「そうよね。女性を何人も侍《はべ》らせてハーレムを作るなんて、鬼畜《きちく》の所業だわ」

「クリス様なんて、犯人のお尻を蹴り飛ばしたらしいわよ」

「男らしいわねぇ。惚れ惚れするわ！　私のお尻も蹴ってくれないかしら」

「もう、何を言ってるのよ、この子は」

「だって、クリス様、かっこいいんだもの」

「そうね。でもクリス様も裸の女性六人に押し倒されて身動きがとれなかったなんて、大変ね」

「そこに私が交ざっていなかったのは残念だわ。私もクリス様を押し倒してみたい」

女性を六人も侍らせてハーレム。

ブルーベルは彼女達の会話の内容がよくわからず、ただただ混乱した。

唯一わかるのは、裸の女性六人に押し倒されるなどただごとではない、ということ。

「クリス様……、まさかそういう趣味が？」

クリスを見る目が変わりそうだった。二人の侍女達はすでに違う話に移っていて、ブルーベルも早々にその場から離れる。そうして深刻な顔で悩みながら歩いていると、二階へ上がったところでクリスに出くわした。ブルーベルは思わず、一歩後ろに下がってしまう。

「ブルーベル姫、どうかしたんですか？　眉間に随分《ずいぶん》と皺《しわ》が寄っているようですが」

「クリス様……」

「あれ？　俺、もしかして避けられてる？　何かしましたっけ？」

見てわかるほどにクリスが困惑していた。ブルーベルは彼になんと言えばいいか、懸命に考える。

「私、クリス様にどんなご趣味があっても、軽蔑しませんから。人の趣味はそれぞれですし」

「え？　趣味？　何のことですか？」

ブルーベルはうっかり口を滑《すべ》らせてしまったとあわてた。だが誤魔化《ごまか》す方法も思い浮かばず、つい正直に話してしまう。

「その……、女性が好きなことです」

「あぁ、はい！　女性は大好きですよ。毎日可愛い女の子達を侍《はべ》らせたいぐらいです」

うわぁ、とブルーベルは更に顔を引き攣《つ》らせてしまった。クリスは今の言葉はまずかったらしいと気づき、すぐに訂正をする。

「いや、今のは冗談です。本気でそういうことをしたいなんて、思っていませんから」

「いえ、私にお気遣いなく。クリス様が何をしようと、クリス様の自由ですし」

クリスは泣きそうになっていた。

「あの……どうしてそう思ったのか、理由だけでも教えてもらえませんか。いきなり虫けらを見るような目をされると、私も悲しいです。もしかすると、何か事情があったのかもしれないですし」

それもそうだった。人の噂を鵜呑《うの》みにするのはよくないと、ブルーベルは噂の真相を確かめることにした。

「クリス様が、裸の女性六人に押し倒されたと聞いたんです」

「あぁ、はい。事実ですよ」

ブルーベルとクリスの時間が停止した。ブルーベルは三歩後ろに下がり、クリスははっとする。

「クリス様……、やっぱりそういうご趣味が」

「いや、違う違う違う！　それ、誤解だから！　誰から聞いたの、その話！」

「ちょっと、小耳に挟《はさ》んで……。クリス様、女性を囲っていたんですか？」

クリスは首を振った。

「そんなことするわけないからっ。いくら女性が好きでも、そんなことしませんってば！」

「では、一体どういう状況になれば、裸の女性が六人もクリス様を押し倒そうとするのですか？」

クリスは説明に困って言い淀《よど》んだ。だが、少し間をおいて真顔になる。

「ブルーベル姫は、この世界に魔女がいるのは知っていますよね。アルテミラ様がいますし」

先ほどのおどけた感じではなく、口調に真剣みが帯《お》びる。

「はい」

「魔女にはいい魔女と悪い魔女がいるのですが、悪い魔女のせいで大変な事件が起きてしまったんです。その事態の収拾を、私や他の騎士達が行《おこな》ったんです」

「その事件、というのは？」

クリスの表情に、わずかに怒りが滲《にじ》んだ。ブルーベルはその表情に見覚えがある。先ほど、彼がアルテミラと会話をしていたときにも見せていた表情だ。

「魔女が作った毒……、つまり媚薬《びやく》のせいで、女性達が強姦されかけたんですよ」

「……なっ」

「薬を使った男はすでに捕らえられて、牢屋に放りこまれています。媚薬を使われて正気を失った女性達に、私は押し倒された、というわけです」

「そうだったのですか……。ごめんなさい、クリス様。私、誤解をしていました」

「信用されていないことに傷つきましたけれど、これから長い年月をかけて信用を得るので、大丈夫です。当主様とブルーベル姫が結婚される日が、待ち遠しいですね」

痛いところを突かれた。クリスはにこにこしており、さっきまでの怒気は感じられない。

「ごめんなさい……。反省します」

クリスは苦笑した。

「いえいえ。それはそうと、このところ当主様とは順調ですか？」

「元々、順調ではありませんよ？」

「侍女達が噂をしているのですが、当主様と夜の営《いとな》みをするのは嫌なんですか？　シーツに乱れがないことを心配されていますよ」

なんという質問だろう、とブルーベルはげんなりした。シーツの交換は城の侍女達の仕事だから、営みがあれば彼女達がすぐに気づくことも理解している。とはいえ、正面を切って言われると泣きそうだった。だがこれもクリスからの仕返しと思えば、ブルーベルは我慢するしかない。

「好きとか嫌とかいう問題じゃ、ありません……」

「では当主様は、下手なのですか？　あちらの方」

「下手ではないと、思います。なんだか、妙に手慣れている感じがしますし」

「手慣れている……？　失礼。それは一体どういう意味で？」

「私の肌に躊躇《ちゅうちょ》なく触るところとか。普通は、初対面の女性の肌に軽々しく触れたり、寝台に押し倒したりしないと思います。……よっぽど、女性慣れしているんでしょうね。私の服を脱がすのも、お手の物、といったご様子ですし」

その答えに、クリスが我慢できないといった様子で、ぶはっと噴き出した。ブルーベルはどうして笑われているのかわからず、失礼な、と唇を尖《とが》らせる。

「ははっ、そうですか。確かにそれは手慣れていますね。いやはや凄《すご》い。さすがは我らが当主様」

「なんだか、馬鹿にされている気がします」

「いえ、褒め言葉ですよ。でもまぁ私に言えることがあるとすれば、当主様は間違いなくブルーベル姫にべた惚れ、ということです。勿論《もちろん》、信じる信じないはブルーベル姫の自由ですよ」

ブルーベルは何も言えず、黙りこんだ。

「では、そろそろ仕事へ戻ります」

「はい、お仕事、頑張ってください」

ブルーベルはクリスと別れると、彼の言葉をぼんやりと考えながら部屋へ戻った。


夕食の時間に食堂へ到着したブルーベルは、もうすでに着席していたセレディアム侯爵を見た。セレディアム侯爵と二人きりで食事をするときの食堂は、赤い絨毯《じゅうたん》が敷かれた暖炉のある部屋だ。部屋の中央に六人は余裕をもって食事できるテーブルが置かれ、暖炉の上には交差された二本の剣が飾られている。セレディアム家の紋章が入った旗が壁に掛けられ、その左右には狼の絵画が飾られていた。

「ブルーベル。遅かったね。何かあったのかな？」

ブルーベルは自分に起きたことをどう言えばいいのか、戸惑っていた。ひとまず、セレディアム侯爵の正面の席に座る。

「驚かないで聞いてくださいね」

「うん」

「私、さっき自分の部屋へ戻ったんです」

「うん」

「そうしたら、私の部屋からベッドがなくなっていたんです！」

「うん。撤去《てっきょ》したんだ。私が」

「は？」

給仕者が食事を運んできた。テーブルの上へと置かれたのは、白いパンとウサギの肉に香辛料をまぶして焼いたもの。空《から》の杯《さかずき》にも果実酒が注《つ》がれる。

「今晩から、私と一緒に寝てもらおうと思ったから。ベッドは二つも必要ないだろう？」

「仰《おっしゃ》る意味がわかりません。私は床で寝ます」

「では私も床で寝るよ。君の隣で眠れるのなら、私はベッドでも床でも構わないから」

「な……っ」

セレディアム侯爵はひどく楽しげな笑《え》みを浮かべて、一切の妥協や拒否を許さない態度で言った。

「君がどういう選択をしようとも、私と一緒に寝るということだけは変わらないよ。だったら最初から私に腕枕をされて、ベッドで眠ったほうが賢明だと思わない？」

「勝手なことばかり言わないでください」

ブルーベルはウサギの肉を口に運ぶと、やや違和感を覚える。

「……どうしたの、ブルーベル。口に合わなかった？」

「あ、いえ……。おいしいです」

不思議な味がする、とは言えなかった。少し甘いのに、苦みと辛みが混ざりあっている。まずくはないが、おいしいとも言い難《がた》い。しかしながらそんな正直な感想を口にできるわけもなく、ブルーベルは食事を続けた。

するると突然、あわただしい足音が部屋の外から聞こえてきた。何事だろう、とブルーベルとセレディアム侯爵は顔を見合わせ、その足音に耳を傾《かたむ》ける。

「当主様、クリスです。失礼します」

その声とともに、クリスが扉を開けて食堂に入ってきた。彼のかなり緊迫した表情に、セレディアム侯爵はただごとではないとすぐに察する。

「どうした」

「それが、城内の一部の侍女の様子がおかしいのです。おそらく媚薬《びやく》が原因ではないかと思うのですが、侍女達が城内にいる男達に見境《みさかい》なく欲情しているのです」

「何？」

セレディアム侯爵の声音が厳しくなる。

「現在、騎士達が正気を失って暴れている侍女達を取り押さえていますが、日夜訓練に励んでいる騎士達が、数人がかりで拘束をしなければいけない状態です」

「まさかとは思うが、一人の侍女を拘束するのに、騎士が数人がかりであたっているのか?」

「えぇ。それはもうとてつもない怪力で、我々が総出であたってもかなり苦戦しています。今回の状況は酒場で女性達を取り押さえたときと似ているので、魔女の薬が原因ではないかと」

「一体、どこからその媚薬《びやく》が……。アルテミラは?」

セレディアム侯爵が椅子から立ち上がった。

「町の酒場で被害にあった女性達のために、解毒剤を届けに城から出ています」

「そうか。とりあえず、被害が今以上に拡大しないようになければ。城内に勤務する者達には、城内にある水や食料は一切口にするなと伝えろ。何が原因かわからないからな」

「はい」

「ブルーベル。君は部屋へ戻っていて。私以外の者が部屋を訪ねても、扉を開けないように」

「わかりました。ウォルド様もクリス様も、どうかお気をつけて」

セレディアム侯爵はクリスとともに状況を確認しに、食堂を後にした。ブルーベルもすぐに椅子から立ち上がると、部屋へと急ぐ。城内は騎士達があわただしく走り回り、かなり緊迫していた。

そうしてブルーベルが二階の部屋に戻った直後、男性の悲鳴が聞こえた。何事かと窓から外を見下ろすと、そこに三人の侍女達に襲われている騎士の姿があった。彼の服は全て破かれ、地面へ押し倒されている。

「なっ」

騎士の性器へむしゃぶりつこうとする侍女達。騎士は女性のような悲鳴をあげて、暴れている。

と、そこへ八人の騎士達がやってきて、襲われていた騎士を助けだした。同時に侍女達の体を紐《ひも》で拘束し、抵抗できないように捕らえる。

――あれが、魔女の薬。

ブルーベルは完全に血の気《け》が引いて、恐ろしくなった。見境《みさかい》なく男性を襲ってしまう、悪魔のような薬。女性達は飢《う》えた獣のようで、狂気じみていた。

「……っ？」

不意に、どくん、と体が熱くなるのを感じた。ブルーベルは嫌な予感を覚える。まさか自分もあのように変貌してしまうのではないか、と。

「思い過ごしかもしれないけれど……」

ブルーベルは急いで、体をどこかへ固定することにした。カーテンを縛《しば》る紐《ひも》を解《と》くと、一人では決して持ち上げることのできないソファーの脚に紐を固定する。そこに、左腕を縛りつけて抜けないようにし、ナイフを用いなければ体が自由にならないほどに固く紐を結ぶ。ブルーベルは作業を終えるとそのまま座りこんで、体に起きている異常に怯《おび》えた。

「やっぱり、なんだかおかしい……」

意識が朦朧《もうろう》としてきた。体が熱くなり、下半身がありえないほどに疼《うず》く。しばらくすると股の間に冷たいものを感じた。まさか漏《も》らしたのだろうかと衣服の裾《すそ》の下を確認すれば、尋常ではないほどに卑猥な蜜が溢《あふ》れ出ている。ブルーベルはその光景にゾッとした。まるで洪水のように、秘部から蜜が流れ落ちてくる。これを見て、ブルーベルは涙を浮かべて確信した。やはり自分も媚薬《びやく》をどこかで飲んでしまったのだと。だが、心当たりがない。

「もしかして、さっきの夕食……？」

口にしたとすれば、それぐらいだった。ブルーベルは熱い息を繰り返し、体が汗ばんでくるのを感じる。正気を失って男性を襲うなど、冗談ではない。絶対にそんなことは嫌だった。

「ウォルド、助けて。ウォルド……っ」

胸に下げているスモーキークォーツの水晶を握りしめて、必死に耐えた。そうしている間にも、どんどんと下半身が熱くなって自分の意識が薄れてくる。

そのまま、どれほど時間が経過したのか。

「ブルーベル！」

部屋の扉が開く音がした。ブルーベルは誰だろう、と思う。だが、相手は誰でもいい気がした。

「……ぁ」

「もしかして、自分で腕を縛ったの？　あぁ、腕が紐でこすれて赤くなってる。待ってて、すぐに紐を切るから」

誰かが話しかけてくるが、誰なのかわからなかった。左腕を縛っていた紐が短剣で断ち切られ、体が自由になると、ブルーベルは目の前の男性を押し倒す。

「欲しい……」

「ブルーベル、積極的なのは嬉しいけど今はダメだよ。って……凄《すご》い力だな。びくともしない」

ブルーベルは男性の服の胸元を引き裂いた。いきなりのことに、彼は目を丸くする。

「お腹の下が、痛いの……。ずくずくして、熱くて……」

「可哀想に……。ブルーベル。いい子にしてたら僕が何とかしてあげるから、退《ど》いてくれる？」

ブルーベルの目が彼を捉《とら》えた。目の前にいる人物を、自分はよく知っている。

だから、彼の言葉に従って脇に退く。

「ウォルド……？」

「なあに」

目の前にウォルドがいた。幼い頃のままの姿だ。

なぜここにいるのか。彼は死んだはずなのに。

「ウォ……ルド」

ブルーベルの瞳から大粒の涙が溢《あふ》れ出て、止まらなかった。ウォルドは体を起こすと、ブルーベルの頭をよしよしと撫《な》でる。

「泣かないで、ブルーベル。僕はここにいるから」

「うん」

「体は、平気？」

ブルーベルは首を振った。

「すごく、苦しい。体が変で、気持ち悪いの」

「そうだよね。僕に、どうしてほしい？」

ブルーベルは泣きながら、彼の手を握った。

「ずっと、そばにいて……。それだけでいい」

「困った子だな。媚薬《びやく》が効いているはずなのに、性欲に打ち勝つなんて。そんなに、僕が好き？」

「うん、大好き。ウォルドが、大好き」

こくん、と頷《うなず》くブルーベル。

「……なんだかいつもと様子が違うな。幻覚でも見ているのかな……」

「ウォルド……？」

「わかった。ずっと、そばにいるよ。でもその前に、これを飲んでくれる？」

ウォルドが何かを差し出した。黒くて丸いもの。

「何、これ」

「お薬。この悪い魔法から目を覚ますためのものだよ」

「いらない。飲みたくない」

「どうして。早く飲まないと、もっと苦しくなって大変なことになるよ」

「それを飲んだら、ウォルドはどうなるの？」

「僕？　僕は平気だよ。どうにもならない」

「嘘！　私、知ってるもの……っ、ウォルド、私を置いて死んじゃったって……。知ってるものっ」

「ブルーベル……」

ブルーベルはウォルドに抱きついた。

「ウォルドとずっといられるなら、このまま一生苦しくてもいい。絶対に、もう離さない」

「駄目だよ、ブルーベル。僕は君が苦しむ姿を見たくない。お願いだから、僕の言うことを聞いて」

「いや……、いやっ」

「もう、世話が焼けるなぁ。だから僕は、君から目が離せないんだ。ブルーベル、大好きだよ」

「え？」

ウォルドはブルーベルの唇にキスをした。それはそっと触れるものではなく、奥まで入りこむ深い口付け。ブルーベルは、口内に何かが入ってくるのを感じた。ウォルドを押しのけようとするが間に合わず、得体の知れないものを呑みこんでしまう。

ウォルドはそれを確認してから、唇を離した。

「解毒剤を飲ませたから、その辛《つら》いのもしばらくしたら治まるよ」

ブルーベルは信じられないという顔をした。

「何で……、どうしてこんな意地悪をするの……。ウォルドは、私のこと、嫌いなの？」

「大好きだよ、他の誰よりも」

「ウォルドと、離れたくない」

「わかってる。ブルーベルは、僕のことが大好きだものね」

「うん。ウォルドが、大好き」

「あぁ、可愛いな。いつもそう素直なら僕も苦労しないのに。今日は、僕と一緒に寝てくれる？」

「うん。……あれ、力が、入らない……」

ブルーベルはウォルドの体にもたれかかった。

「薬が効いてきたのかな」

「え……？　ま、待って……。やだ」

「ブルーベル。怖がらなくていい。そのまま目を閉じて、眠るんだ。そうすれば、元通りになるから」

「寝たくない。ウォルド……」

「ブルーベル、聞いて。君は目が覚めれば、今のことを忘れてしまうだろう」

「忘れない、忘れたり、しない」

「ブルーベル。僕は、いつまでも子供のままじゃ、嫌だよ」

「どういう、意味？」

目が霞《かす》んで、声も聞こえなくなってきた。

「愛してる」

ブルーベルはウォルドの声を最後まで聞かずに、意識を失った。

――幼い頃、当たり前のようにウォルドがいた。お互いの欠けた部分を補うように、支えあっていた。大好きで、愛しくて、大切な人。もう、あの温かくて懐かしい日々には戻れない。

残酷な現実がとても悲しくて、胸が張り裂けそうに苦しい。

「泣かないで、ブルーベル」

その声に、ブルーベルは意識を取り戻した。誰かの指が頬へ触れており、ブルーベルはのろのろとそちらを向く。するとそこにいたのは、不安そうな目をしたセレディアム侯爵だった。椅子に座り、ブルーベルの頬の涙を指で拭《ぬぐ》っている。

「ウォルドさま……」

「気分はどう？　解毒剤を飲んでさほど時間が経っていないから、まだ抜けきっていないだろうけど」

「解毒剤……？」

「昼間、君はアルテミラから小さな瓶《びん》を渡されて、料理長へ運んだだろう？」

「はい」

「実はアルテミラが間違えて、媚薬《びやく》の入った瓶を君に渡してしまったそうなんだ。どうやら二つの容器が似すぎていたことが、取り違えの原因らしくてね。料理長は香辛料が入っていると思いこんで、媚薬を料理に振りかけてしまったようなんだ。夕方、先に休憩をとって食事を済ませた侍女達が媚薬の成分にあたってしまったらしい」

「そうだったんですか……。侍女の皆さんは、大丈夫ですか？」

「アルテミラの治療を受けて、今は安静に寝ているよ。運がいいことに、被害者もでなかったし」

「そうですか。……男性は、媚薬でおかしくならなかったのですか？」

「うん。どうやら媚薬は女性にしか効かないみたいで、男連中はぴんぴんしている」

ブルーベルは、どうして自分が寝台に寝ているのかがわからなかった。覚えているのは、ソファーの脚にカーテンの紐《ひも》で左腕を縛《しば》った、というところまで。ブルーベルは毛布から左手を出して、紐でこすれて赤くなっていることを確認する。

「ウォルド様。私も、媚薬でおかしくなっていたんですか？」

「うん。君に押し倒されたよ」

「え！」

「君があんなにも積極的で強引だったとは知らなかったな」

「まさか、私を抱いたんですか？」

「そんな鬼畜《きちく》に見える？」

「見えます」

セレディアム侯爵が心外そうに両腕を組んだ。

「ひどいな。私はそんなに信用ない？　君に解毒剤を飲ませてベッドへ運び、介抱までしたのに」

「ご、ごめんなさい……」

「まぁ、鬼畜なのは否定しないよ。私は意地悪だからね」

ブルーベルは体を起こした。蝋燭《ろうそく》に明るく照らされた部屋を見渡すと、家具の配置からセレディアム侯爵の寝室にいるのだとわかった。

「ぁ……」

まだ体が熱を持って疼《うず》いていた。だが、そんなことをセレディアム侯爵に見抜かれるのは恥ずかしくて、ブルーベルは平静を装って堪《こら》える。

「ブルーベル。私の前で我慢をしなくていいんだよ。君がどういう具合かは、察しがついている」

同情的に語られた言葉に、ブルーベルは顔が熱くなった。

「だ、だったら、気づかないふりをしてください……」

恥ずかしさのあまり消えたい気分だ。反して、セレディアム侯爵はとても楽しそうに椅子から身を乗り出して、ブルーベルの顔を見つめる。

「では、そろそろご褒美をいただこうかな」

「ご褒美？」

「おや、知らないのかな？　姫を救った王子には、褒美が与えられるのを」

「そ、それは……」

「ご褒美は、甘い、甘い、蜂蜜《はちみつ》がいいね」

「そんなもの、今持っていません」

セレディアム侯爵はずい、とブルーベルへ詰め寄った。その分、ブルーベルは後ろへ下がる。

「君の辛《つら》さを取り除かせてほしい。たくさん尽くしてあげるから」

「え、遠慮します……っ」

セレディアム侯爵はまるで聖人のような眩《まぶ》しい笑《え》みを浮かべていた。ただし、言葉は聖人とは程遠い。

「君に断る権利はないし、拒絶も許した覚えはないよ。……あぁ、こんなにも濡《ぬ》らしてしまって」

寝衣《しんい》のワンピースの裾《すそ》が捲《まく》し上げられた。ブルーベルはそこで悲鳴をあげる。というのも、下着を身に着けていなかったからである。

「きゃああっ」

「そうそう、言い忘れていたけれど、服を着替えさせたのは私なんだ。下着は、どうせ私が抱くから必要ないと思って着けなかった。なかなか気が利いているだろう?」

「やっ、やだっ」

隠したくて裾を戻そうとしたが、セレディアム侯爵の手が阻《はば》んで戻せなかった。股の間は蝋燭《ろうそく》の明かりに照らされて、淫《みだ》らに濡《ぬ》れ光っている。

「本当に君はいやらしいなぁ……。その様子じゃ、胸も張って窮屈《きゅうくつ》なんじゃない？」

「窮屈じゃ、ない……です……っ」

「本当に？」

セレディアム侯爵がブルーベルの衣服を本格的に脱がしにかかった。ブルーベルは抵抗するが、そんなものは全て無意味だと嘲笑《あざわら》うかのように裸にされてしまう。

「み、見ないでください」

そんな懇願《こんがん》さえも無視して、セレディアム侯爵が寝台に上がった。

「ねぇ、どこを触ってほしい？　やっぱり最初はキスかな……」

セレディアム侯爵はブルーベルの唇を噛みつくように奪った。腰が痺《しび》れて動けなくなる、甘い口付け。

「ん……ぁ」

セレディアム侯爵はブルーベルの舌に自《みずか》らの舌を器用に絡ませて、上顎《うわあご》をなぞってくすぐる。

ブルーベルは背後に仰《の》け反《ぞ》って逃れようとするが、そのまま寝台に押し倒された。抵抗できないように両手を彼の手で寝台に縫《ぬ》いつけられ、されるがままになってしまう。

ブルーベルは、彼を押しのけなければと思った。だが、キスを受けているだけで辛《つら》い体の疼《うず》きが和《やわ》らいで、もっとしてほしい、とねだってしまいそうになる。

「ブルーベル。もう肌が火照《ほて》っているの？」

「ちが、これは、薬のせいで体が熱くて……、あ」

しまった、とブルーベルはあわてて口を閉ざす。セレディアム侯爵は口の端に笑《え》みを浮かべた。楽しくて楽しくてたまらないといった表情を、隠そうともしない。

「それはいけないな。では、私がその火照りを鎮《しず》めてあげよう」

「そんなの、望んでませ、んぅ……っ！」

白い膨《ふく》らみの突起を、両手でそっと抓《つま》まれた。ブルーベルは突如与えられた刺激に驚く。

「あぁ、ごめんね。痛かった？　これだけ赤く勃《た》っていたら、痛いよね」

コリコリと頂《いただき》をこね回すセレディアム侯爵。ブルーベルは胸を彼の指先によっていいようにされているのを見て、顔から火を噴いた。

「んっ、や、です……っ、やめ……てくださ……っ」

「どうしてやめなければいけないのかな？　ほら、きちんとほぐさないと、明日になったらもっと腫《は》れて大変なことになってしまうかもしれないよ？」

胸の先端を抓まれて揉《も》まれているだけというのに、得体のしれない痺《しび》れが腹の底から体全体まで駆け巡《めぐ》った。蜜孔から余計に淫《みだ》らな液が零《こぼ》れ落ち、熱い吐息を漏《も》らしてしまう。

「な、何で、そんな……っぅ、変な手つきで触るんですか……っ」

「変？　どんなふうに変なのかな？　ごめんね、理解が悪くて。じゃあ、こうしたほうがいい？」

セレディアム侯爵の掌《てのひら》がブルーベルの豊満な胸を包みこんで、円を描くように大胆に揉《も》みだした。

「ちがっ、ちがっ！　しなくて、いい、です……っ、んぅうっ、あぁっ」

恍惚とした表情でブルーベルを見下ろすセレディアム侯爵。

「そんな色っぽい声を出さないでほしいな。でないと、私も我慢できなくなってしまうよ。……辛《つら》いよね、媚薬《びやく》がまだ抜けなくて」

「そ、そう思うなら……、触らないでくださ……っ」

「どうして？　私はね、君をいじめるのが大好きなんだ。こんな絶好の機会を、私が逃《のが》すと思う？」

ブルーベルの首筋へ、セレディアム侯爵は顔を近づけた。そしてブルーベルの首筋へ顔を埋めて、下から上へとねっとりと舐《な》め上げる。

「ふう……っ、あっ、……ゃ……め、そこ……」

「要望が多いね。あれもダメ、これもダメ。私はどうしたらいいのかな。教えて、ブルーベル」

ブルーベルの耳朶《じだ》を食《は》むセレディアム侯爵。

「うっ、……かま、ないで……、んぅ」

「君のお願いは極力聞いてあげたいけれど、今は私のしたいことを優先するよ。ごめんね？」

「い、いやぁ……っ」

ブルーベルはセレディアム侯爵の体を押す。すると、彼の体はあっさりと左脇へ倒されてしまう。

「……おっと。……あぁ、そうか。まだ薬の作用が残っているのか。私の体を簡単に押しのけるほどの力なんて……、邪魔だな」

「……え？」

セレディアム侯爵の目が据《す》わっていた。だがどこか、幼い子供が拗《す》ねているようにも見える。

「ブルーベル。私に大人しく愛されるのと、無駄だとわかっていて抵抗して私に抱かれるのと、紐《ひも》で縛《しば》られて抱かれるのと、どれがいい？」

「どれも嫌で……」

「拒否してもいいんだよ？　私が選んであげるから。ちなみに今の気分は、焦《じ》らしプレイかな。早く挿《い》れて突いて、って泣きわめくまで、焦らしてあげる」

「い、言いません……」

「そうかな？　魔女の媚薬《びやく》がまだ残っているのに、どれだけ耐えられると思っているの？　少し触れただけで辛《つら》そうにしているのに」

「無理でも何でも、抵抗します」

ブルーベルはそう言い切る。セレディアム侯爵の手には、いつの間にか紐《ひも》が用意されていた。一体、どこから取り出したのか。

「解毒剤が効かないこともあるからね。万が一に備えて紐を持っていたほうがいいって、クリスが勧めてくれたんだ。まさか役に立つとは思わなかったけれど」

ブルーベルは危機感を覚えて寝台から体を起こした。

「ひ、必要ありませんっ。私の頭は今、まともです！」

「あぁ、可哀想にブルーベル。媚薬のせいで頭がおかしくなっているんだね？　自分の頭がまともだって言う人ほど、実際はどこかおかしいものなんだよ。今、君は平常心を失っている」

「平常心を失っているのは、ウォルド様ですっ！」

「あはは。おかしなことを言うなぁ。それじゃあ、いい子だから両腕を出して。はい」

セレディアム侯爵が手を差し伸べた。ブルーベルは思わず両腕を出しそうになるが、すぐにはっとして引っこめる。

「私の両腕をとって、一体何をするつもりですか」

セレディアム侯爵が両手で紐をぴん、と張った。

「緊縛プレイの趣味はないけれど、非常事態では仕方ないよね。君が悪いんだよ、ブルーベル」

「や、やめてください！　そんな乱暴なこと、しないでくださ……」

セレディアム侯爵は抵抗しようとしたブルーベルの両手をとると、そのままブルーベルの後ろで手首を縛《しば》り始めた。紐の端の片方はとても短く、もう片方はとても長い状態。

「はい、結べたよ」

ブルーベルの両手は交差するように、後ろで結ばれていた。紐をはずそうとするが、がっちりと結ばれているため解《と》けそうにない。

「どうしてこんなことをするんですかっ」

「どうして？　それはね、君が大好きだからだよ」

とん、とセレディアム侯爵によって肩を軽く押され、ブルーベルの体は倒れた。寝台に体を沈めたブルーベルは、怪訝《けげん》そうな表情でセレディアム侯爵の姿を探す。

彼はブルーベルの両腕を縛《しば》っている紐《ひも》の、先が長い方の先端を持っていた。それをブルーベルの両脚の間へ通し、ブルーベルの正面へと寝そべる。

「うん。いい眺《なが》めだ」

セレディアム侯爵は手に握っている紐に、そっと口付けた。

「……ウォルド、さま？」

「ねぇ、ブルーベル。この紐を引っ張ったら、君はどうなるのかな？」

楽しそうに指先で紐を弄《もてあそ》ぶセレディアム侯爵。ブルーベルは彼が何をしようとしているのかを察し、逃げようとした。だがその前に、侯爵が紐を引く。

「ひゃぁ……っ！」

紐が引っ張られ、ブルーベルの股の間へ食いこんだ。それほど強くはなかったものの、ブルーベルを怯《ひる》ませるには十分な刺激。

「ちゃんと紐が間に入るようにしてあげるよ」

セレディアム侯爵はブルーベルの右脚を少し開かせると、割れ目に紐を押し入れた。

ブルーベルは脚をばたつかせようとするが、動けば動くほど脚の間の紐が食いこむのを感じて、動けなくなる。

「や、いや……っ」

「あぁ、どうしたの、ブルーベル。恥ずかしそうにしているけれど」

「こ、こんなの、やめてくださ……っ」

言い終える前に、セレディアム侯爵がブルーベルの股の間に通した紐をゆっくりと引いた。これにより魔女の媚薬《びやく》による疼《うず》きは和《やわ》らぐものの、今度は違う疼きが全身を苛《さいな》む。

「気持ちいい？」

頭の中が溶かされるのではないかと思うほどの快楽に、ブルーベルは痺《しび》れた。割れ目の間に通された紐は、花芯をぎちりと押さえこんで離さない。脚を動かすと刺激が強くなり、ブルーベルの呼吸はわずかに荒くなる。肌を撫《な》でられただけでも体が熱くなるというのに、敏感になっている部分をいたぶられては、頭がどうにかなってしまいそうだった。

「っは……、い、や、これを、とって……っ」

セレディアム侯爵は緩急《かんきゅう》をつけて紐を引く。痛いぐらいに勃《た》った花芯が悲鳴を上げ、濡《ぬ》れそぼった蜜壺《みつつぼ》からは淫靡《いんび》な液が溢《あふ》れ出るのを感じてしまう。

「ふふ。いい眺めだな。さて、一体どれだけ持ちこたえられるのかな。いつでも降参してくれて構わないんだよ。そのときは、私がたくさん可愛がってあげるから」

紐《ひも》を引っ張られては緩《ゆる》められ、それを繰り返すうちにいやらしい粘液の音がくちゃくちゃりと響いた。ブルーベルは顔を熱くして、この淫《みだ》らな辱《はずかし》めに耐える。

「おねが……、です……っ、これを、取ってくださ……っ」

熱い吐息混じりの声で、ブルーベルは懇願《こんがん》した。

「じゃあ、私が欲しいって言って。そうすれば、すぐに紐を解《と》いて、苦しみから解放してあげる」

そんなことはできない、とブルーベルは首を横に振った。

セレディアム侯爵はブルーベルを休ませまいと、紐を引いてさざ波のような刺激を繰り返す。そのせいでみっともなく膣奥から液が漏《も》れて、媚壁内が物欲しげにうねる。奥まで満たしてほしいと。

「強情《ごうじょう》だなぁ、君も。……それとも、紐が気に入っちゃった？　気持ちいいの？」

「ち、が……っ。こ……んな、意地悪はやめてくださ……、っ……、おねが……、ですから」

「え？　何？　聞こえなかった。ごめんね？」

「……っ！」

セレディアム侯爵はブルーベルの唇を、自身の唇で塞《ふさ》いだ。セレディアム侯爵の肉厚な舌がブルーベルの咥内《こうない》を侵し、舌先で嬲《なぶ》る。

「ん……君の舌、とても甘くておいしいよ。もっと味わいたい。ほら、舌を出してごらん」

嗜虐的《しぎゃくてき》な色を覗《のぞ》かせるセレディアム侯爵の目に、ブルーベルは逆《さか》らえずに舌を出した。

その舌は彼の舌に優しく絡めとられ、味わうかのように吸われてしまう。

「んっ、んううっ……」

喘《あえ》ぎ声をもらすブルーベルの唇は、セレディアム侯爵の形のよい唇に塞《ふさ》がれていた。

脚の間に通された紐は、ブルーベルのいやらしい液でぐちょぐちょに濡《ぬ》れている。

そうして、一際大きく紐を引っ張られたとき。

敏感になっていたブルーベルは、いともたやすく達してしまった。体からはくったりと力が抜け、割れ目はビクンビクンと痙攣《けいれん》を繰り返す。

「ブルーベル。まさかとは思うけれど、紐でイッてしまったの？　仕方がない子だね」

ブルーベルの目から涙が零《こぼ》れた。それは、みっともなさからだったのか、それとも恥ずかしさゆえだったのか。

「う……ううっ……」

「泣かなくてもいいのに。快楽に正直になることは、何もおかしいことじゃないんだよ？」

セレディアム侯爵の指がブルーベルの秘裂に挟《はさ》まる紐を割りこんで、垂《た》れ流し状態になっている蜜壺《みつつぼ》の入り口をなぞった。ブルーベルは触れられただけで達しそうになり、体を強張《こわば》らせる。

「ひゃ……ぐっ……ぅ」

「ブルーベル。わかる？　ここが、早く欲しいって言っているよ。ここを大きいのでいっぱいに満たして、奥を突かれたいって」

「そんなの、言ってな……、ひゃあっ！」

セレディアム侯爵の中指が、ブルーベルの膣道へぐちゅり、と音をたてて入りこんだ。

彼はそのまま楽しげに中を掻《か》き回して、満足げに頷《うなず》く。

「あぁ、凄《すご》く熱い……。ほぐす必要がないぐらいに熟《う》れきって、指を入れただけで食いこんでくる。君のココは、私の指がよっぽどお気に入りのようだね」

膣壁《ちつへき》を指で丹念にこすられ、ブルーベルの体が逃げようとする。だが、それを許さないとばかりにセレディアム侯爵は紐《ひも》を引っ張り、淫猥《いんわい》な痛みを与え続けた。

「んう、っ、やだ、……もう、やだ……っ」

「ごめんね。こんなことをしてしまって。でもブルーベルが悪いんだよ？　意地を張るから」

彼はとても愉《たの》しそうにブルーベルを見守りながら、膣壁《ちつへき》を軽く圧迫した。そのまま指をゆっくり出し入れしてこすり上げ、ブルーベルの内側にある官能の炎を燃え上がらせる。

「だ、めぇっ……！　そこ、だめぇっ！」

「あぁ、ここがいいんだね？　わかった。もっとしてあげるからね」

セレディアム侯爵の指の動きが早くなり、それとともにブルーベルの腰も自然と揺れた。もたらされる悦楽《えつらく》に小さく体を震わせて、知らず知らずのうちに両脚で彼の手を挟《はさ》みこむ。するとそれをなだめるかのように、彼の手がブルーベルの敏感になっている柔肉をより強く刺激した。

「んく……っぅう……っ！」

もっとしてほしい、と心と体が訴えていた。ブルーベルはセレディアム侯爵にねだるように、無意識のうちに彼の脚をつま先で掻《か》く。そこではっとし、セレディアム侯爵と目が合った。彼の艶《つや》やかな笑《え》みを見て、ブルーベルは背中がぞくりとするほどの嗜虐的《しぎゃくてき》な色香《いろか》にあてられてしまう。

「なかなか誘惑が上手だね、ブルーベル」

そう耳元で囁《ささや》かれた瞬間、ブルーベルは再び果てた。膣内にある彼の指はブルーベルの中をほぐすようにゆるゆると動いて、それすらも心地よい。

「……うう……っん」

秘裂に食いこんだ紐《ひも》は、今もブルーベルに快楽を与え続ける。

「ねぇ、ブルーベル。そんな状態で私のを挿《い》れたら、君はどうなるかなぁ？」

その声にぞっとした。指を挿れられるだけでも、充分な淫楽《いんらく》が与えられたというのに。

「む、無理です……、この状態で挿れられたら、私……」

「でも、欲しいだろう？　私のが。だって、ここはまだ満足していないみたいだよ？

物欲しげに、ずっと液を垂《た》れ流してる」

未だ入ったままのセレディアム侯爵の指が、ブルーベルの膣壁をこすりあげた。

「ひゃああっ！」

膣内が動くのがわかった。ただでさえ体が熱くてたまらないというのに、感覚が鋭敏になっている膣奥でセレディアム侯爵を受け入れるなど、考えるだけでも恐ろしい。

「ブルーベル。君の中に、入ってもいいかな？　私もそろそろきついんだ」

「だ、だめ……、ぜったい、いや……ぁ」

セレディアム侯爵は紐をはずした。腕は自由になったが、紐が解《と》かれたことで花弁の内部が空気にさらされてひやりとする。

「うん、うん。わかったわかった。早く私のを挿れてほしいんだね？」

「そんなこと、言ってませ……っ！」

「ここはそう言っているよ？　媚薬《びやく》のせいだとは思うけれど、皮が剥《む》けてかなり肥大してる」

花芯を撫《な》でられた。それだけでブルーベルは大きく腰をくねらせて反応してしまう。

「あ……う、んっ！」

セレディアム侯爵が衣服を脱ぎ捨てて、ブルーベルの体へ覆《おお》いかぶさった。そうして駄々をこねる子供へ言い聞かせるかのように、耳元で優しく囁《ささや》く。

「ブルーベル、安心して。明日、私が腰をずっとさすってあげるから」

全く嬉しくなかった。ブルーベルは逃げ出したい気持ちにかられるが、体は未だに火照《ほ て》って疼《うず》きが止まらない。ずくずくと下半身が悲鳴をあげている。早く奥を突いて、満たしてほしいと。

「や……っ」

「ブルーベル、挿《い》れるよ。体から力を抜いて」

彼と体を繋《つな》げたくないのに、そのはずなのに、挿れてほしいと思っている自分がいた。

彼を体内に受け入れればどれだけの快楽が得られるのかは、もうわかっている。

「あ……っ」

セレディアム侯爵の熱く滾《たぎ》った肉茎が、中へ入ってくるのを感じた。充分に濡《ぬ》れたそこは、彼を拒むことなくすんなりと受け入れる。

「困るな、ブルーベル。そんなに急かさないで」

「え？」

ブルーベルは、何のことだろう、と不思議に思った。セレディアム侯爵は目を細めて笑っている。

「気づいていないの？　私のを銜《くわ》えて、中でこんなにも蠢動《しゅんどう》しているのに。ほら、今も動いてる」

カァッと顔が熱くなる。そう言われても、無意識なのだ。わざとやっているわけではない。

「や、いやっ、やめ……っぁん……っ」

「駄目だよ。ほら、じっとしてて。そうすれば、もっと気持ちよくなれるから」

ずん、と彼が膣奥に到着した。ブルーベルは快感のあまり身を震わせて喘《あえ》ぐ。

「ふ……っ、あぁッ！」

「締まりがよくなった……。あぁ、そうか。なるほど。今の、気持ちよかったんだ？」

「ちが……ちが……ぅんんくっ」

否定も空《むな》しく、セレディアム侯爵はブルーベルの蜜壁《みつへき》をぐちゅりとこすりあげた。ブルーベルは意思に反して押し上げられる快感をどうにかしたくて、セレディアム侯爵の背中に両腕を回して抱き着く。すると、体内にあるセレディアム侯爵の男芯がより大きくなったように感じた。そして更にブルーベルと深く繋《つな》がらんとするかのように、最奥《さいおう》を強く打ちつける。

「ブルーベル、気持ちいい？」

壊れてしまうのではないかと思うほど、激しく攻め立てられた。体は歓喜で打ち震え、むせび泣いているかのようだ。

「気持ちよく、なんて……ッ、んぅっ、……あぁっ！」

嘘だった。体は彼を求めてやまず、彼の背中を離せないでいる。もっと突き上げてドロドロにしてほしいと望んでいる。

――薬のせいよ。きっとそうよ。

だから、交わっている最中に口付けを受けても、求められるままに返してしまうのだ。

「君がそんなに喜んでくれると、私も尽くし甲斐《がい》があるな」

突き上げの速度を上げるセレディアム侯爵。それとともに寝台もぎしぎしと軋《きし》む。ブルーベルは彼の熱を逃がしたくなくて、背中へ必死にしがみついた。

「ひゃ……っ、んう……、……っ」

無我夢中だった。体の奥から湧き上がってくる衝迫《しょうはく》を抑えることができず、彼の灼熱《しゃくねつ》の杭を全身で受け止める。接合している場所はずぶずぶにふやけていた。

そうして、全身が溶けてしまうのではないかと思ったとき。

「もう……、だめぇ……っ！」

勢いを増したセレディアム侯爵の太い杭が、ブルーベルの体全体を揺するようにして加速した。何度も何度も奥に打ちつけられて、何も考えられない。

そうして一際大きく突き上げられた瞬間、ブルーベルは達してしまった。

ひくひくと膣内が痙攣《けいれん》して体から力が抜ける。だがそれを、セレディアム侯爵は許さなかった。そのままブルーベルの体へ抽挿《ちゅうそう》を繰り返して、また高みにあげようとする。

「ブルーベル。まだ早すぎるよ。私は全然満足していない」

ブルーベルは乱れたシーツを必死に掴《つか》んだ。首を振ってもう無理だと訴えるが、彼は聞き入れてはくれない。

「ッ……うあぁっ……！　やぁぁっ……っ」

容赦《ようしゃ》のない攻め。セレディアム侯爵の息も次第に荒くなってくる。

「……くっ、もっとこの中を味わい尽くしたい。君は私のものだと、隅々まで刻みつけたい」

一度果てた体が、セレディアム侯爵によって再び高められていく。ブルーベルはただ彼を受け入れることに必死で、もう何もわからない。

「ひゃ……っ、っくううぅ……、んううう！」

そうして幾度となく突き上げて、セレディアム侯爵は灼熱の滾《たぎ》りから精を放出した。

「っは……」

ブルーベルは吐き出された彼のモノを体内に感じ取って、体を仰《の》け反《ぞ》らせた。だがすぐにくたりと力を失い、ただ快楽の波に耐える。時折体が震え、思考は纏《まと》まらなかった。セレディアム侯爵のものを銜《くわ》えこんでいる蜜孔にはじんじんと余韻が残っており、膣内は燃えるように熱い。

「はぁっ、はぁっ」

ブルーベルはひどいだるさを感じた。セレディアム侯爵はブルーベルの中から己《おのれ》を取り出す。

「……ブルーベル。今日はこれぐらいにしておくよ」

「え？」

「続きは、また明日ね。それとも、まだ続ける？　君がいいって言うのなら、構わないけど」

部屋の外から、鳥の鳴き声が聞こえた。ブルーベルはまさか、と思う。

「もう、朝なんじゃ……」

「そうだね。朝だね」

夜だとばかり思っていたブルーベルは、目を丸くした。

「ウォルド様、寝ていないんじゃないですか？」

「うん。でも、全然平気だよ。君さえよければ、もう一度する元気は余裕であるよ」

それを聞いたブルーベルは頑張って体を起こすと、セレディアム侯爵の手を引いて隣へ横たわらせた。

「眠ってください」

「え？」

「私のせいでウォルド様が体調を崩されては、困りますから」

「私の体を心配してくれるの？　優しいんだね」

ブルーベルはむっとした。

「茶化《ちゃか》さないでください。私は真剣です」

セレディアム侯爵は黙ってブルーベルを見つめる。

「ウォルド様は気を悪くするかもしれませんが……。私の大好きなウォルドは体が弱くて、少しでも無理をしたらすぐに熱を出していたんです。……ウォルド様も、どうか無理はしないでください。私のためであるなら、尚更です」

ブルーベルはセレディアム侯爵の体に毛布をかけた。

「君が、大好きだよ」

「え？」

「そういう君だから、私は好きになったんだ。ねぇ、一緒に寝てくれる？」

セレディアム侯爵に手を引かれて、ブルーベルは彼の隣へ寝転んだ。一枚の毛布を分けあい、セレディアム侯爵はブルーベルの体を抱き寄せる。

「ウォルド様……」

「おやすみ、ブルーベル。君の言葉に甘えて、少し寝かせてもらうよ」

「はい」

セレディアム侯爵が目を閉じる。その顔を見たブルーベルは、奇妙な感覚に陥《おちい》った。

無防備に寝ている彼に対して、愛《いと》しさを感じていた。

だがすぐにはっとした。紐《ひも》で手を縛《しば》られ、とんでもない仕打ちを受けたことを忘れてはならない。

それでも、目の前のセレディアム侯爵の顔を見ているだけで、許してあげたくなった。

まだどこか幼さを残した無防備な寝顔。彼がいるだけで心地よく、大きな安心感に包まれる。

ブルーベルは穏やかに微笑《ほほえ》んで、彼の寝顔をしばらく眺《なが》めていた。

第七章　もう一つの約束

セレディアム侯爵と寝室を共にして以来、ブルーベルは夜毎《よごと》彼の情熱的な愛を受けることになった。彼はブルーベルを一晩中離さず、明け方まで抱くことがほとんど。その後、短い睡眠をとって仕事へ行く。対してブルーベルは一晩のうちに何度も抱かれては気を失い、昼に目を覚ますことも少なくなかった。

今まで教会で清貧《せいひん》を心掛け、規則正しい生活を送ってきたとは思えないほどに乱れきった生活。

ブルーベルは城内の礼拝堂で、神に祈りながら猛省していた。

礼拝堂の奥には石の女神像が、その手前には祭壇《さいだん》が置かれている。礼拝堂自体は十人ほどしか入れない小さな部屋だが、ブルーベルにとってはそれが逆に心地好かった。

セレディアム家、つまりセレディアム侯爵の城へ来て早一ヶ月と少し。ようやく城の中を迷わずに歩けるようになり、知り合いも増えた。城の人々は困っているとすぐに手を貸してくれる心優しい者達ばかりで、慣れない土地での暮らしも彼らに助けられて何とか送れている。

そんなブルーベルだが、もうずっとある悩みを抱《かか》えていた。それは、父のロイセルに今の状況をどう報告をすればいいのか、ということだ。セレディアム侯爵がサリアの父が抱《かか》えていた借金を肩代わりした、と言えば泡を吹いて卒倒するのは目に見えている。そのためにブルーベルが純潔を失ったと知ったら、心停止してしまうのではないかと恐ろしかった。

一方のセレディアム侯爵は、ブルーベルの父へ早く挨拶《あいさつ》に行きたいと言っているのだが、ブルーベルが先延ばしにしていた。挨拶というのは、当然ただの挨拶ではない。婚約の報告である。ブルーベルはまだ、セレディアム侯爵との結婚を覚悟できずにいた。城に来たばかりの頃とは違い、彼に惹《ひ》かれ始めている——そんな今の自分に、彼女は戸惑っているのだ。ブルーベルはもう少しだけ、気持ちを整理する時間が欲しかった。

「……そうだ。今夜はウォルド様、いないんだっけ」

王都にいる国王からの召集を受け、セレディアム侯爵は夜明け前に騎士団を伴って出かけていった。明日の夕方には戻ってくるとのことだったが、セレディアム侯爵がいる生活が当たり前になっていたブルーベルには違和感があった。なぜ違和感があるのかは、敢《あ》えて考えないようにしている。

「寂《さび》しいだなんて、全然、これっぽっちも、思っていないし。ウォルド様がいなくても平気だし。あ、あんな人、別に好きじゃないし。むしろ、嫌いだし。大嫌いだし」

丸一日会えないことを口実に、昨夜はいつも以上に激しく抱かれた。まるで性欲に際限がないかのように貪《むさぼ》るのに、自身の欲を満たすためだけに抱くことはない。よほどない限りブルーベルの意に沿わないことはしないし、回を重ねるごとに弱い部分を知られて乱される。そのせいで夜に二人きりになれば自然と脚の間が濡《ぬ》れるようになり、快楽に正直な体は先に彼に陥落《かんらく》してしまった。

だがまさかそれを認めるわけにはいかず、防衛反応で濡れているだけだとブルーベルは意固地に言い続けている。そのたびにセレディアム侯爵は呆れたように笑い、そういうことにしておくよ、と不機嫌なブルーベルを優しくなだめるのだ。

「……大嫌いよ」

悶々《もんもん》とするブルーベルの肩へ、不意に手が置かれた。か細い悲鳴を上げて振り向けば、そこには騎士のクリス・ブラウンが立っていた。セレディアム侯爵が出かける際、ブルーベルの護衛として残していったのである。城にいる限り護衛など必要ないと思うのだが、彼は『虫除《むしよ》けに』と、よくわからない理由を言っていた。そのためブルーベルは、シルヴァスタ地方には危険な虫でもいるのだろうかとやや怯《おび》えている。

「ごめんね、驚かせちゃって」

クリスは明るい声で言い、ウィンクをしてみせた。

「いえ。クリス様、どうかされましたか？」

「もう日が暮れてきたし、そろそろお部屋に戻らない？　ここ、夜になると冷《ひ》えるから」

ブルーベルは礼拝堂に並べられている木製の椅子には座らず、床に両膝をつけてお祈りをしていた。石造りの床は、ほんのわずかな時間接していただけでも、ブルーベルの体温を奪ってしまう。

「そうですね。お気遣い感謝します」

クリスと一緒に礼拝堂を出ると、廊下の蝋《ろう》に火を灯《とも》して歩く侍女の姿が目に入った。

シルバーフレイム城は夜になると、蝋燭《ろうそく》の明かりなしでは歩けないほどに暗くなる。

「ウォルド様は、無事に王城へ到着したでしょうか」

ふと口を突いて出た言葉に、クリスはにやにやした。

「何。気になるの？　そうだよね、気になるよね。未来の旦那様だし」

「ちがっ、気にしていませんっ。ちょっと、思い出しただけです」

「でも今日はずっと、上《うわ》の空だよね。ウォルド様に会えなくて、寂《さび》しい？」

「寂しくなんてありません」

「強がっちゃって。ウォルド様のこと、嫌い？」

嫌い、となぜか即答できなかった。不自由のない暮らしをさせてもらい、惜《お》しみない愛の言葉を告げられ、大切にされている。シルバーフレイム城の庭園で何度もデートをしたし、東屋《あずまや》で一緒にハーブティーを飲んだこともある。

「ウォルド様のこと、好きになった？」

「……ほんの少し、情が移ってしまっただけです」

「ふーん」

クリスは口元の笑《え》みを隠す気はないようだった。ブルーベルは彼の視線にいたたまれなくなって、俯《うつむ》いてしまう。そのまま無言で歩いて大階段へ差し掛かったとき、アルテミラと会った。彼女の手には手紙があり、ちょうどよかったと近づいてくる。

「ブルーベル様宛にお手紙が届いています」

「私に？」

誰からだろう、と首を傾《かし》げつつブルーベルは手紙を受け取った。巻かれた羊皮紙《ようひし》は、紐《ひも》で結ばれて封蝋《ふうろう》が押されている。そこに記された差出人はブルーベルが暮らしていた教会。

なぜ教会が手紙を送ってきたのか。ブルーベルは不思議に思いつつ、アルテミラに礼を告げる。

「アルテミラ様、ありがとうございます」

礼に応《こた》えるように、アルテミラは可憐な笑《え》みを浮かべた。

「部屋へお戻りになるのですか？　私も付き添います」

「いいんですか？」

「はい」

クリスとアルテミラと一緒に、二階にある部屋へと戻った。普段はブルーベルの部屋に入らないクリスも、護衛の命令を受けているため室内に入り、扉のそばに控えている。

アルテミラはクリスのことは気に留めずに振る舞うと、ナイフをブルーベルに手渡した。

ブルーベルはそれで手紙の封を切り、紐《ひも》を解《と》く。そして羊皮紙《ようひし》を開いて、手紙を読み始める。

読み進めるにつれて、ブルーベルの顔色がみるみる青ざめた。手紙を持つ手が震え、最後まで読み終わる前に目の前が真っ暗になる。

「ブルーベル様っ」

不意に、アルテミラの腕に抱きとめられた。クリスがすぐにブルーベルへ駆け寄り、アルテミラと一緒にソファーまで運ぶ。気絶しそうになったブルーベルだが、何とか持ち直した。

「……ありがとうございます」

アルテミラはブルーベルの真っ青になった顔色を心配した。

「それより、手紙には一体何と書かれていたのです？」

じわり、と目に涙が浮かぶ。

「私のパパが……、父が倒れたと、教会の方が報《しら》せてくれたんです。至急、家へ戻りなさいって」

「まぁ！」

「パパのところへ、戻らないと」

ブルーベルは後悔した。娘が戻らないことで、父が心を磨《す》り減らさないはずがない。きっと、そのせいで倒れてしまったのだ。元々精神が強い人でないことはわかっていたのに、なぜ気が回らなかったのか。ブルーベルは、まだぐらつく頭で立ち上がろうとした。それをアルテミラに止められる。

「ブルーベル様、明日には当主様が戻ります。それまで待って、村へ戻ったほうがいいでしょう」

セレディアム侯爵が戻ってくるのは、明日の夕方。とてもではないが、待てない。

「待てません、一人で戻ります。ウォルド様を待っている間に、パパに何かあったら……」

そのときは、絶対に自分を許せない。だがアルテミラは尚も止める。

「もうすぐ夜です。今この城を出ていっては危険です」

「引き止めないでくださいっ」

「ブルーベル様、死にますよっ！」

ブルーベルは一瞬、何を言われたのかわからなかった。なぜ自分が死ぬことになるのか。

「ブルーベル様。以前、私は申しました。一人でこの城を出ないでくださいと」

そういえば、この城に来たばかりの頃、確かにアルテミラに言われた。

『……くれぐれも、一人で外に出ないでください。命を落とすことになりますので』と。

「……今までは当たったとしても、次も当たるかどうかはわかりませんっ！」

「いけません。縄で縛《しば》ってでも、私は止めます」

「だって、早く、行かないと。至急戻ってこいだなんて、相当……」

ブルーベルは混乱する頭で必死に考えた。

自分の命を危険に晒《さら》してでも、今すぐ父に会いにいきたい。こうしている間にも、父の容体が悪化しているかもしれないのだ。

「俺がブルーベル姫を連れていく」

そう言ったのはクリスだった。ブルーベルは顔を上げて、彼を見る。

「クリス様……」

「俺が全責任をとる。だが、今すぐじゃない。夜が明けてからだ。ミルフィス村までは遠いし、夜はさすがに危険すぎる。要は、一人で城を出なければいいんだろう？」

ブルーベルの目から涙が零《こぼ》れた。

「クリス様、ありがとうございます」

クリスは屈《かが》んでブルーベルと目線を合わせる。そして真剣に言う。

「お辛《つら》いでしょうが、今しばらく耐えてください。夜が明ければ、必ずあなたを村まで送り届けます」

「はい」

アルテミラはブルーベルの横に腰かけると、強く抱きしめた。

「大丈夫ですよ、ブルーベル様。お父様は無事です。だから、気を強く持ってください」

ブルーベルは励ましを受けて頷《うなず》いたが、不安で体の震えが止まらなかった。


夜明け前。

「ブルーベル様。さ、こちらへ。クリスはすでに外で待機しています」

「はい」

黒い外套《がいとう》を羽織《はお》ったブルーベルは、アルテミラとともに城の出口へ向かっていた。長くて大きな回廊に響く、二人分の靴音。

「当主様がお戻りになったら、すぐに私も当主様と一緒にブルーベル様を追います。それまでは、くれぐれも無茶をしてはいけませんよ。いいですね？」

「わかりました」

城の外へ出ると冷気を纏《まと》った風が鼻の奥を刺激し、身が震える。東の空を見れば、わずかに明《あか》らんできていた。

クリスは白い馬の手綱《たづな》を持って門前に立っている。城壁の扉は開かれており、橋が堀《モート》の外に架かっていた。アルテミラはブルーベルの手を引いて、クリスの許《もと》まで急ぎ足で連れていく。

「クリス。ブルーベル様のこと、お願いしますよ」

クリスは頷《うなず》いた。

「わかっています」

ブルーベルはクリスに支えてもらいながら、先に馬に跨《またが》った。クリスもブルーベルの背後に乗ると、ブルーベルを守るように両側から腕を伸ばして手綱を握る。

「ブルーベル姫。落ちないように気をつけて」

「はい」

アルテミラに見送られて、ブルーベルとクリスは出発した。朝もやが広がる平原に伸びた、なだらかな道を行く。馬の地を蹴る足音が響く。左手側からは朝日が昇り始めていた。

ブルーベルは、ただ一心に父のことを祈った。どうか無事であってほしい、と。

「ごめんね、ブルーベル姫。できる限り急ぐから」

身勝手な願いを聞き入れてくれた親切な騎士が声をかける。

「クリス様、巻きこんでごめんなさい」

「謝らないで。ウォルド様は、絶対に同じことをするだろうから」

ブルーベルもそう思った。一ヶ月と少ししか一緒にいないが、彼が誠実なことはもうわかっていた。ブルーベルが困っているときには、手を差し伸べてくれるであろうことも。

そうして、どれほどの距離を進んだのか。ちょうど太陽が中天に差し掛かるころ、白い森の手前でクリスは馬を止めた。道の冠水が行く手を阻《はば》んでいた。

「この道は無理だな」

「そんな……、どうしてここだけ」

「この一帯に大雨が降ったのかもしれない。ここが冠水地帯だなんて、聞いたことないけれど」

道にだけ水が溜まっていて、馬でも徒歩でも先に進むのは難しい。

「ミルフィスの村へ戻るには、この道しかないんですか？」

「あぁ。あとは、迂回《うかい》するか……」

迂回。そんなことをする余裕はあるのか。今、父のロイセルはどんな状態なのか、見当もつかないというのに。手紙が届くまでだって、時間がかかっている。

ブルーベルは白い森へ視線を走らせて、以前クリスに教えてもらったことを思い出した。

『この白い森を突っ切れば、君の故郷のグリンスフィン地方への近道になるのだけれど』

彼は、そう言っていた。

「クリス様。この森を抜けることができれば、私の村が近いと言っていましたよね」

クリスがぎょっとした。

「確かに言ったけれど、森を抜けるのは無理だよ。下手したら、本当に迷ってしまうから」

「お願いします、森を抜けてください。無茶を言っているのは承知しています。でもどうかっ」

クリスは苦い顔でしばし逡巡《しゅんじゅん》した後、覚悟を決めた。

「わかった。行こう」

クリスは馬の手綱《たづな》を握り直すと、どこが果てともわからぬ広大な白い森の中へ慎重に入っていった。あまりに静かなそこは木々と土の匂いで満ちており、強い湿気を肌で感じる。

──きっともうすぐ。待っていて、パパ。

父の身を案じていると、奇妙な音が聞こえてきた。背後から響く、地面を踏む音。

真っ先に異変を察知したのは、クリスだった。

「な！」

叫ぶやいなや、クリスが馬を走らせる。ブルーベルは突然のことに驚く。

「クリス様っ？」

「しっかり掴《つか》まってて！」

ブルーベルは鞍《くら》を強く握った。クリスが気にしているのは後方。クリスの身体でブルーベルは見ることができないが、何かに追いかけられているようだ。

「どうしたんですか」

「熊だ。こっちに向かって走ってきている」

「熊っ？」

馬を全速力で走らせているのに、徐々に熊の足音が大きくなり、距離が狭まっているとわかる。馬は出立《しゅったつ》してからかなりの距離を進んできた上に、二人を乗せて走っている。疲労していて当然だ。

だがそれを差し引いても、熊の走る速度は異様に速い。

聞こえてくる獣《けもの》の息遣いに焦りが高まり、連なる木々の格子がもどかしい。

気づけば、巨躯《きょく》の獣に追いつかれてしまった。

クリスはブルーベルに手綱《たづな》を握らせる。

「ブルーベル姫、手綱を持って馬を走らせ続けてください。俺はここで奴を食い止めます」

「そんな、無茶です、クリス様っ」

ブルーベルが背後を振り返ったとき、クリスの穏やかな笑み《え》が見えた。

「ウォルド様を幸せにしてやってほしい。それができるのは、君だけだから」

そう告げて、クリスは柔らかそうな低木を目がけて落下した。低木で衝撃を柔らげて芝生《しばふ》と苔が生い茂《おしげ》る地面に転がり、すぐに身を起こす。ぬかるんだ土壌も、彼に痛みを与えなかったようだ。

「クリス様！」

「行って！」

クリスの姿はみるみる遠ざかった。ブルーベルは馬の手綱をしっかりと握ったまま、どうすることもできない。何せ、馬の背に乗せてもらうのも初めてだった。走る馬の止め方など知らない。振り落とされぬようにしがみ付くだけで精一杯だ。それでも、クリスを見捨ててはいけなかった。ブルーベルは馬を止めようと手綱を引くが、うまくいかない。

そのうちに、クリスの姿が見えなくなってしまった。

ブルーベルはいっそのこと馬上から飛び降りようかと考えて、即座に打ち消す。クリスは普段の鍛錬《たんれん》と、彼が持つ身体能力があったからこそ疾走する馬から飛び降りても平気だったのだ。ブルーベルが同じことをしたところで、大怪我をするのは目に見えている。

「誰か、クリス様を助けて」

そう願ったとき、何かが駆けてくる音がした。

左右を見ると、そこには馬に跨《また》がった二人の人物がいた。二人とも顔を隠すように暗黒色《あんこくしょく》の布を巻きつけており、体格から男性とわかる。彼らはブルーベルが乗っている馬と並走するように両隣にぴったりと走り、左側の男がブルーベルが握っている手綱を奪った。手綱《たづな》を引いて馬をゆっくりと停止させると、男達の馬も同様に止まる。ブルーベルはすぐさまクリスの助けを求めようとしたが、それはできなかった。

なぜなら、森の奥から見知った人物が覆面《ふくめん》の男達を背後に従えて現れたからだ。馬に乗った彼らは、物々《ものもの》しい雰囲気を纏《まと》っていた。

「ブルーベル。久しぶりだな」

いるはずのない人物を目にしたブルーベルは、完全に凍《こお》りついた。なぜ、ここに彼がいるのか。

「コルトナー男爵……」

継母《ままはは》であるサリアの父、ブルーベルの血の繋《つな》がらない祖父《そふ》にあたるルイス・コルトナーがそこにいた。ブルーベルは夢か幻《まぼろし》でも見ているのだろうか、と我が目を疑う。しかし、ブルーベルは左右の男達によって強引に馬上から引きずり降ろされて、これは現実だと実感した。そして無理やり地面に両膝をつかされる。

「この一帯を張っていてよかったよ。ミルフィス村への最短経路が、水没していたからな。きっと森を通ると思っていた。おかげで、お前を楽に捕らえることができた」

ブルーベルは混乱したまま、コルトナー男爵を見上げた。

「どうしてあなたが、ここにいるんですか」

「どうして、とは薄情な。せっかくこうして、孫娘を迎えにきたというのに。ロイセルが倒れたことは一夜にしてミルフィス村全体に広まったからな。私の耳にもすぐに届いたよ。だから、お前が村へ戻ることは見当がついていた。さぁ、私と一緒に行こうじゃないか」

「あなたと一緒に?」

「そうだよ。噂によれば、お前はセレディアム侯爵家との縁談は望んでいないのだろう?だから、私が新たな嫁《とつ》ぎ先を見つけてやろう」

「どこからそんな噂を……」

「ロイセルが言っていたそうだよ。ブルーベルが望まぬ結婚をすることになった、と」

「セレディアム侯爵との縁談は、元々はあなたの借金のためじゃないですかっ。せっかくウォルド様が借金を肩代わりしてくれたのに、その恩を仇《あだ》で返すなんて」

「セレディアム侯爵が勝手に、借金を帳消しにしてやる、と言ってきたんだ。私が頼んだわけじゃない。それに、お前に利用価値があるとわかっていれば、売ったりはしなかった」

　横暴な言い分に、ブルーベルは辟易《へきえき》した。

「サリア様は、このことをご存知なのですか」

「あいつならば今頃、恋人と一緒だろう。侯爵から貰った手切れ金を持って、出ていったよ。ロイセルと別れることができて、大喜びしていたからな」

「別れることができて？」

「私の選んだ男が悪かったせいで、サリアには随分《ずいぶん》と苦労をかけてしまった。それもこれも、無能なロイセルのせいだ。あいつはもう少しマシだと思ったんだがな。お前がセレディアム家へ行く前も、羊の半分を売ってこの私に借金の足しにと金を渡してきたが、あんな端《はし》た金《がね》。冗談じゃない。だから言ってやったんだよ。羊を全て売り払った三倍の金を持ってこいとな！」

大仰《おおぎょう》な身振りで告げられた言葉に、ブルーベルは目を見開いた。大切に育てていた羊を父が売ったとは知らなかった。家が立ち行かなくなったのは牧羊事業がうまくいっていないこととサリアの散財のせいだと思っていたが、それよりももっと大きな元凶があったことに愕然《がくぜん》とする。

「ひどい……っ」

「期待を裏切ったあの男の娘であるお前には、サリアとこの私に償《つぐな》う責務がある。……若い娘、それも王族の血を引いているとなれば、貰い手はいくらでもあるだろう。若い娘を壊れるまで犯し続ける変態だと有名な貴族のもとへ嫁《とつ》がせれば、さぞや面白いだろうなぁ。なんだったら、今ここにいる男達にお前を犯させてもいい。どうせ処女ではないのだろう？　ならず者たちに強姦されたとなれば、嫁ぎ先で生娘《きむすめ》でないことも言い訳できる」

「何を言って……。気でも触れましたか」

「セレディアム侯爵がいないことは、すでに確認済みだ。だから、今ここにお前を助けに来る者は誰もいない。……付き添いの男を始末しようと思っていたが、何を思ったか熊を相手に戦っているようだしな。今頃、熊のエサにでもなっているだろう」

「知っていて、見殺しにしたんですか？」

「愚《おろ》か者が。熊と真正面から戦って、勝てるわけがないだろう。そして、見殺しにしたのはお前も同じだ、ブルーベル。男を置いて、馬に乗って逃げてきたのだから」

何も言い返せなかった。クリスを置いてきたのは事実だからだ。

「私は、あなたの思い通りにはなりません」

「ほう。ならば、思い通りになるように、自分の立場というものをわからせてやろうか」

ブルーベルは左右の男達によって、頭を地面へ押しつけられた。コルトナー男爵は馬から降りると、腰に携《たずさ》えていた剣を鞘《さや》から引き抜く。そして、ブルーベルの右頬へと当てた。

「……っ」

「他の男達に犯された後でも、セレディアム侯爵はお前をそばに置いてくれるかな?」

ブルーベルの脳裏《のうり》に、セレディアム侯爵の顔が浮かんだ。

彼ならば、傷つけられた自分も大切にしてくれるだろう。迷うことなくそう思う。

だが、どうして彼をそこまで信じられるのかは、自分でもよくわからなかった。

彼に強引に唇を奪われたり、純潔を散らされたり、ひどいことを散々されてきたというのに。

そう――ひどいことをされてきたと、わかっている。

初めは彼に振り回されたり、意地悪をされて嫌だったのだ。

けれどもブルーベルは、それだけではないことをもうすでに知ってしまった。

彼が優しくて、甘やかすのが上手で、どこか素直じゃないことを。

そして何より、ブルーベルのことを一途《いちず》に心から愛してくれている。

全て、全てわかっているのだ。

「あぁ、私は……」

無意識のうちに、自分の中に生まれた気持ちを自覚しないようにしていたが、もう認めないわけにはいかなかった。

だが自覚してしまった今、自嘲《じちょう》せずにはいられない。

「何を笑っている、ブルーベル」

コルトナー男爵が不快そうにした。ブルーベルは男達に頭を押さえられながらも、顔を上げる。

「コルトナー男爵。私は、たとえあなたに顔を切り刻まれようとも、耳や鼻を削がれようとも、目をくり抜かれようとも、屈《くっ》しません。あなたの思い通りになんて、絶対にならない！」

はっきりと言い切ると、コルトナー男爵は怒りで顔を真っ赤に染める。

「なんだ、その口の利き方はっ」

ブルーベルはコルトナー男爵から目を逸《そ》らさず、絶対に怯《おび》えまいと睨《にら》み返した。

「あなたの思い通りになるぐらいなら、死んだほうがマシだわ」

「そうか。ならばその願い、今ここで私が叶えてやる。死んであの世で後悔するがいい！」

憤怒《ふんぬ》の表情でコルトナー男爵が剣を振り上げた。

ブルーベルは目をぎゅっと閉じ、死を覚悟する。

彼《か》の人の名を、心の中で想いながら。

だが――

「ぎゃあっ」

まるで焼き鏝《ごて》を当てられたかのような悲鳴が上がった。ブルーベルは何事かと瞼《まぶた》を開く。するとコルトナー男爵が、黒い狼に左腕を噛みつかれていた。覆面《ふくめん》の男達の様子もおかしく、剣を抜いて周りを見ている。ブルーベルも、すぐさま彼らの視線の先を追った。そして、男達の様子が一変した理由を知る。

「なんてこと……」

いつの間に現れたのか、無数の黒い狼達に取り囲まれていた。ブルーベルも青ざめて、声を失う。ただでさえコルトナー男爵に捕らえられて状況が悪いというのに、その上狼に包囲されるとは運が悪すぎる。しかも、黒い狼達は体勢を低くして獰猛《どうもう》な唸《うな》り声を上げており、いつ飛びかかってきてもおかしくない。

コルトナー男爵は腕を振り回し、黒い狼を何とか振り払った。裂けた左腕の袖の下は深紅に染まり、ぼとりぼとりと鮮血が地面に落ちる。

「何でこんなところに狼が。くそっ、お前、一緒に来いっ」

コルトナー男爵はブルーベルの髪を掴《つか》んで無理やり立ち上がらせると、自身の馬へ乗せようとする。ぶちぶちと髪の毛が千切れる音に構わず、ブルーベルは両脚を踏ん張って抵抗した。

「いやっ、放してっ」

「生意気なっ」

コルトナー男爵は苛立《いらだ》ち、ブルーベルの頭を殴りつけようとする。その動きに、ブルーベルは咄嗟《とっさ》に身を竦《すく》めた。

だがその刹那、一本の矢がコルトナー男爵の左肩に刺さる。男爵は地面に倒れ、悶絶《もんぜつ》した。

「ブルーベル！」

黒い馬に跨《また》がった人物が、大勢の騎士を伴って現れた。ブルーベルの目に涙が浮かぶ。

「ウォルド様……？」

紛《まぎ》れもなく、セレディアム侯爵だった。

なぜ彼がここにいるのか。ブルーベルは混乱の中、安堵に気が緩《ゆる》む。

セレディアム侯爵は手に弓を握っていて、馬上からコルトナー男爵を攻撃したようだった。そうしてそれが合図だったかのように、周囲にいた黒い狼達が一斉に覆面の男達へ向かって攻撃を仕掛けた。鋭く尖《とが》った牙《きば》、獲物を引き裂く爪。それらが全て、コルトナー男爵が引き連れてきた男達へ向かう。これに数人が馬に乗って逃げていった。セレディアム侯爵は騎士達に確保の指示を出す。

「追え！　一人も逃がすな！」

騎士達はすぐさま馬を走らせる。

コルトナー男爵は血走った目で自《みずか》らの左肩に刺さった矢を抜くと、顔を赤くしながら立ち上がる。

「おのれぇえっ！　若造がっ。誰か、あいつらを殺せ！　金は倍、いや、三倍払ってやる！」

コルトナー男爵が大声で叫ぶと、わずかに残った覆面《ふくめん》の男達がセレディアム侯爵へ向かって走っていった。そのまま、セレディアム侯爵の騎士達と混戦状態になってしまう。

「ウォルド様っ」

ブルーベルはセレディアム侯爵に駆け寄ろうとした。だが強く腕を掴《つか》まれ、引きずり倒される。

「どこへ行くつもりだ」

地面へ倒れたブルーベルは、コルトナー男爵のあまりに冷《ひ》ややかな声にゾッとした。

男爵は殺気立った形相《ぎょうそう》で、剣を手にしたままブルーベルを見下ろしている。

セレディアム侯爵は馬から降りると、コルトナー男爵を睨《にら》んだ。

「今すぐ、その汚い手をブルーベルから離せ！」

コルトナー男爵は喉を鳴らしながら愉快そうに嗤《わら》った。まるで壊れた人形のようなその様《さま》は、異様としか思えない。

「ならば容赦《ようしゃ》はしない」

「断る、と言ったら？」

セレディアム侯爵もまた、腰に携《たずさ》えた鞘《さや》から白銀の剣を抜いた。

「では勝負をしよう。貴様は、後々私の邪魔をしそうだからな。今ここで消してやる」

コルトナー男爵が騎馬戦で常勝無敗の戦歴を持っていることを思い出して、ブルーベルははっと身を起こした。コルトナー男爵が男爵の地位を授かることができたのも、その功績があったからこそ。ブルーベルが生まれる前の話だが、それでも彼が戦い慣れていることに変わりはない。

セレディアム侯爵の剣を抜く所作《しょさ》は慣れた様子だったが、彼の強さは知らない。いくら手負《てお》いといえども、コルトナー男爵と戦って勝てるかどうか――

「ウォルド様っ、私のことはいいですから、戦わないでくださいっ、危険です！　コルトナー男爵は騎馬戦で、一度も負けたことがないほどに強いんです！」

叫ぶブルーベルに、セレディアム侯爵は安心させるかのように微笑《ほほえ》んだ。

「ブルーベル。覚えていない？　私は君と約束をしたはずだよ」

「約束……？」

「そう。君を守れるぐらいに、必ず強くなるって」

ブルーベルは一体いつのことだろう、と困惑する。彼がそのような発言をしたことがあっただろうか。そのとき脳裏《のうり》に浮かんだのは、セレディアム侯爵ではなく、もう一人のウォルドが告げた言葉。

『君を守れるぐらいに必ず強くなるって約束する』

頭の中で、セレディアム侯爵の声とウォルドの声が重なった気がした。

「ウォルド様っ」

ブルーベルの呼び声が合図だったかのように、コルトナー男爵とセレディアム侯爵は走り寄り、互いの剣を交差させた。

「ふんっ、若造が。この私に勝てると思っているのか。笑わせるな！」

負傷しているとは思えぬほど、コルトナー男爵は強かった。セレディアム侯爵の剣を弾《はじ》き返し、少しも反撃の隙を与えない。

ブルーベルは両手で口元を覆《おお》って、二人の死闘をじっと見つめていた。

本当は怖くて、視線を逸《そ》らしたくてたまらない。

だが、それはできなかった。セレディアム侯爵は、自分を助けるために戦ってくれている。そうだとわかっていて、どうして彼から目を逸らすことができようか。

「どうか、神様、ウォルド様を守って……っ」

ブルーベルが震えながら祈っている間も、二人は押しては引いてを繰り返し、牽制《けんせい》しあう。

周囲にいた者達も次第に二人に注目し、固唾《かたず》を呑んで見守り始めていた。

鈍く重たい剣戟《けんげき》の音が幾度も重ねられ、セレディアム侯爵とコルトナー男爵は相手がつくる一瞬の油断を狙う。両名の気迫は恐ろしいほどに張りつめて、誰も立ち入ることは許されぬ領域と化していた。

一見して、双方の能力に優劣はない。

俊敏さと力があるセレディアム侯爵と、戦いの経験が豊富で技量のあるコルトナー男爵。

両者は致命傷になりえる攻撃を相手に繰り出し、互いに譲らない。

正に、どちらが勝ってもおかしくはない状況――そう見えた。

「甘いわっ！」

瞬《また》く間《ま》の出来事だった。セレディアム侯爵が剣での押し合いに負けて、白樺《しらかば》の木へ追いこまれた。コルトナー男爵は勝った、とばかりにセレディアム侯爵にとどめを刺そうとする。

空気を引き裂く音とともに繰り出される、強烈な死への攻撃。

受ければ確実に助からぬことがわかる、その一閃《いっせん》。

誰もがセレディアム侯爵は助からないと予感する中で——

ブルーベルは、彼を信じていた。

「ウォルド様っ！　避《よ》けてっ！」

その声に呼応するかのように、セレディアム侯爵はコルトナー男爵の攻撃をかわす。男爵の剣は白樺《しらかば》の幹に突き刺さり、抜けなくなる。セレディアム侯爵はすかさずコルトナー男爵の右腕を掴《つか》むと、足を引っかけた。コルトナー男爵は見事に宙を舞い、背中から落ちるようにして地面に倒れる。

「……っ！　卑怯者《ひきょうもの》めっ」

セレディアム侯爵はコルトナー男爵の喉元へ、剣先を突きつけた。

「あなたの口から卑怯が語られるとは、片腹痛いな。それにこれは、騎馬戦ではない。殺すか殺されるかの、命を懸けた戦いだ」

「このっ、蛮族めがっ」

「我がシルヴァスタはノウスリア国との戦争を繰り返し、近年まで血なまぐさい歴史を辿ってきた。そして、いつあるかもわからぬノウスリア国の侵略に備えて、今もこうして国境の守護をしている。……あなたのようにごっこ遊びの貴族生活に浸っていられるほど、我々は甘い日々を送ってはいない。それに、弱者を虐《しいた》げるあなたこそ、貴族精神を冒涜《ぼうとく》している！」

「うるさい、黙れ！」

「あなたが金で雇った輩《やから》も大方捕らえ、すでに決着はついた。……ブルーベルに手荒な真似をしたことは本当は私の手で断罪したいが、あなたのことはしかるべき場所で裁《さば》いてもらう」

コルトナー男爵は剣を向けられているにもかかわらず、セレディアム侯爵へ襲いかかろうとした。

だが起き上がった直後、コルトナー男爵の後頭部に颯爽《さっそう》と現れた人物が蹴りを入れた。

コルトナー男爵はそのまま顔から地面へ突っこむようにして伏せ、気絶する。

「しつこい男は女の子に嫌われるよ」

クリスだった。それまで黙って様子を見ていたブルーベルは、目を見開く。

「クリス様！」

熊と戦うために馬上から飛び降りたというのに、彼は元気そうにブルーベルに左手を振った。ブルーベルは、彼の生還に驚き、喜ぶ。

「ブルーベル姫、心配をかけてごめんねー。アルテミラ様から貰った猛獣除《もうじゅうよ》けの薬を放ったら、すぐに熊は逃げていったよ！」

明るく顛末《てんまつ》を語られ、とにかくほっとした。同時に、彼が何の勝算もなく馬から飛び降りたわけではないのだと知り、改めて尊敬する。

と、そこでセレディアム侯爵がブルーベルへと駆け寄ってくることに気がついた。ブルーベルはあわてて立ち上がったが、大きくよろけてしまう。そこをセレディアム侯爵がすかさず支えた。

「ブルーベル、怪我は？　痛いところはない？」

そう心配の声をかけながら、セレディアム侯爵はブルーベルを強く抱きしめた。ブルーベルは彼に身を預けて頷《うなず》く。

「わ、私は無事です」

「怖かっただろう。可哀想に。こんなに震えて」

言われて、ブルーベルは体の震えが止まっていないことに気づいた。さらに緊張感から解放されて、涙が溢《あふ》れ出す。

「うぉるど、さま……っ」

セレディアム侯爵がブルーベルの頭を撫《な》でた。ブルーベルはその心地よさに甘える。

「怖かったね。もう大丈夫だよ、私が来たから」

ブルーベルは泣きながら頷《うなず》いた。

確かに、先ほどまでとても怖かった。だがそれは、自分が死ぬ恐怖ではない。彼が死んでしまうのではないかという恐怖で怯《おび》えていたのだ。

ブルーベルはセレディアム侯爵の腕の中で、彼が無事で本当によかったと神に感謝する。

そんな二人の許《もと》へ、クリスがやってきた。その様子は重々しい。

「当主様。勝手なことをしてしまい、申し訳ありませんでした。ブルーベル様を危険に晒《さら》した全ての責任は、私にあります」

その謝罪に、ブルーベルは首を振って、セレディアム侯爵の腕に縋《すが》る。

「違うんです。私が無理を言ったんです。クリス様は悪くありません。だから責任は私にっ」

遮《さえぎ》るように、セレディアム侯爵はブルーベルの額に口付けを落とした。

「君がクリスを庇《かば》うのは、面白くない。クリスに惚れてしまった？」

「バッ、バカなことを言わないでくださいっ！　私が好きなのはウォルドさ……っ」

ブルーベルは言いかけて、すぐに口を閉じた。一体今、誰の名を口にしようとしたのか。

「好きなのは、誰？」

セレディアム侯爵の穏やかな問いに、答えられなかった。耐えきれなくて彼の体を押し返す。その際に指先に当たったものを地面に落としてしまう。

「あ、ごめんなさい」

ブルーベルはすぐに身を屈《かが》めて、それを拾い上げようとした。だが持ち上げる前にそれが何かに気づき、注視する。

白い小さな袋。

それはどう見ても、ブルーベルが持っている匂い袋と同じ物。以前セレディアム侯爵の部屋で見たときは、近くで確認できずに疑問で終わっていた。ブルーベルは小さな白い袋を拾い上げると、自分がいつも持っているものと比較しようとする。だがそれより早く、セレディアム侯爵がブルーベルの手から掬《すく》い取った。

「拾ってくれてありがとう」

「い、いえ……、落としてしまって、すみませんでした」

なぜだかわからないが、異様に気まずい空気になる。いたたまれずにブルーベルがセレディアム侯爵からクリスへ視線を逸《そ》らすと、彼の右手に包帯が巻かれていることに気づいて悲鳴を上げた。

「クリス様っ、そのお怪我は……」

クリスは袖の下から覗《のぞ》く右手の包帯をちらりと見て、照れ笑いをした。

「いやぁ、馬からかっこよく飛び降りたものの、右手を痛めちゃってね」

ブルーベルはクリスが馬上から飛び降りたときのことを思い出して、自責の念にかられた。彼が怪我をしたのは自分のせいだ。

「私のせいで、ごめんなさい」

「いや、ブルーベル姫のせいじゃないよ。俺の注意が足りなかったんだ。君は何も悪くない」

セレディアム侯爵はクリスの右腕を軽く叩いた。クリスは悲鳴を何とか堪《こら》える。

「そのまま腕がもげればよかったのに。なんだったら、今この場でお前の腕を切り落とそうか」

「すみません……」

クリスはうなだれたまま言い訳をしなかった。その様子に、セレディアム侯爵は真顔で言う。

「お前も無事でよかった。あと少し到着が遅れていたら、私は大切な宝物を二つも失うところだった」

「当主様……」

「あと、アルテミラが同行してくれてよかったよ。すぐにお前の怪我を手当てできた」

セレディアム侯爵が向けた視線の先を追うと、白い馬の手綱《たづな》を引くアルテミラがいた。

彼女の周囲には黒い狼達が集《つど》っており、嬉しそうに尾を振っている。

それは、とても不思議な光景だった。

つい先ほどまで獰猛《どうもう》な唸《うな》り声をあげていた黒い狼達が、アルテミラにじゃれついている。中にはひっくり返って、お腹を見せているものまでいる。

「御無事で何よりでした、ブルーベル様」

アルテミラが合流した。

ブルーベルはアルテミラの言葉に小さく頷《うなず》きつつ、彼女の足元ではしゃいでいる黒い狼達から目が離せない。

「アルテミラ様、その狼達は……」

「ブルーベル様達を探すのに、力を貸してもらったんです。この森にすんでいる子達なんですよ」

「アルテミラ様が飼ってるんですか？」

「いいえ、野生ですよ」

それにしては、随分《ずいぶん》とアルテミラに懐いているようだった。

セレディアム侯爵は目を細めて、ブルーベルが新たに質問をしようとするのを遮《さえぎ》るように手を引く。

「ブルーベル。お父様が倒れたそうだね」

「は、はい。そうなんです。教会からお手紙が届いて……」

「すぐにお父様のところへ行こう。私の馬に乗って。クリスはアルテミラにもう一度怪我の具合を診《み》てもらってから、城へ戻れ。急いでいたから、応急処置しかしていないだろう」

クリスは辛《つら》そうに唇を噛んだ。

「申し訳ありません、当主様。不甲斐《ふがい》なくて」

「お前のことは頼りにしているんだから、しっかり怪我を治せ。あと、輩《やから》のことも任《まか》せたぞ」

「はい」

ブルーベルは罪悪感でいっぱいだった。

「ごめんなさい、クリス様」

クリスは笑った。

「こんなの怪我に入らないから気にしないで。……君のほうこそ無事で本当によかった。

君に何かあったら、俺は絶対に自分を許せなかったから」

「クリス様……」

「早く、お父様のところへ行ってあげて」

クリスの言葉に、ブルーベルは素直に頷《うなず》いた。

セレディアム侯爵と一緒の馬に乗ったブルーベルは、自分でも驚くほどに安心感に包まれていた。

もう覚えてしまったセレディアム侯爵の匂いと体温。

「今日の夕方に、シルバーフレイム城へ戻ってくると思っていました」

そんな呟《つぶや》きに、セレディアム侯爵は苦笑した。

「君に早く会いたくて、王城に一泊せずに戻ってきたんだ。一晩中馬を走らせて城へ着いたら、君はクリスとミルフィス村へ向かったと聞かされてね。とても驚いた」

「勝手なことをして、ごめんなさい」

「お父様が倒れたんだ。村へ戻るのは当然だよ。君が辛《つら》いときに隣にいられなくて、ごめんね」

「いいえ、ウォルド様。そのお気持ちだけで充分です。こうして駆けつけてきてくれたばかりか、命を助けてくれたことを感謝しています」

「命を助けるなんて、当然だよ。君は私にとって、世界で一番大事な女の子なんだから」

その言葉に、ブルーベルは先ほどのことを思い出した。

『ブルーベル。覚えていない？　私は君と約束したはずだよ』

そう言った彼。

『君を守れるぐらいに、必ず強くなるって』

ブルーベルの記憶が正しければ、セレディアム侯爵と約束をした覚えはない。だとすれば、彼は一体いつのことを指しているのか。

ブルーベルの心臓が、どくんと鳴る。

幼いウォルドと交わした約束はいろいろあるが、とりわけ大切な約束は二つ。

『僕も、君を愛してる。君以外の女性は愛さないと誓う』

それは最後に会ったときの約束。あの日のことを、ブルーベルは一日だって忘れたことはない。

そしてもう一つの約束は、祖母《そぼ》の指輪を継母《ままはは》に売られたとウォルドへ打ち明けた日に交わした。

『君を守れるぐらいに必ず強くなるって約束する』

どうなるともわからぬ、未来の約束。だがそれは、彼が変わらずそばにいてくれることの誓いでもあったから、ブルーベルは待ってると返事をしたのだ。

まさか、彼は――

導《みちび》かれた答えに、ブルーベルは都合のいい幻想だとかぶりを振って否定した。

だがもしもそうならば、これまでの違和感にも全て説明がつく。自《おの》ずと体が強張《こわば》った。

同じ髪の色、同じ瞳の色、同じ名前、ブルーベルとウォルドしか知らない約束。

さらには、ブルーベルがウォルドに貰った物とお揃《そろ》いのラベンダーの匂い袋。

と、そのときセレディアム侯爵の左手が、しっかりとブルーベルのお腹へ回された。落ちないようにと、体を支えてくれる。ブルーベルはそんなセレディアム侯爵の左手に自《みずか》らの左手を重ね合わせた。セレディアム侯爵はそれに気づいているだろうが、何も言わない。

ブルーベルは、父のことだけに集中することにした。

今はまだ、このことについて触れるべきではないと。

第八章　秘密の花園　黒狼侯爵《こくろうこうしゃく》の甘い罠

グリンスフィン地方、ミルフィス村。

日暮れ前に実家に到着したブルーベルは、セレディアム侯爵に先に行くように促《うなが》されて中へ急いだ。さほど長くない廊下を走って父の部屋の扉を開けると、古びた衣装箪笥《ワードローブ》がある部屋を見回す。父のロイセルは、驚きに満ちた表情で寝台に座っていた。ブルーベルはほっとすると、ロイセルに駆け寄って抱きつく。ロイセルもまた、ブルーベルを強く抱き返した。

「あぁっ、ブルーベル。無事だったんだね？　どれだけ心配したことか。会いたかったよ……っ」

ロイセルは愛娘《まなむすめ》に会えて感極まり、涙を流した。だがその顔色は悪く、体も最後に会ったときより痩《や》せている。ネストテーブルの上の黒パンとミルクは、手をつけられていないようだった。

「パパ、こんなに痩せてしまって……。具合は大丈夫なの？」

「うん。今は大丈夫だよ。ごめんね、お前のことが気がかりで眠れず、倒れてしまったんだ」

予想通りの答えに、ブルーベルは自《みずか》らの不甲斐《ふがい》なさを恨《うら》んだ。

「私のほうこそ、心配ばかりかけてごめんなさい。……パパが無事で、本当によかった」

ロイセルは頷《うなず》くと、体を離した。そして改めて、ブルーベルの姿を見つめる。

「なんだか綺麗《きれい》になったね。服も上等なものを着せてもらっているし。少し汚れているけれど」

道中で熊とコルトナー男爵に襲われたせいだ、とは言えなかった。

「悪路のせいで、泥水がついてしまったの。……そういえば、サリア様は？」

コルトナー男爵の話が本当ならば、サリアはロイセルと別れて恋人と出ていった、とのことだが。

「お前には言うのが遅くなったけれど、サリアとは別れたんだ。……お前にはいろいろと、辛《つら》い思いをさせてしまったね。本当にごめんね」

ロイセルはそれ以上は話さなかった。娘に心配をかけまいと、敢《あ》えて口をつぐんだのだろう。

するとコンコンと扉をノックする音が響いた。扉が開けっ放しになっていたため、セレディアム侯爵はどこか遠慮気味に戸口に立っている。

「ブルーベル。部屋に入っても構わないかな？　君のお父様にご挨拶《あいさつ》をしたいのだけれど。まだお加減が優《すぐ》れないのなら、後日改めて挨拶に来るよ」

「あ、いえ、話をするぐらいなら大丈夫だと思います」

ブルーベルはロイセルの顔色をもう一度確認した。娘に会えて安心したロイセルの顔色は、先ほどよりもよい。だが、初めて見る男性、それもシルヴァスタ人に警戒心を滲《にじ》ませていた。

「ブルーベル。こちらの方は？」

「セレディアム侯爵様よ」

ブルーベルの紹介に、ロイセルは一瞬ぽかんとした。

「若いし、随分《ずいぶん》と男前だな。あ、いや。失礼しました」

セレディアム侯爵が部屋へ入ってくる。

「初めまして。ご挨拶に来るのが遅くなって、申し訳ありませんでした。本来ならば、すぐにでも来なければいけなかったのですが、なかなか都合がつかず」

本当はセレディアム侯爵の都合ではない。挨拶へ行きたいと幾度も言っていた彼に、ブルーベルが頷《うなず》かなかったのだ。ロイセルは畏縮《いしゅく》しながらもブルーベルの右手を握る。

「初めまして、セレディアム侯爵様。私の元妻サリアの父が背負《せお》っていた借金を完済し

ていただいたことや、離婚の手回しをしていただいたことなど、侯爵様にいろいろして
いただいたことについては、コルトナー男爵から聞きました。感謝しています。でも私は、
娘が望まない結婚だとすれば賛成したくないのです。娘が嫌だと言うのであれば、どれ
だけの借金をすることになっても、私はこの縁談をなかったことにしていただきます」
ロイセルの言葉を聞いて、ブルーベルは父の手を強く握り返した。そして床に両膝を
つき、父を見上げて首を横に振る。
「パパ。ウォルド様はとても優しくて面倒見がよくて、素敵な方よ。私のことを愛して
くれているし、いざとなれば命を懸けて助けてくれる勇敢な方なの。ウォルド様の妻に
なれるなら光栄よ」
心の中であやふやだった気持ちが、すんなりと言葉になった。
「ブルーベル……」
「私が風邪をひいて寝こんでしまったときも、ろくに眠らずに、ずっと看病をしてくれ
たの。私の気持ちをとても尊重してくれているし、私にはもったいないほどのお方よ」
「でも……、私の家は庶民だよ。侯爵家と結婚なんて、できるはずが」
セレディアム侯爵は二人へ近づくと、上着の内側から何かを取り出した。
「この指輪は元々、ブルーベルの母方のお婆様《ばあさま》が持っていたものです」

それはローズゴールド色の指輪だった。柔らかな光沢は、見る者の心を奪うほどに美しい。指輪の内側には薔薇《ばら》の絵が刻まれており、ロイセルは見ただけで特別なものだと察する。

「なっ、薔薇……？　これを、ブルーベルの祖母《そぼ》が？」

ロイセルは困惑した。だがもっと困惑したブルーベルは、表情を強張《こわば》らせて動けない。

セレディアム侯爵は指輪を手にしたまま、説明をする。

「はい。ブルーベルは幼い頃にこの指輪を祖母より貰い受け、ずっと首に下げて持っていたんです。継母《ままはは》に取り上げられて売却されてからは、長い間行方不明になっていたのですが」

セレディアム侯爵はブルーベルに指輪を渡した。ブルーベルは混乱しすぎて、言葉が出てこない。

もう二度と戻ってこないと諦めていたものが、そこにあった。祖母の形見《かたみ》の指輪。セレディアム侯爵はブルーベルの手を、指輪をしっかりと握らせるように両手で包みこむ。

「私の母方の祖父《そふ》は骨董品《こっとうひん》の収集が趣味で、一年半前に見つけて買い戻し、私に届けてくれたんだ。この指輪があったから、私は亡き父に君との結婚を認めてもらうことができたんだよ」

ブルーベルは状況に追いつけなかった。ウォルドしか知らない話を、なぜ侯爵が知っているのか。

やはり彼は――

「あ、ありがとうございます……、指輪……」

言葉はそれだけしか出てこなかった。

セレディアム侯爵はロイセルに向き直り、話を続ける。

「実は昨日、王宮に行っていたんです。ブルーベルの母方のお爺様《じいさま》は、とある高貴な血筋なのですが、その方と会ってきました」

「高貴な血筋？」

予想もしていなかった言葉にロイセルは目を剥《む》き、ぼんやりと呟《つぶや》いた。セレディアム侯爵もまた、ロイセルに合わせるようにゆっくりと返答する。

「はい。ブルーベルの母方のお婆様《ばあさま》は、さるお方と恋仲にあったんです。でもその恋が実ることはなく、ブルーベルのお婆様はたった一人でブルーベルのお母様を産みました」

ロイセルは信じられない、と右手で頭を押さえた。そしてブルーベルが持っている指輪を見て、唸《うな》る。突然そのような話をされても、到底信じられない。だが、王家の者しか持つことが許されない薔薇《ばら》の装飾品がここにあるということが、その信憑性《しんぴょうせい》を物語っていた。

「……その、高貴な方、とは……？」

「それは言えません。ですが、彼女はすでに正式な王族の一員として認めてもらえています」

ブルーベルは唖然《あぜん》とする。

「そんなことが、可能なんですか？」

ウォルドはゆっくりと頷《うなず》いた。

「君のお爺様《じいさま》と私の間で、密約を交わしていたんだよ。もしも君が本当に私と結婚をするならば、お爺様はいかなる万難《ばんなん》を排《はい》してでも君を認知し、私と君の結婚を認める、と。君の存在を知っても認知なさらなかったのは、君のことを考えてのことだったんだ。庶民という立場にあった君がいきなり王族になるなんて、必ずしも幸せが約束されているとは限らないから。お爺様はそれを気にして、君を認知するかどうか迷われていたんだよ」

脳裏《のうり》によぎったのは、セレディアム侯爵がずっと前に言っていたこと。ブルーベルが貴族との結婚など認められるわけがないといくら訴えても、彼はどこ吹く風で、

『安心して。その辺りはもうすでに了承を得ているから』

と言っていた。

「どうして……私のお爺様とお婆様《ばあさま》は一緒になれなかったんですか？　私とウォルド様が結婚できるならば、お爺様とお婆様とだって一緒になれたはずでしょう？」

「君のお婆様が身を引いたのは、お爺様を困らせないためだったそうだよ。当時のお爺様はとても若く、お婆様を守ってあげられるだけの力を持っていなかったんだ。しかも以前話した通り、君のお婆様はシルヴァスタ人という、当時はまだあまり馴染《なじ》みのない異民族だった。やっとお婆様を迎えられるようになったときには、お婆様はおらず、その娘である君のお母様も亡くなっていた。お爺様は自分と同じ思いをさせないように、私と君を結婚させようとしてくれているんだと思う」

　ブルーベルはかすかに記憶に残る祖母《そぼ》を、脳裏に浮かべた。祖母がシルヴァスタ人だった、という話はセレディアム侯爵から聞いていた。祖母を知る人物から聞いたと、そう言っていたからだ。そして祖母はシルヴァスタ地方には戻らず、友人を頼ってひっそりと暮らしていたことも教えてもらった。

　ブルーベルは、亡き祖母と報《むく》われぬ恋をした祖父《そふ》を想った。一度も会ったことのない祖父が、ブルーベルを守ろうとしてくれている。その想いを知って胸が熱くならないわけがない。

　セレディアム侯爵は、難しい顔のまま話を続けた。

「そういう事情で認められはしたけれど、表向きに堂々と王族を名乗れるわけじゃないんだ。でも、結婚に関しては問題なく式を執《と》り行《おこな》えるよ。その指輪は、君のお爺様《じいさま》がお婆様《ばあさま》へ贈った指輪だそうだ。同時に、君が王族の血を引く者だと証明する物でもある。だから、大事に持っていてあげて」

「は、い……」

頭の中では、幼いウォルドとセレディアム侯爵がぐるぐると巡《めぐ》る。二人に共通しているのは、名前だけではない。瞳の色、髪の色、二人しか知らない約束や思い出。

しかし自分は、この目でウォルドの棺《ひつぎ》を見た。

と、ここでセレディアム侯爵はロイセルを振り返った。その表情はいつになく真剣で、硬い。

「ブルーベルを心から愛しています。彼女がいてくれたおかげで、私は希望を失わずに生きることができたんです。彼女を必ず幸せにすると約束をします。だから、どうか結婚を許してください」

ロイセルはわずかに呼吸を止めてしまった。

「どうして……、そこまで私の娘のことを」

父が純粋な思いで投げかけた質問に、セレディアム侯爵は優しい笑《え》みを浮かべた。

「まだ私が幼い頃の話です。彼女と初めて会った瞬間に、一目惚れをしてしまったんです。あんなにも鮮烈で運命的な出会いを、私は一生忘れることはできないでしょう。そして同時に、わかったんです。この恋からは絶対に逃《のが》れることはできない、と。以来、私はただ彼女のことだけを一心に想ってきました。……私は、彼女でなければ駄目なんです」

ますますロイセルは不思議そうにしていたが、ブルーベルは違った。表情を強張《こわば》らせてセレディアム侯爵を凝視《ぎょうし》してしまう。

セレディアム侯爵の幼い頃、とは、一体いつのことを指しているのか。

ブルーベルがその疑問をはっきりさせようとしたとき、部屋にアルテミラが入ってきた。ブルーベルはアルテミラを振り返って、父に紹介をする。

「パパ、あの方はアルテミラ様よ。薬草にとても詳しい薬師《くすし》で、私もよくお世話になっているの」

アルテミラはロイセルの前へ来て、上品な動作で頭を下げて挨拶《あいさつ》する。

「初めまして、アルテミラと申します」

ロイセルもすぐに挨拶をした。

「いつも娘がお世話になっています。ロイセルです」

「もしもよろしければ、お体の具合を診《み》てもいいですか？」

「は、はい」

アルテミラは問診を始めた。セレディアム侯爵はその間に、ブルーベルに声をかける。

「ブルーベル。もう遅いから、私は騎士達を連れて別の場所へ泊まるよ。君はお父様のそばにいてあげて。アルテミラもここへ泊まるだろうけれど、家事は全てやってくれるから任《まか》せていい」

「ウォ、ウォルド様は、どこへ泊まるのですか？」

予想はついたが、問わずにはいられなかった。彼は何のためらいもなく答える。

「ラシュリット伯爵の屋敷に泊めさせてもらうよ。君と一緒にいたいけれど、今日は親子水入らずで過ごして。あぁ、そうだ。念のために家の周りに護衛をつけておくよ」

やはり、と確信した。ラシュリット伯爵の屋敷は、幼い頃にウォルドと過ごした場所。

「明日……、ラシュリット伯爵の屋敷へ来てくれる？　待っているから」

ブルーベルは、セレディアム侯爵の顔を見ることができなかった。

「はい……」

「じゃあ、また明日」

セレディアム侯爵はブルーベルの右頬へキスをした。彼はその後ロイセルへと別れの挨拶《あいさつ》を済ませて、部屋を出ていく。ブルーベルだけはまだ動けず、放心したまま。

彼がウォルドならば、どうして今まで言ってくれなかったのか。
そんなことを、ぐるぐるとずっと考えた。

その日の夜、ラシュリット伯爵家の使いが食事を届けてくれた。セレディアム侯爵が気を回してくれたのだ。長旅で疲れていたブルーベルは、食事の支度をせずに済んで助かった。

ロイセルはというと、アルテミラに数日安静にすれば元気になると診断を受け、滋養《じよう》にいいとされる薬を貰った。食事の席では夕飯を残さずに平らげ、ブルーベルとセレディアム侯爵の結婚を心から喜んでいた。ほんの少し寂《さび》しそうに見えたのは、気のせいではないだろう。

そうして、深夜。

空《あ》いている寝台が客室に一つしかないため、ブルーベルはアルテミラと一緒の寝台で寝ていた。サリアが使っていた家具はすでに家から全て持ち出され、家の中は空《から》っぽの状態だった。

「眠れないのですか？」

てっきり眠っているとばかり思っていたアルテミラに声をかけられ、ブルーベルは目を丸くした。

「あ、ごめんなさい。起こしてしまいましたか？」

「いえ、ふと目が覚めてしまっただけです。何か、悩みごとですか？」

ブルーベルはどう話せばいいかわからなかった。

アルテミラはそんなブルーベルを優しく見て、口を開く。

「少し、昔話をしてもよろしいでしょうか」

「は、はい」

アルテミラは天井へと顔を向けた。

「ウォルド様は昔、とても体が弱かったんです。シルヴァスタ地方は夏でも寒いことがあるので、温暖な気候である母方の祖父《そふ》の家へ預けられていました」

アルテミラの話にブルーベルは古い記憶に至った。初めて出会ったとき、彼はそう言っていた。

「……そうだったんですか」

「今から八年ほど前でしょうか。私はウォルド様に手紙を貰ったんです。内容は、好きな女の子が自分をずっと好きでいてくれるようになるおまじないを教えてほしい、というものでした」

「え？」

「私は、ラベンダーの匂い袋の話を手紙に書きました。ラベンダーの匂い袋をお互い肌身離さず持つと、どれだけ離れていても会えるようになる、と。そしてもう一つ。ラベンダーの匂い袋を持って意中の相手に告白をすると、恋が叶う、と教えました」

そういえば、とブルーベルはセレディアム侯爵の部屋でラベンダーの匂い袋を見たことを思い出した。自分が持っている匂い袋と似ていたために、一瞬自分の物かと勘違いしてしまったのだ。そのときセレディアム侯爵に尋ねると、彼はなんてことはない表情で言った。

『あれは恋愛成就のおまじないだよ。このシルヴァスタ地方では、ラベンダーの匂い袋を持って意中の相手に告白をすると両想いになれる、という言い伝えがあるんだよ』

ブルーベルはセレディアム侯爵にうまくはぐらかされて、シルヴァスタ地方ではラベンダーの匂い袋は珍しくないのかもしれない、と勝手に思いこんだのだ。

「私、小さい頃に、ある男の子からラベンダーの匂い袋を貰ったんです。ずっと持っていて、って言われたので、今もそれを大事に持っていて……」

「そうですか」

アルテミラは知っているのだろうか。否《いな》、知っているのだろう。そうわかっても、ブルーベルは彼女には何も訊《き》かなかった。セレディアム侯爵の口から、全てを聞きたいと思ったからだ。

「昔、その男の子にラベンダーのお茶をよく飲まされました」

「ふふ。よほど、お気に入りだったのですわね」

幼い頃から執着されていたことを知って、ブルーベルは少し呆れる。

同時に、それだけ彼に深く想われていたことを知って、泣きそうになってしまう。

なんという、甘い罠――

ブルーベルの心が震えた。

彼はコルトナー男爵の借金を完済し、サリアとロイセルを別れさせ、ブルーベルが暮らしていた教会に寄付を行《おこな》っていた。その上に、祖母《そぼ》の形見《かたみ》の指輪まで探してくれたのだ。

「どうして、会いにきてくれなかったのかしら」

アルテミラは微笑《ほほえ》んだ。

「立派になるまで、会いたくなかったのだと思いますよ。私達女性から見ればつまらない意地でも、男性はこだわってしまうものです」

ブルーベルの脳裏《のうり》に、幼い頃のウォルドと別れたときの記憶が蘇《よみがえ》った。

『ブルーベル。どうか、待ってて。必ず、君を迎えにいくから』

約束通り、彼は迎えにきてくれた。

——彼は約束を違《たが》えなかった。

朝になり、ブルーベルはラシュリット伯爵の家へ向かった。懐かしい、思い出の場所。槍《やり》のような黒い鉄柵《てっさく》が周囲を囲み、十二の煙突《えんとつ》が並ぶ青い屋根は記憶と全く変わらない。正門は開かれておらず、呼び鈴を鳴らそうかと思ったが、思い留まる。ふと、裏門が気になった。

開かずの門と呼ばれている、裏門。

屋敷の裏へ回ると、思った通り門が開かれていた。門から入ってすぐの薔薇《ばら》の花はすでに咲き終えて、青々とした葉でアーチを作っている。ブルーベルはためらうことなく、門の中に足を踏み入れた。すると、懐かしい人物が二人いることに気づく。

「ハンスさん、それにウォルドのお爺様《じいさま》」

老執事のハンスと、ファルス・ラシュリットの姿があった。ハンスは嬉しそうに頬を緩《ゆる》める。

「お久しぶりでございますね、ブルーベル様」

ハンスはラシュリット家に仕える執事で、訪れるといつもおいしいお茶を用意してくれた。

「ごめんなさい。門が開いていたので、勝手にお邪魔してしまいました」

「良いのですよ。ブルーベル様をお迎えするために、そこの門を開けておいたのですから」

ラシュリット伯爵はブルーベルの顔をじっと見つめて、やがて懐かしそうに目を細めた。

「君は、レネにそっくりな顔立ちをしているな」

レネ。その名前を、ブルーベルはよく知っていた。自《みずか》らを魔女だと言い、そしてブルーベルへ指輪をくれた、祖母《そぼ》の名前だ。

「私のお婆様《ばあさま》を、ご存知なのですか?」

「よく知っているとも。私とレネは友人だから」

あぁそうか、とブルーベルは一つの答えに辿り着いた。

王族の誰かの子を身籠《みご》って、一人で出産した祖母。本来ならば、女性が一人で子育てをするのは大変なことだ。しかも祖母はシルヴァスタ人という、異民族だった。だが祖母はシルヴァスタ地方へ戻ることはなく、通常ではありえない石窯《いしがま》付きの立派な家に暮らし、週に何度か配達される食糧で暮らしていた。つまり、祖母は誰かの庇護《ひご》を受けていたのだ。

「ラシュリット伯爵が、私の祖母を守ってくれていたのですか？」

ラシュリット伯爵は頷《うなず》いた。

「君のお婆様と、君のお母様、そして君を見守っていたよ」

その言葉に、ブルーベルはセレディアム侯爵が以前話してくれたことを思い出した。

『友人を頼って、ミルフィスの村のはずれでひっそりと暮らしていたそうだよ』

そう言っていた彼。ブルーベルは知らなかった事実に落ちこんだものの、祖母は一人ではなかったのだと酷く安心したのだ。

「そうだったのですか。ありがとうございます」

感謝とともに、とても申し訳ない気持ちになる。自分はいつも守られてばかりだと。

「君には、お礼を言わなければならないね」

「え？」

「ウォルドは幼い頃から内向的で、長生きできないとずっと悲観していたんだ。でも君という友達を得て、孫は随分《ずいぶん》と救われた。ありがとう」

「い、いえ！　感謝しているのは私のほうです。ウォルド様にどれだけ助けられたか。私なんて、何の役にも立っていません。あと、祖母《そぼ》の指輪を探し出してくださり、ありがとうございました」

「いいんだよ、気にしなくて。……それにしても、まさかウォルドが私の恋焦《こいこ》がれていた女性の孫と結ばれるとは。なんという不思議な巡《めぐ》り合わせなんだろうね」

最後のほうは小声で何を言ったのか聞き取れなかった。ブルーベルは聞き返したほうがいいだろうか、と思案する。だが問いかける前に、ラシュリット伯爵が庭園の奥を指し示した。

「ウォルドが待っているよ。行ってあげてほしい」

「は、はい。では、失礼します」

ブルーベルは二人と別れると、白い花が咲き乱れる脇を通って庭園の奥へ進んだ。その足取りに、迷いはない。どこへ向かえばいいのかは、もうわかっていた。

庭園の花壇一面に広がるのは、夏の色鮮《いろあざ》やかな花々。その美しさにブルーベルの心は次第に弾《はず》みだす。同時に蘇《よみがえ》るのは、幾度も幾度も二人で遊んだ幼い頃の記憶。耳を澄《す》ませば、幼い頃のウォルドの声が今にも聞こえてきそうな気がした。

少しも色褪《いろあ》せない、光溢《あふ》れる花園。

幼い頃に二人で過ごした大切な宝物の日々は、毎日がキラキラと輝いていた。

そんな眩《まばゆ》いほどのきらめきに満ちた懐かしい過去に思いを馳《は》せ――


ついに、ブルーベルは二人が初めて出会った場所に到着した。

東屋《あずまや》にある石の長椅子に腰かけて、セレディアム侯爵はブルーベルを待っていた。

彼は、あのときと全く同じ位置に座っている。

優しい風が吹いて彼の銀髪がさらりと揺れた。湖面のように澄んだ美しい水色の瞳が、ブルーベルをはっきりと捉《とら》える。


――そうして、いつか見た光景を再現した。


「あなたは天使様？」

ブルーベルの問いかけに、セレディアム侯爵は子供の頃のように笑った。

「それは君のほうだよ。君が天使様なんじゃないのかい？」

彼も、覚えていた。

あの日、この場所で、二人が初めて出会ったときのことを。

「いいえ、私は天使様なんかじゃないわ。ブルーベルっていうの」

もうずっと昔のことなのに、昨日のことのように覚えていた。

「そうか。じゃあ、君は天使様ではなくて妖精のほうだったんだね」

「妖精？」

セレディアム侯爵は得意げに頷《うなず》いた。

「ブルーベルは妖精の花と言われているから。そこに咲いている花達がそうだよ」

花の時期が終わった今、ブルーベルの花が植えられていた場所には、青紫色の可憐な花々が幾つも咲いていた。ミントに似た爽《さわ》やかな香りがする花だ。ブルーベルは香りを嗅《か》ぐと、会話を続ける。

「このお花、ブルーベルっていうの？　私と同じ名前なのね」

長椅子から立ち上がると、セレディアム侯爵はブルーベルがいる場所へ歩いた。ブルーベルの前に来ると、恭《うやうや》しく手をとってその甲へキスを落とす。

「君はやっぱりブルーベルの妖精なんだね。瞳の色がブルーベルの花と同じだ」

ブルーベルの青い瞳を覗《のぞ》きこむセレディアム侯爵。途端、ブルーベルの目から大粒の涙が零《こぼ》れ落ちて、それ以上は何も話せなくなってしまう。

「……っ」

セレディアム侯爵はブルーベルの頬に伝う涙を啄《ついば》んだ。

「やっと、会えたね。ブルーベル。この瞬間を、ずっと夢見ていた」

死んでしまったと思っていた。彼にはもう二度と、会えないのだと思っていた。

「ウォルド……っ」

ブルーベルは強く彼に抱きついた。セレディアム侯爵はブルーベルの体を抱き返して、背中をさする。

「君を迎えにくるのが、遅くなってしまってすまない。父を説得するのに、少し時間がかかってしまったんだ。ようやく許可がおりたと思ったら、父が倒れてしまって」

ブルーベルは首を振った。

「あなたが辛《つら》いときに、そばにいてあげたかった」

「うん。君は、そう言うだろうと思っていた。でも、迷惑をかけたくなかったんだ」

「迷惑だなんて、思わない！」

セレディアム侯爵はうっすらと目に涙を浮かべた。だが、とても幸せそうにはにかんだ表情をする。

「父が亡くなった後、どうやって君をここへ連れてくるか悩んだよ。そうしたら、君の継母《ままはは》の父に借金があるという情報を掴《つか》んでね。私は、それを利用することにしたんだ。借金を肩代わりしてやるから、二度とアランハルト家に近づくなと」

そう。初めて城に行ったとき、借金として売られた、と言われた。

「大きな、お金だったんじゃないの？」

「私は当主だよ。財力はあるんだ。愛する君を助けるためならば、惜《お》しくはないよ。でも、君がお金と引き換えに身を売る、みたいな発言をしたのは辛《つら》かった。お金のことを気にして私と一緒になる、だなんてことは思わないでほしい」

相当無茶をしたのだろう、と説明をされなくともわかった。だからこそブルーベルは、ふつふつとした怒りが湧き上がる。

「どうして、自分がウォルドだって言ってくれなかったの？　どうして？」

セレディアム侯爵は肩を竦《すく》めた。

「君には私が侯爵家の者だということを話していなかったから、最初は単純に驚かせようと思ったんだよ。でもシルバーフレイム城で再会したとき、君は私に気づかないし、それどころか縁談を断りにきたと宣言した。挙句《あげく》に、愛する男性がいると言い出すし。一途《いちず》に想い続けてきたのは私だけだったのかと、とても傷ついたんだ」

「ご、ごめんなさい……」

「たとえ君に好きな人がいたとしても、私は君が欲しかった。だから賭《か》けをしたんだ」

「三十分間、私が声を一度も出さなければ勝ち、っていう、あの賭けね」

「そう。服を脱がせたときに、私が渡した水晶を身に着けてくれていたのは嬉しかった。でも、君には愛する人がいるようだったから、水晶を奪ったんだ」

ブルーベルは思い出して悲しくなった。

「窓から水晶を捨てようとしたあなたが、悪魔に見えたわ」

「ひどいことをしてごめんね。でもあのときの私は、君を繋《つな》ぎ止めるのにとにかく必死だったんだ。君ならば、私が窓から水晶を投げ捨てようとすれば、やめてほしいと訴えることはわかっていた。だから、あんなことをしたんだ。……君が水晶を宝物だと言ってくれたのは、とても嬉しかったよ。まだ私にも望みはあるのかな、って思えたから」

彼を相当傷つけただろうと、今ならわかった。

「懐中時計のことも、嘘をついた。昔、君に見せた懐中時計を持っているにもかかわらず、世界に同じものが三つあると言って誤魔化《ごまか》したんだ。本当は、世界に一つしかないのに」

ブルーベルは目を点にした。

「え？」

「情けない話だけれど、君に好きな男性がいると聞いていたし、もし振られたら、私は立ち直れなくなる。だから懐中時計は世界に三つあると言って、正体を隠したんだ」

「……でもその後、私は自分の罪を告白したわよね。あなたが好きということも」

水晶を貰ったせいでウォルドが亡くなったという話をした際に、正体を打ち明けてくれてもよかったのではないか。そんな不満を遠回しに述べたが、彼は深刻な表情で眉間に皺《しわ》を寄せていた。

「そう……。好きだと言われて体が震えるほどの喜びだったけれど、同時に君の告白に衝撃を受けたよ。六年前に、私が死んだことにされていたから……。私って死んでいたの？　ってね。かなり狼狽《うろた》えたのだけれど、君は泣きじゃくるし、私は君を慰《なぐさ》めるのにとにかく必死で」

「か、勘違いしていたの……。この屋敷から、石棺《せっかん》が運び出されていたから」

それだけが、まだわからなかった。ウォルドが死んでいないのだとすれば、あのとき屋敷から運び出された石棺は一体なんだったのか。

「その石棺のことだけれど……、昨日、祖父《そふ》に聞いたんだよ。六年前のことを」

「うん」

「祖父《そふ》は骨董品《こっとうひん》収集の趣味があるんだ」

「だから、私のお婆様《ばあさま》が持っていた指輪を、見つけることができたのよね？」

「うん。その白い石棺のことだけれど。当時祖父は異国で作られた珍しい形のチェストが欲しくて、貿易商を営《いとな》む知り合いに頼んで購入したそうなんだ。で、いざ屋敷に届いたものを確認したら石棺だった上に子供のミイラが入っていて、発狂しかけたらしい」

「え……」

「後にわかったそうなのだけれど、届けられた石棺は異国の王の墓から盗掘されたものだったんだ。チェストの割にかなりの額だったから、おかしいとは思ったみたいなのだけれど。結局異国から石棺を返還してほしいと要請されて、祖父は喪服姿で見送ったらしいよ」

「どうして、喪服姿だったの？」

その問いに、セレディアム侯爵は微妙な顔をした。

「……これは噂なのだけれど、異国の王の墓を荒らした者は呪いを受けて死ぬ、という有名な話があるんだよ。だから、きちんと礼儀を尽くしたそうだ」

「そう、だったの……」

「支払った大金は戻ってこない。その上に呪われるのは困る、といろいろな感情がせめぎあって、ひどく悲しんでいたらしい。全く、なんとも人騒がせで困った祖父だよ」

ブルーベルは驚愕《きょうがく》のあまり言葉も出ない。あの日の真相がまさかそんな事情だったとは、思ってもみなかった。

「で、私は体調がかなりよくなってシルヴァスタへ戻った後だったから、祖父《そふ》は君にウォルドはいない、と言ったみたいだよ」

「私は大きな勘違いをしていたのね。本当にごめんなさい……。でも、その後も正体を黙っていたのはどうして？　まさか、私をからかっていたんじゃないでしょうね」

セレディアム侯爵は神々しい笑《え》みを浮かべた。ブルーベルは背筋に冷たい汗が落ちるのを感じる。

「君に、怒ったから」

「え？」

「覚えてる？　君は、亡くなったウォルドには男性の魅力は全くなかった、って言ったんだよ。しかも、純粋で天使みたいで、守ってあげたくなる感じ、と。当時の私は子供だったし、男らしくなかったことは自覚しているよ。でもまさか、仮にも永遠の愛を誓いあった仲なのに、男性の魅力は全くなかった、だなんてね」

「うぅ……」

確かにそんな発言をした。

「とても悔しかったよ。頼れる男として見られていなかったんだ、って。でも、それは仕方がないことだと思った。継母《ままはは》に虐待《ぎゃくたい》を受けて傷ついている君を、私は守れなかったのだから。君が一番辛《つら》いときに、私は何もしてあげられなかった」

「そんなことはない！　あのとき私が、どれだけあなたに助けられたか。あなたがいなければ、私は辛さに耐えられなかったわ」

「それでも、私は過去の自分を許せなかった。だから改めて、今の私に惚れさせたくなったんだ。過去の私が霞《かす》んで見えなくなるぐらいに。けれども、幼い頃の私を忘れてほしくないという気持ちもあって、心のどこかで君が気づいてくれないか、ずっと待っていたんだ」

「ウォルド……」

「気づいてほしかったのに、私は弱いから、自《みずか》らの正体を幾度も隠してしまった。過去の弱い自分を、抹消したかったんだ。君に、頼りない男だと思われたくないばかりに。狡《ずる》くてごめんね。こんなのじゃ、ますます君に頼りないと思われても仕方がない」

ブルーベルは首を振った。

「あなたは何も悪くない。悪いのは、勘違いをしてしまった私だもの。でも……」

「何？」

「さっきの説明だと、私が過去のあなたを忘れて、別の男性を好きになる、ってことよ。

別の男性を好きになってしまうような私なんて、幻滅しないの？」

セレディアム侯爵は、なんだそんなことか、とばかりに微笑した。

「別の男性じゃないよ。君に好きになってほしかったのは、今の私だ。それに、君が私以外の男を好きになるわけがない」

「どこからそんな自信が……」

セレディアム侯爵はブルーベルの額に自《みず》ら《か》の額を当てた。

「永遠の愛を誓いあったんだ。だから、君が私以外の誰かを好きになるなんてありえないよ」

「自信たっぷりに言うけれど、私に振られることを恐れていたのは、一体誰だったかしら？」

「そうだね、私だ。でも、君が私を裏切らない、っていうのは信じていたよ。だから、こう考えていた。君が悪い男につかまって誑《たぶら》かされているか、もしくは媚薬《びやく》事件のときのように、魔女が作った妙な薬で騙《だま》されているんだ、って」

「悪い男と一緒にいるか、魔女の薬で頭がおかしくなっているのが前提なのね……」

魔女の媚薬のせいでひどい目にあった経験があるだけに、反応に困った。

「そうでなければ、私以外の男と一緒にいるわけがないから。……でもまぁ、たとえどんな相手と一緒だろうと、君を奪い返すつもりだったよ」

セレディアム侯爵がブルーベルの髪を撫《な》でた。ブルーベルは彼の手に自らの指先を絡める。

「もう、私のことを離さないでね」

「わかっているよ。ずっと君だけが私の全てだ」

セレディアム侯爵はブルーベルを東屋《あずまや》へ連れてきて、一緒に長椅子に座った。

「あなたのことが、大好きよ」

「知ってる。君がどれだけ私のことを想ってくれているのか。過去の私だけじゃなく、今の私を愛してくれていることも、知っているよ。ウォルド・セレディアムという一人の男性に、君は惹《ひ》かれていたよね」

浮気がばれてしまったかのように、ブルーベルは気まずくなった。結果的にセレディアム侯爵は幼馴染《おさななじみ》のウォルドであり、彼が全てを明かすより先に二人は同一人物ではないかと疑ってはいたが。

――そう、白い森からミルフィス村へ戻ってくる道中に。

「実は、あなたはウォルドなんじゃないかって、訊《き》こうと思っていたの」

「いつから？」

「あなたとこちらへ戻ってくる途中から。……私を守れるぐらいに強くなるって約束をしてくれたのは、侯爵ではなく、ウォルドだった。だからあなたはウォルドじゃないかって、思っていたの」

セレディアム侯爵が破顔した。

「そっか。君は、自分で気がついてくれていたんだね」

ブルーベルは小さく頷《うなず》いた。

「だから、確かにセレディアム侯爵という一人の男性に心を惹《ひ》かれていたのは認めるけれど、あなたしか好きになっていないわ。私が好きなのは、今も昔も変わらず、あなただけよ」

浮気なんてしていない、と否定した。セレディアム侯爵はおかしそうに笑う。

「わかっているよ。君が私以外の男性を好きになるわけがない。君が私に惹かれるのは、必然だったんだから」

そう断言されて、ブルーベルは彼には敵《かな》わないと思った。彼ほどに愛し、尽くしてくれる男性に心を惹かれないわけがない。まさしく、彼を好きになるのは必然だったのだろう。

「あなたに会えて、本当に嬉しい。昔、神父様に修道女になりたいと言ったときに首を横に振られたのは悲しかったけれど、今は修道女にならなくてよかったたって心から思ってる。神様は、全てをお見通しだったのね」

セレディアム侯爵の視線が右横へ泳いだ。

「あぁ……、そうだね。神様って凄《すご》いよね」

反応がやけに不自然だった。ブルーベルはまさか、と問う。

「私が修道女にならないように、裏から手を回していたんじゃないわよね？」

「もしもそうだったら、軽蔑する？」

ブルーベルは呆れた顔をしたが、やがて笑った。

「いいえ。軽蔑なんてしないわ」

しっかりと彼の目を見据《みす》えて、そう答えた。

幼いウォルドとセレディアム侯爵。優しくて誠実で、幼い頃に交わした約束を全て守ってくれた人。

本来ならば繋《つな》がるはずもなかった運命の糸を、彼は自力で手繰《たぐ》り寄せたのだ。

「ブルーベル」

セレディアム侯爵はブルーベルの左手を軽く握って持ち上げた。彼の声は少しばかり緊張しており、だが目元はとても慈愛に満ち溢《あふ》れている。

「なあに？　ウォルド」

「改めて、君にプロポーズをするよ」

その言葉にブルーベルはわずかに目を見開いて、思わず背筋を伸ばした。

「はい」

声が震えてしまった。それさえも、彼の眼差《まなざ》しは温かく包みこんでくれる。

「ブルーベル。私は至らないところが多いから、君に苦労をかけてしまうこともあるだろう。でも君と一緒だったら何があっても幸せだと思えるし、君を世界で一番幸せにする自信があるよ」

それはブルーベルも同じだった。

彼と一緒ならば、どんな困難でも一緒に立ち向かえるし、どんなときも幸せだろう。

「はい」

「私が愛するのは今も昔も、そしてこれからも君だけだ。一生をかけて君を守ると誓う。だから、どうか私と結婚してほしい」

ブルーベルはとびっきりの笑顔を咲かせた。

「はい。これからも、よろしくお願いします」

セレディアム侯爵はほっとしたように笑《え》みを零《こぼ》すと、ブルーベルの頬に両手を添えた。

そしてゆっくりと抱き寄せると、唇を重ねる。

甘く柔らかな、誓いの口付け。

これに、ブルーベルは歓喜のあまり震えてしまった。愛する人と口付けをすることが、こんなにも幸せなことだったとは。

ブルーベルは軽く済ませるつもりだったのに、セレディアム侯爵はブルーベルの口腔《こうこう》へ熱い舌を差しこんだ。そのまま、ブルーベルの舌を絡めとり、まさぐり、上部をなぞりあげる。これにブルーベルは困惑した。口付けは次第に、痺《しび》れをもたらす熱いものへと変わっていく。

そのままセレディアム侯爵がブルーベルの服を脱がそうとしたとき、ブルーベルは素早く阻止した。

「どうして嫌がるの」

「だ、だって、ここは外よ？」

「人払いをしてあるから誰も来ないし、誰も見ないよ」

「そ、そういう、問題じゃ……」

セレディアム侯爵はブルーベルの首筋へ顔を埋めた。首筋を下から舐《な》め上げて、耳の裏側、耳朶《じだ》を辿り、耳孔へ舌を突き入れて蹂躙《じゅうりん》する。まるで、誘うかのように。

「我慢できないよ。君とやっと両想いになったのに。君を繋《つな》ぎ止めたくて、私がどれだけ必死だったか。君は知らないだろう？」

「どうして、そこまで私のことを……？」

「初めて会ったとき、君は私に寂《さび》しい気持ちや辛《つら》い気持ちは、あって当然だから慣れる必要はない、って言ってくれたんだ。病弱な自分自身に失望をしていたというのに、君はいつだってそばにいてくれた。こんな私を頼りにしてくれた。だから、君にふさわしい男になろうと決意したんだ」

セレディアム侯爵はブルーベルのドレスの裾《すそ》を捲《まく》り上げる。

「ちょっ……、だめっ」

ブルーベルが遮《さえぎ》ろうとした手をするりとかわし、セレディアム侯爵はブルーベルの股の間に右手を忍《しの》びこませた。下着の隙間から、秘密の場所を探り当てる。

「もう、こんなに濡《ぬ》れているのに？」

かぁっ、とブルーベルの顔が茹《ゆ》だったように熱くなった。まだろくに触れられてもいないというのに、下腹部が熱くなっていた。

「ちが、これは……っ」

「もしかして、防衛反応で濡れる、ってまだ言い張るの？　そろそろ観念して、私に抱かれたいから濡れてる、って言ってごらんよ」

ブルーベルはセレディアム侯爵の腕の中で暴れた。

「あ、あなたって、本当に意地悪ねっ。小さい頃からずっとそう」

「君が好きだから、気を引きたくて意地悪をしてしまうんだよ。ずっと私だけを見ていてほしくて」

嫌だと抵抗しているのに、セレディアム侯爵はブルーベルの体を長椅子に押し倒した。下着をはぎ取られ、両脚を大きく広げられてしまう。

「……っ」

声にならない悲鳴が出た。蜜でしっとりと濡れた股の間が空気に晒《さら》されて、ほんの少し風が当たっただけで反応してしまう。体を起こそうにも、両脚を掴《つか》まれていて起き上がれない。

「いやらしいなぁ、君は。外だというのに、こんなに大胆にみっともなく脚を広げて」

「あっ、あなたが、させてるんじゃないっ……！」

怒るブルーベルに、セレディアム侯爵はにこにこしていた。

「そうやって、普通に喋《しゃべ》ってくれたほうがいい。おしとやかに敬語を使ってる君って、変だったから」

「へ、変で、悪かったわね……」

セレディアム侯爵はブルーベルの左脚の太腿《ふともも》を撫《な》でた。内腿へ顔を寄せると、ちろりと赤い舌で舐《な》め上げる。

「服を脱がしてもいい？」

「ダメ」

「じゃあ、服を着たまますするの？　君って結構、物好きだね」

「違うってばっ」

「ここが嫌なら、部屋でする？　でもそうなると、一日中部屋に籠《こも》って、足腰を立たなくしてしまうけど」

「あなたのお爺様《じいさま》の屋敷で？」

「お爺様は気にしないよ。むしろ、ひ孫の顔を早く見れるって喜ぶんじゃない？」

「あ、あなたにはお仕事があるでしょう。お仕事をしなきゃ」

「いいよ、そんなの。……で、どっちがいい？　私の可愛い姫」

ブルーベルは、ロイセルがいる家へ戻らなくてはいけないのだ。足腰が立たない状態にされても困るし、彼と一日中部屋に籠るわけにもいかない。

「どうして、二択なの。しないっていう選択肢もあるでしょう」

「ないよ、そんなの。さ、どっちか選ばないなら、私が勝手に決めてしまうよ？」

あっさり却下されて、ブルーベルはしどろもどろになりながら答えた。

「こ、ここで、いい……」

「遠慮しなくてもいいんだよ。屋敷のほうが、柔らかいベッドもあるし」

「遠慮なんてしていません」

「そう？　意外に大胆なんだね。外でしたい、だなんて」

セレディアム侯爵はブルーベルの花弁の外を撫でた。ブルーベルは彼にいつもいいように乱されることが悔しく、つい嫌味を言ってしまう。

「ウォルド様って、本当にそういった技巧に慣れていますよね。一体今まで、どれだけの女性をお抱きになられたんですか」

ブルーベルの問いに、セレディアム侯爵はきょとんとした。だがややあって、くすりと笑う。

「君を抱くまでは、童貞だったよ」

「嘘」

「嘘じゃないよ。他の女性を見ても、全然欲情できないんだ。本当に君って、ひどいよね。私をこんな体にしてしまったんだから。ちゃんと責任はとってもらうよ？」

花弁の外側を撫《な》でられているだけというのに、ブルーベルはびくびくと腰を揺らした。

「だ、だって、いろいろやり方とか、詳しいし……」

「前にも言っただろう。クリスに教わった、って。あぁ、別にクリスと寝たわけじゃないから、そこは勘違いしないでね」

ブルーベルは想像しかけたが、セレディアム侯爵に睨《にら》まれて首を竦《すく》めた。そのとき花芯をなぞられて、脚を閉じそうになる。だが脚の間にある彼の体が、それを拒む。

「……ひゃっ……ぅ」

「初めて君を抱いたとき、君はとても怯《おび》えていただろう？　それなのに、私まで初めてだった、って知ったらどう？　不安にならない？」

「なったと、思……っ」

指の腹で花芯をこねられて、うまく喋《しゃべ》れなかった。

「だから、私は必死に自分を隠して、リードしたんだ。それでも、君には痛い思いをさせてしまった。ごめんね。不慣れで」

幾度も腰をさすってくれた彼。今なら、彼が相当気遣ってくれていたのだとわかった。

「でも、その翌日にはまた私……っ、を、抱いたわよね……」

花芯はぷっくりと膨《ふく》れ、指先で撫でられると歯痒《はがゆ》いような痛みが走った。

「我慢できなくて」

「我慢、してよ……」

「君に負担をかけたくないと思って控えるつもりだったんだけれど、やっぱり我慢は体によくないって思ったんだ。ブルーベルも、我慢はよくないよ」

蜜が溢《あふ》れている部分から、花芯までぬらりとなぞられた。

「っあ……」

セレディアム侯爵はブルーベルの口元に人差し指を置いた。

「しー。人払いをしてあるといっても、声を出したら誰かが来ちゃうかもよ」

ブルーベルは納得がいかなかった。だったらしなければいいのに、と。

「……これってなんだか、あのときの賭《か》けに似ているわ。声を出したら負け、っていうやつ」

「賭けはもうしないよ。君はもう私のものなのだから。その髪の一本、爪の先にいたるまで」

そう言って、セレディアム侯爵はブルーベルの脚の間に顔を埋めた。幾度されても、ブルーベルは慣れない。

「ウォルド、そこは、やめて。恥ずかしい」

舌が花弁を割って中へ入った。柔らかな襞《ひだ》を一枚ずつなぞるように、下から上へと往復する。

「ひゃ……っ」

必死に声を堪《こら》えているのに、彼はわざとブルーベルの弱い場所を選んで舌でくすぐった。花弁の中央にある小さな孔《あな》に舌を突き刺すように当てれば、ブルーベルの体はぶるぶると震える。

「うん、おいしい。君の味がする」

じゅっ、と濡《ぬ》れた襞を吸い上げられ、ブルーベルの目尻から涙が零《こぼ》れた。

「もう、いいってば。や……っ」

「気持ちいいのに、どうして嫌がるの？　あぁ、わかった。クリスが言っていたよ。女性の嫌は、気持ちいいからもっとしてって意味だって」

「ち、ちがっ、本当に嫌なの」

「気持ちよすぎて？」

セレディアム侯爵は再びブルーベルの下半身へ顔を埋め、花弁を両手で開いて花芯を口に含んだ。

「ここも、私のものだ」

「あぁっ、だめぇ……っ」

一際高い嬌声《きょうせい》を上げたブルーベルは、これ以上絶対に声を出してはいけないと指を噛んだ。小さな芽はセレディアム侯爵の口内にあり、彼の舌にいいように転がされている。舌でこすりあげられると、下半身が痙攣《けいれん》した。その上に、軽く吸い上げられて唇に挟《はさ》まれる。

「ねぇ、気持ちいい？　正直に答えてくれたら、許してあげる」

ブルーベルは頷《うなず》いた。

「う、うん……、気持ちい、い。頭が、ふわってなって」

「そっか。じゃあ、もっとしてあげる」

耳を疑った。正直に答えれば許してくれる、と彼は言ったはずなのに。

「そんな……っ」

「昨日も一昨日も君に触れられなくて、頭がどうにかなりそうだった。だから、ここも会えなかった分だけ尽くしてあげるよ」

脳髄《のうずい》を溶かすかのように、くちゅりと弄《もてあそ》ばれる。それが辛《つら》くて逃げようとすると、セレディアム侯爵に腰を掴《つか》まれて引き戻されてしまう。花芯は快感に目覚めきって、セレディアム侯爵の舌を恥じらいもなく受け入れていた。次第に何かが迫ってくるのを感じて、ブルーベルの鼓動《こどう》が速くなる。

「も、もう、だめ……っ、んぅっ」

ブルーベルの体を知り尽くしているセレディアム侯爵は、執拗《しつよう》に花芯を舐《な》め続けた。隘路《あいろ》からは臀部《でんぶ》が濡《ぬ》れてしまうほどに蜜が溢《あふ》れ、侯爵の指がそれを掬《すく》い上げて花弁に塗《ぬ》りつける。それを感じてブルーベルの腰は震え、舐められている部分の感覚が一層敏感になる。

——これ以上されたら……っ。

限界が近いことを察したセレディアム侯爵は、ブルーベルの勃起した芽を粘着質に舐め上げた。くちゅくちゅといたぶっては、優しく吸い上げて絶頂を促《うなが》す。これにはたまらず、ブルーベルも腰を浮かせて花芯を侯爵の口元へ押しつけてしまった。早く限界を迎えさせてほしいとねだるように。セレディアム侯爵は応《こた》えるように、先ほどよりも強い刺激を与えて小さな突起を慰《なぐさ》める。

その刺激に促され、ブルーベルは達した。下半身が満足げにひくつき、大輪の花を咲かせたかのように赤くなる。セレディアム侯爵は達したばかりの赤い芽を舐め上げて、意地の悪い視線を向けた。

「まだぐったりするには早いよ、ブルーベル」

ブルーベルは呼吸を整えつつ、セレディアム侯爵に手を伸ばした。

「ここ、背中が痛いから、やだ……」

「じゃあ、立ってする？」

「え？」

ぐい、と両手を引っ張られて、ブルーベルは起き上がる。そのまま、セレディアム侯爵に立たされた。

「はい。そこの柱に手をついて」

言われるままに東屋《あずまや》の支柱に手をつく。ブルーベルは彼の指示どおりにするが、意図を今ひとつ把握できない。

「ウォルド……？」

「お尻を、私のほうへ突き出して」

その言葉で少し理解した。お尻をセレディアム侯爵の方へ向けて、持ち上げる。

「こ、こう？」

「うん、そんな感じ」

スカートを腰まで持ち上げられて、白い臀部がセレディアム侯爵に露《あらわ》になった。セレディアム侯爵はその白い臀部へ両手を這《は》わせ、じっとりと撫《な》で上げる。

「ごめんね、後ろからはもうしないって約束をしたのに」

二度目に抱かれたときのことだ。後ろからしたいと言われて、一度だけと許したのだ。以来彼は、律儀《りちぎ》に約束を守っていた。

「も、もういい。私も、慣れちゃったし……」

セレディアム侯爵は顔を近づけると、ブルーベルの左の耳元で囁《ささや》いた。

「そう。すっかり私好みのいやらしい体になったよね。脚の間なんてすぐに濡《ぬ》れちゃうし。……ねえ、ブルーベル。私のを君の中へ挿《い》れてもいい……？」

その言葉だけで下腹部がきゅんとなった。ぽとり、と落ちた蜜が岩床《いわとこ》の上にシミをつくる。

「う……、うん……」

立ってするのは、初めてだった。セレディアム侯爵のものが内股に触れるのがわかり、ブルーベルはそれだけで再び達しそうになる。そうして、彼が膣口を押し広げるように中に入ってきた。心なしか、隘路《あいろ》に感じる彼の雄芯はいつもより大きい。

「もう蕩《とろ》けきってるね。君の中」

「そういうの、言わないで……」

本当に立ったままするんだ、とブルーベルはぞくぞくした。膣内は彼のモノで埋め尽くされて、入っているだけでもぎちぎちになっている。

「動くよ」

「うん……」

セレディアム侯爵はブルーベルの腰を掴《つか》むと、すでに熟《う》れきっている中にぐりっと押しつけた。それだけでブルーベルはだらしなく喘《あえ》ぐ。

「立ったままだと、締まりがいいね。どう？　気持ちいい？」

最初は緩《ゆる》やかに出し入れが行われていたが、すぐに動作は速くなった。膣壁《ちつへき》を抉《えぐ》るようにして何度も最奥《さいおう》を穿《うが》ち、ブルーベルは立っているのが辛《つら》くなる。

「し、しらな……っあ……、んぅう……っ」

庭園にじゅぼじゅぼと卑猥《ひわい》な水音が響いていた。ブルーベルはできるだけ声を堪《こら》えようとするのだが、セレディアム侯爵はわざとブルーベルに声を出させるかのように最奥を打つ。繋《つな》がっている部分はまるで茹《ゆ》だったように熱くなり、入れられるたびにブルーベルは背中を反らして喘《あえ》いだ。

――……っ、あたまの中が、白くなる……っ。

それは、想像を絶するような快楽だった。立ちながら行《おこな》うことで膣の締まりが自然とよくなり、彼のモノをしっかりと銜《くわ》えこむ。ブルーベルは気持ちよさのあまり、無意識のうちに彼へとお尻を突き出す体勢となった。これにセレディアム侯爵は気をよくすると、ブルーベルの服の下へ手を差しこんで胸を揉《も》みしだく。ブルーベルはすでに硬くなっていた乳首をぐりぐりと指で抓《つま》まれ、甘い悲鳴を上げた。

「胸を触っただけで、私のを締めつけてくるなんて。少し前まで処女だったとは思えないぐらいに、いやらしくなっちゃったね。ここでやめたら、君はどうなってしまうのかな……」

叩きつけられた膣奥の快感が凄《すさ》まじく、ブルーベルの体から力が抜けそうになった。それを柱に手をついて、堪《こら》える。

「だ、だめ……っ、やめないで……、ウォルド、もっと……、もっとして……っ」

彼が欲しかった。膣内はすっかり彼の形を覚え、もはや虜《とりこ》になっている。彼がいない生活など、考えれないほどに。

「ははっ、今日は素直だね。お望みどおり、もっとしてあげるよ……っ！」

後ろから一際強く突き上げられた。

「うぅ……っ、んんうぅっ！」

セレディアム侯爵は嬉々としてブルーベルに腰を打ちつける。かつてないほどに悦《よろこ》んでいる彼に、ブルーベルもまた嬉しくなる。

やがて膣内にも変化が訪れた。中が狭くなり、セレディアム侯爵の雄芯に射精を促《うなが》すかのように蠢《うごめ》く。だが膨張《ぼうちょう》した雄芯は動くことをやめず、ブルーベルの隘路《あいろ》を蹂躙《じゅうりん》し続けた。股の間は二人の液でぐっしょりと濡《ぬ》れて、興奮でそそり立った花芯が時折痙攣《けいれん》する。

——どうしよう、すごく気持ちいい……

ブルーベルは恍惚《こうこつ》とした表情で、それを感じ取っていた。彼が背後から猛《たけ》った屹立《きつりつ》を挿《さ》しこむたびに、心が満たされていく。

そうして更に激しく突き上げられて、快楽の波が押し寄せてくるのを感じた。

「ブルーベル、愛してる……」

そう告げられた直後、ブルーベルは限界を迎えた。膣の入り口がセレディアム侯爵を締めつける。すると、セレディアム侯爵はブルーベルの中へ白濁の液を中へ勢いよく放った。ブルーベルはくらくらする頭で、呼吸を求めるように喘《あえ》ぐ。

「ひ……っんううぅ……っ」

膣奥がとても温かかった。セレディアム侯爵はブルーベルの右耳へ顔を寄せる。

「凄《すご》く、良かったよ。ブルーベル」

ブルーベルは照れた。息が落ち着いてくると、柱に手をついたままセレディアム侯爵へと振り返る。

「ウォルドが喜んでくれて、私も嬉しい」

セレディアム侯爵は微笑《ほほえ》んでいた。ブルーベルはそろそろ彼のモノが体から抜かれるだろうか、と待つのだが、未だ体は繋《つな》がったまま。

「あ、あの……、ウォルド？」

彼のモノが再び大きくなるのを、奥で感じ取った。

「せっかく両想いになったんだし、もっとしようよ」

「な。お、終わりじゃないの？」

「一度で終わらせる、なんて私は一言も言っていないよ？」

「そんな」

口答えさえ許されぬまま、ブルーベルはセレディアム侯爵に日が暮れるまで抱かれることとなった。

エピローグ

翌年の春――

青い青い釣鐘形《つりがねがた》の花が、絨毯《じゅうたん》のようにどこまでも広がっていた。森の木々の合間から差しこむ穏やかな日差しの下で、それらは可憐に咲き乱れている。

ブルーベルは茂《しげ》みを歩いて瞳を輝かせた。そんな彼女を心配そうに見守るのは、セレディアム侯爵。

「ブルーベル。あまりはしゃぐと、転んでしまうよ」

「うん。気をつける」

ブルーベルとセレディアム侯爵は、つい先日結婚式を挙げた。そして、ブルーベルはセレディアム侯爵の正式な妻となった。挙式前後は忙しくてなかなか時間を作れなかった侯爵だが、ようやく取れた休み。セレディアム侯爵は余計な仕事が入らぬうちにと、ブルーベルを連れて城を抜け出したのだ。

そして二人がやってきたのは、ブルーベルの花が群生《ぐんせい》する森だった。

セレディアム侯爵はブルーベルの隣へ立つと、手を繋《つな》ぐ。

「いつかここへ君を連れてきたいって、ずっと思っていたんだ」

「ありがとう、ウォルド。私、とても幸せよ」

「良かった。私の妻になったこと、絶対に後悔させないから」

ブルーベルはセレディアム侯爵の手を離すと、彼の体に抱きついた。

「私も、ウォルドのことをいっぱい幸せにするわ」

セレディアム侯爵は、少し気恥ずかしそうにブルーベルを抱き返した。

「もう充分に幸せなのに、これ以上幸せにしてくれるの？」

「ええ。だから、これで満足しないでね」

「私も、君を幸せにするよ。これまで会えなかった分も含めて」

ブルーベルとセレディアム侯爵は顔を見合わせて笑った。平らな場所に並んで座り、ブルーベルと同じ名前を持つ花を眺《なが》める。どこまでも続く、青く美しい花。

「ウォルド。パパのこと、ありがとう。これからは綿花も栽培するって言ってた」

「うん」

一時、牧羊業が危《あや》うかったブルーベルの実家。父のロイセルはサリアと別れたことで元気を取り戻し、仕事に集中できるようになっていた。次第に仕事も増え、以前の活気を取り戻しつつある。

後にわかったことなのだが、ロイセルの仕事が激減してしまったのは、サリアの父が作った借金のせいだった。現在は男爵家と縁が切れ、ブルーベルが侯爵家に嫁《とつ》いだことで信用も回復してきている。だがロイセルは、牧羊だけでは心許《こころもと》ないと考えた。そんなとき、牧羊の片手間にできるとセレディアム侯爵に勧めを受けた、綿花の栽培を始めることにしたのだ。

と、そこでブルーベルは以前から気になっていたことを思い出した。

「ねえ、ウォルド。どうしてセレディアム家は、黒い狼が紋章になっているの？」

四十年前に隣国ノウスリアから攻められた際に、見事退《しりぞ》けたことから黒狼侯爵《こくろうこうしゃく》家と呼ばれるようになったと聞いたが、セレディアム家が黒狼の紋章を使っているのはもっと昔からだという。ブルーベルの疑問に、セレディアム侯爵は一瞬無言になった。だが隠していても仕方がない、と話し始める。

「シルヴァスタは昔から、黒い狼達の守護を受けているんだよ。だから守り神的存在として、黒い狼を紋章としている。四十年前に隣国から攻めこまれた際も、彼らが助けてくれたんだ」

ブルーベルは胸が熱くなった。

「白い森で私が男爵に襲われたときも、黒い狼達が助けてくれたわ。彼らは神の化身《けしん》なのかしら」

セレディアム侯爵は首を振った。

「いや、違うよ。彼らは、魔女アルテミラの使い魔なんだ」

「え？　使い魔？」

「魔女が使う魔法の一種で、何もない場所に生命を作り出すことができるんだ。だからあの黒い狼達はアルテミラが死なない限り不死で、シルヴァスタを二百年近く守り続けてくれている」

その説明にブルーベルは混乱する。

「その言い方では、アルテミラ様が二百年も生きているということになるわよ？」

セレディアム侯爵は否定しなかった。

「アルテミラはとても長く生きていて、私の祖父《そふ》が子供だったときも今と同じ姿だったらしい」

衝撃的な話だった。だがアルテミラに普段からよくしてもらっているブルーベルは、彼女がよい魔女だと知っている。敬愛こそすれ、恐れたりはしない。

「でも、どうしてこのシルヴァスタを守ってくれているの？　それも、二百年近くも」

セレディアム侯爵は少し言葉を濁《にご》した。

「私の父から聞いた話なのだけれど、二百年近く前にも、隣国ノウスリアとの戦争があったんだ。当時はかなり不利な状況に追いこまれたらしい。危機的状況を何とかするために、アルテミラは森の魔女と取引をしたそうだ。シルヴァスタ地方を守ってほしいと。森の魔女はアルテミラの願いを聞き届け、アルテミラに魔女の力を授けた。人であることを捨てる代わりにアルテミラが魔女の力を手に入れた理由はわからないけれど、彼女のことだから大切な誰かを守るためにそうしたのだろうね。私達を守ってくれるのも、大切な人達の子孫だからじゃないかな」

「そう、だったの……」

なぜアルテミラが周囲から慕《した》われて、尊敬されているのか。その本当の意味をやっと理解した。

セレディアム侯爵はブルーベルの髪の毛を指で梳《す》く。

「君の母方のお婆様《ばあさま》が私の城で暮らしていたことがあるって、言っただろう？」

「うん」

「君のお婆様はアルテミラの弟子で、彼女にハーブやいろいろな知識を教わったらしいよ。弟子といっても魔法が使えるわけではなく、ブルーベルのお婆様は普通の人だったそうだ。君が現在受け継いでいるハーブの本も元々はアルテミラのもので、君のお婆様が王都の城で仕えることになった際に、アルテミラが餞別《せんべつ》として渡したみたいだよ」

ブルーベルは驚愕《きょうがく》する。祖母《そぼ》が持っていた、世界に一つしかない本。その最初の所有者がアルテミラだったとは、思いもよらなかった。

「不思議ね。祖母が昔暮らしていた場所で、今は私が暮らしているんだから」

「アルテミラは未来を見る力があるから、こうなるってわかっていたんだろうね」

アルテミラは母のようにブルーベルを案じ、慈《いつく》しんでくれている。出会ったときからずっと。

ブルーベルはセレディアム侯爵の肩に頭を寄せた。

「来年も、ウォルドと一緒にここへ来たいな」

ふっと呟《つぶや》いた言葉に、セレディアム侯爵は賛成した。

「来ようよ。来年も、再来年も、毎年。子供ができたら、子供も一緒に」

それは、新たにできた二人の約束。

ブルーベルとセレディアム侯爵は口付けを交わして、微笑《ほほえ》みあう。

――二人を包みこむように、穏やかな風が吹いた。

書き下ろし番外編

秘密の思い出

二人でブルーベルの花が咲き乱れる森へ出かけてから数日後、ブルーベルは夫のセレディアム侯爵と共に、オルドニア国の王の居城を訪れていた。

灰色のシルバーフレイム城とは異なり、王城は白を基調とした美しい外観だ。列柱《れっちゅう》には優美な花の彫刻が施《ほどこ》されており、廊下の天井は尖塔《せんとう》のアーチになっている。初めて王城を訪れたブルーベルは場違いな気がして委縮してしまう。

「ウォルド、早く戻ってきてくれるといいな……」

ブルーベルは、広大な庭園を見渡すことができる円形の踊り場に、一人で立っていた。セレディアム侯爵は他の領主達も集《つど》っている会議に出席しており、彼を待っている間に庭園を見せてもらうことになったのだ。客室も用意されており、疲れたらそこで休むように言われている。

「……ん？　あの花は……」

庭園の一角に、青い釣鐘形《つりがねがた》の花が植えられていた。それは、彼女もよく知るブルーベルの花だ。風に揺れている姿はとても可憐で、つい笑《え》みがこぼれてしまう。

「王城の庭園にも植えられているのね……」

ブルーベルが呟《つぶや》いたとき、彼女は足音に気づいて振り返った。生垣で囲まれた細道があり、そこから見知らぬ老齢の男性が歩いて来る。優しそうな面差《おもざ》しの男性で、身に纏《まと》っている衣服は贅沢《ぜいたく》に金糸で刺繍《ししゅう》が施《ほどこ》されていた。何より目を引いたのは、男性の特徴的な髪色だ。ブルーベルの持つ髪色はうっすらとピンクを帯《お》びた金だが、男性の髪は更にはっきりとしたピンクブロンドをしている。それを見てブルーベルが思い出したのは、かつてセレディアム侯爵に教えてもらった言葉だった。

『王族は薔薇《ばら》のようなピンクがかったブロンドの髪をしているんだよ。王族の血が濃い人ほど、その特徴が顕著《けんちょ》に出るらしい』

この男性は王族かもしれない。失礼があってはいけないと、そっと立ち去ろうとしたが、男性と目が合ってしまった。

「私の庭は、気に入ってもらえたかな？」

そう言われて、ブルーベルは彼が国王だと察した。この城や庭は全て国王が所有するものであり、『私の』と言える人物は一人しかいないからだ。ブルーベルは失礼のないように振る舞わなければ、と緊張した。

「はい、陛下。あまりにも素晴らしい荘厳な庭園に、感動していました」

「そうか、そうか。この庭園は、私の愛する人とよく一緒に歩いた大切な場所なんだ」

懐かしそうに、国王は目を細めた。ブルーベルはつい、聞き返してしまう。

「愛する人、ですか？」

「あぁ。でもその人は亡くなってしまい、一緒になることが叶わなくてね」

「……そう、だったんですか……」

聞いてはいけない話だったろうか、とブルーベルは表情を暗くした。だがそんなブルーベルに、国王は話を続ける。

「私は、今でもその女性のことを、愛しているんだ。だからこれからも、その女性以外とは結婚しないと決めている」

ブルーベルの記憶によれば、この国を治める王は正妃を娶《めと》っておらず、次の王位は、王弟殿下の息子が継ぐことになっている。その理由については知らなかったため、そんな事情があったのかと目を伏せる。

「……私も最近まで似た経験をしていたので、ほんの少しお気持ちをお察しできます」

セレディアム侯爵が幼馴染《おさななじみ》のウォルドだと知るまで、初恋の少年はもう既《すで》に亡くなったと思い込んでいたブルーベル。だから修道女になり、生涯ウォルドのためだけに祈りを捧げて生きていこうとしていた。それほどまでに、彼を一心に愛していたからだ。

ブルーベルは一瞬あって、自分などに陛下のお気持ちがわかると言っては不敬《ふけい》だったろうかと悩んだ。しかしながら国王は、かすかに目を潤《うる》ませて嬉しそうに笑った。

「ありがとう。君も私と同じで、愛する人に一途《いちず》なのだね。……そうだ。これから一緒に庭園を散歩しないか？　東の花壇にもブルーベルの花があるから、見に行こう」

国王に誘われ、庭園を歩くことになった。彼は庭園に設《もう》けられた小径《こみち》を歩きながら、想い人の女性とどんな風に過ごし、どんな話をしたのか聞かせてくれた。たとえば、春の穏やかな日差しの中、東屋《あずまや》で彼女とハーブティーを飲んだり、夏の夜に城をこっそり抜け出して、丘の上に寝転んで星空を眺《なが》めたらしい。初対面の相手にそんな話までしていいのだろうか、と驚くものの、それが余計に国王への親近感を抱《いだ》かせた。

――なんてひたむきな愛情なんだろう。

国王がどれほどその女性を心から愛しているのか、口調や仕草からひしひしと伝わってきた。嬉しそうに話をする彼を見て、ブルーベルはふと思い出す。

「私の祖母《そぼ》も、昔ここで働いていたことがあるそうなんです」

「……どんな女性だった？」

「とても優しくて、私に刺繍《ししゅう》や文字の読み方、他にも料理などを教えてくれました。もう亡くなってしまいましたが、自慢の祖母《そぼ》でした」

「そうか……。よければ、どんな方だったのか、もっと聞かせてほしい」

幼い頃のことなので記憶が曖昧《あいまい》になっている部分もあるが、ブルーベルは祖母のことを話した。祖母の手作りのパンがおいしかったことや、いつも一緒の寝台で眠ったこと。

そんな思い出話を、国王は相槌《あいづち》を打って、真剣に聞いてくれた。

「素敵なお婆様《ばあさま》だったのだね」

「はい」

夕暮れまで話をしていると、国王の側近と見られる男性が迎えにやってきた。城の中へ戻る刻限のようだ。しかし国王は渋り、とても悲しげに表情を曇《くも》らせる。

「せっかく、君と仲よくなれたのに……」

ブルーベルは名残惜《なごりお》しそうにする国王を見て、嬉しく思った。

「私でよければ、またお誘いください」

そう答えると、国王は柔和《にゅうわ》な笑《え》みを浮かべた。

「ありがとう。遠慮しなくていいから、いつでもここへ遊びに来てほしい」

「はい。お心遣い、感謝いたします、陛下」

国王は大きな手を伸ばし、ブルーベルの頭を撫《な》でた。彼女は国王が手を下ろすとき、彼の手が気になってじっと見てしまう。

――あれは……

国王の指に、見覚えのあるものがはめられていた。それは、ブルーベルがいつも首からぶら下げている、祖母の形見《かたみ》と同じ色の指輪。ローズゴールド色の指輪は珍しいため、ブルーベルはまさか、と硬直する。そんな彼女の視線に国王も気づき、指輪をはずした。

「この指輪は、私が想い人に贈った対《つい》の指輪なんだ」

指輪の内側には、薔薇《ばら》の花が彫《ほ》られていた。ブルーベルはやはり、と確信する。

「……それと同じものを、私も持っています」

国王は静かに頷《うなず》くと、指輪をはめ直した。

「どうか、決してなくさないように。それは君が私とレネの大切な孫だと示すものだから」

ブルーベルは驚きですぐに声を出すことができなかった。レネとは、ブルーベルの祖母の名だ。国王はそのまま話を続ける。

「困ったことがあったら、いつでも相談しなさい。今度は君の夫と三人で、ゆっくり話をしよう」

「は、はい」

ブルーベルがかろうじて返事をすれば、国王は朗《ほが》らかに微笑《ほほえ》んだ。

「それでは、ブルーベル。また会おう」

そう穏やかに告げ、国王は側近を伴って去って行った。ブルーベルは呆然と立ち尽くし、俯《うつむ》いてしまう。これまで一切の正体が不明だった祖父《そふ》のことを知り、驚きのあまり思考が麻痺《まひ》していた。

しばらくそのままでいると、セレディアム侯爵がやってきた。彼は楽しげに微笑んでおり、ブルーベルの目の前まで軽い足取りでやってくる。

「ブルーベル。お爺様《じいさま》に会えて、よかったね」

開口一番にそう言われたものの、ブルーベルは即座に反応できなかった。

「……ウォルドは、知っていたの？　私が陛下と会う、って……」

「勿論《もちろん》だよ。陛下はとてもお茶目《ちゃめ》な性格をされていてね。君をびっくりさせたいから、内緒で城まで連れてきてほしい、とお願いされたんだ。だから私はずっと、別室で待機していたんだよ。ごめんね、会議だなんて嘘をついてしまって」

ブルーベルは緊張が解《と》け、一気に脱力してしまった。

「……まさか、国王陛下が私の祖父だったなんて、想像すらしなかった……」

「そうだね。私も君のお爺様が誰か知ったときは、とても驚いたから」

祖母が王族の誰かと恋をしたことは、わかっていた。だが祖父の正体については、ずっと伏せられていたのだ。祖父は王族という立場上、孫がいることを大っぴらに発表するわけにはいかない。だから、ブルーベルとしても祖父には一生会えないかもしれないと、半ば諦めていた。

「いいの？　私に正体を打ち明けて……」

「個人的に会う分には、問題ないと判断されたみたいだよ」

「そうなんだ……」

完全に戸惑いがなくなったわけではなかったが、ブルーベルは素直に喜んだ。

「どうだった？　お爺様と初めて会えた感想は」

「うん……。凄《すご》く、優しかった。祖母の話も、たくさん聞かせてくださったわ」

国王が言っていた想い人とは、ブルーベルの祖母のことだったのだ。ブルーベルは、今いる庭で祖母と祖父が逢瀬《おうせ》を重ねたのかと想像し、感慨深くなる。祖父の指にはくっきりと指輪の跡が残っており、片時も離すことなく身に着けていたことがわかった。

――陛下とお婆様《ばあさま》が恋仲だったなんて……

祖母は、ずっと独身だった。たとえ祖父と会えなくとも、彼女は祖父だけを愛し続けたのだろう。祖母も祖父と同じく、指輪をずっと持っていた。ブルーベルはそんな二人のことを考えると、切なくなってしまった。お互いを愛していながら、祖父と祖母は一緒になることができなかったからだ。

セレディアム侯爵の話によれば、祖父《そふ》がようやく祖母を迎えにいけるようになったときには、祖母《そぼ》も母も既《すで》に亡くなっていたらしい。だから、祖父は自分と同じ思いをさせないように、ブルーベルがセレディアム侯爵と結婚できるように尽くしてくれたのだろう。

——お爺様《じいさま》……ありがとうございます。

感謝の気持ちと切ない気持ちが綯《な》い交《ま》ぜになり、涙が溢《あふ》れて止まらなくなった。

「ブルーベル……」

セレディアム侯爵は、ブルーベルを優しく抱きしめた。

「ウォルド、私、誓うわ……。お婆様《ばあさま》のぶんまで、絶対に幸せになるって」

「うん。私も、君を誰よりも幸せにすると誓うよ。二人で一緒に幸せになろう」

祖父母からも、セレディアム侯爵からも、これ以上ないほど愛されていた。ブルーベルも、以前よりもずっと、彼らを大切にしたいという気持ちが強くなっている。

「……私、お爺様のことをもっと知りたい。これまで会えなかったぶんも含めて、親しくなりたい」

本心を話せば、セレディアム侯爵はわかっているとばかりに優しい笑《え》みを湛《たた》えた。

「私も、協力するよ」

セレディアム侯爵に涙を指で拭《ぬぐ》われる。ブルーベルはいつまでも泣いていては彼に申し訳ないと、涙を堪《こら》えて笑みを浮かべた。

「ありがとう、ウォルド」

「城へ戻ったら、一緒に計画を立てよう。夕食会にお招きするのもいいね」

それは名案だと思ったが、同時に不安になった。

「で、でも、国王陛下よ？　来てくれるかしら……」

「来てくれるよ。私たちが暮らしているシルヴァスタ地方は、君のお婆様が生まれ育った場所でもあるのだから。一度どんな場所か行ってみたい、と仰《おっしゃ》られていたしね。アルテミラは君のお婆様と親しかったから、お婆様に縁《ゆかり》のある場所を教えてもらって一緒に訪ねるのもいいんじゃないか」

「うん」

祖母が暮らしたシルヴァスタ地方がどれほど素晴らしい場所なのか、紹介したいと思った。ブルーベルもセレディアム侯爵と結婚してからというもの、毎日が新しいことの連続で、とても楽しいのだ。

「それじゃあ、シルバーフレイム城へ帰ろうか。これ以上長居をすると、馬車の前で待っているクリスが探しにくるだろうしね」

セレディアム侯爵はブルーベルと手を繋《つな》いだ。ブルーベルはその手を握り返す。

「ねぇ、ウォルド。私ね、シルヴァスタへ戻ったら、やってみたいことがあるの」

「いいよ。君が望むことなら、なんでも叶えてあげる。何がしたいの？」

「それはまだ内緒」

悪戯《いたずら》っぽく微笑《ほほえ》めば、セレディアム侯爵もやれやれと諦めたように苦笑した。

「初めて出会ったときから、君には振り回されてばかりだ」

「失礼ね。私のほうが、ウォルドにいっぱい振り回されているんだから」

そう言った後、互いに顔を見合わせて、再び笑った。


——数日後。


ブルーベルとセレディアム侯爵は深夜に城を抜け出した。祖父《そふ》が語ってくれた思い出のように、ブルーベルもセレディアム侯爵と一緒に星を見たくなったからだ。

小さな丘へ到着すると、ブルーベルはセレディアム侯爵と一緒に寝そべって満天の星空を眺《なが》めた。星々はとても美しく、まるで宝石のように煌《きら》めいている。ブルーベルはそんな光景に心から感動していたが、途中から集中することができなくなった。理由は、星空に見惚《みと》れていたブルーベルにセレディアム侯爵が拗《す》ね、自分だけを見るようにと彼女の顔を横に向かせたからだ。ブルーベルはこれでは星を見に来た意味がないと思ったものの、彼の満足そうに喜ぶ様子に諦めてしまった。

その後ブルーベルとセレディアム侯爵は指を絡ませるように手を繋ぐと、二人だけが知る秘密の思い出話をしながら、夜明け近くまで過ごしたのだった。

NB ノーチェ文庫

偽りの結婚。そして…淫らな夜。

シンデレラ・マリアージュ

佐倉紫《さくらゆかり》　イラスト：北沢きょう

価格：本体 640 円+税

異母妹の身代わりとして、悪名高き不動産王に嫁ぐことになったマリエンヌ。彼女は、夜毎繰り返される淫らなふれあいに戸惑いながらも、美しい彼にどんどん惹かれていってしまう。だが、身代わりが発覚するのは時間の問題で——!?　身も心もとろける、甘くて危険なドラマチックラブストーリー！

詳しくは公式サイトにてご確認ください

http://www.noche-books.com/

携帯サイトはこちらから！

EB エタニティ文庫 〜大人のための恋愛小説〜

Nanao&Sousuke

ハジメテの彼がお見合い相手に⁉

今日はあなたと恋日和

葉嶋ナノハ 装丁イラスト：rioka

赤

見合いを勧められた七緒は、恋愛結婚は無理だと思い、その話を受けることに。しかし見合いの数日前、彼女に運命の出逢いが！　その彼と一夜を共にしたが、翌朝、彼には恋人がいると知り、ひっそり去った。沈んだ心のままお見合いに臨んだが、その席になんと彼が現れて⁉

定価：本体640円+税

Sahoko&Keishi

ふたり暮らしスタート！

ナチュラルキス 新婚編 1〜3

風 装丁イラスト：ひだかなみ

白

ずっと好きだった教師、啓史とついに結婚した女子高生の沙帆子。だけど、彼は女子生徒が憧れる存在。大騒ぎになるのを心配した沙帆子が止めたにもかかわらず、啓史は結婚指輪を着けたまま学校に行ってしまい、案の定大パニックに。ほやほやの新婚夫婦に波乱の予感……⁉

定価：本体640円+税

※エタニティブックスは大人の女性のための恋愛小説レーベルです。ロゴマークの色で性描写の有無を判断することができます(赤・一定以上の性描写あり、ロゼ・性描写あり、白・性描写なし)。

詳しくは公式サイトにてご確認下さい

http://www.eternity-books.com/

携帯サイトはこちらから！

セレブな親戚に囲まれているものの、本人は極めて庶民のまなみ。そんな彼女は、昔からの約束で、一族の誰かが大会社の子息に嫁がなくてはいけないことを知る。とはいえ、自分は候補の最下位…と安心してたのに就職先の会社には例の許婚がいて、あろうことか彼の部下になっちゃった！　おまけになぜか、ことあるごとに構われてしまい大接近!?

B6判　定価：640円＋税　ISBN 978-4-434-22330-3

本書は、2014年8月当社より単行本「シークレット・ガーデン～黒狼侯爵の甘い罠～」として刊行されたものに書き下ろしを加えて文庫化したものです。

NB
ノーチェ文庫

黒狼侯爵《こくろうこうしゃく》の蜜《みつ》なる鳥籠《とりかご》

神矢千璃《かみやせんり》

2016年11月4日初版発行

文庫編集－河原風花・宮田可南子
編集長－塙綾子
発行者－梶本雄介
発行所－株式会社アルファポリス
〒150-6005 東京都渋谷区恵比寿4-20-3 恵比寿ｶﾞｰﾃﾞﾝﾌﾟﾚｲｽﾀﾜｰ5階
TEL 03-6277-1601（営業）　03-6277-1602（編集）
URL http://www.alphapolis.co.jp/
発売元－株式会社星雲社
〒112-0005 東京都文京区水道1-3-30
TEL 03-3868-3275
装丁・本文イラスト－SHABON
装丁デザイン－AFTERGLOW
（レーベルフォーマットデザイン－ansyyqdesign）
印刷－大日本印刷株式会社

価格はカバーに表示されてあります。
落丁乱丁の場合はアルファポリスまでご連絡ください。
送料は小社負担でお取り替えします。

ISBN978-4-434-22420-1 C0193